ミステリー

謎詭

日本推理情報誌 Vol. 4

編者序

「迷」，「日推迷」的力量無遠弗屆

——對日本推理閱讀熱潮持續拓展發燒的期許

文／獨步總編輯陳蕙慧

九月初，我在北京。

對多數出版業者來說，北京國際書展是一場每年必到的大拜拜，然而我已多年避開這種盛會，選擇在其他時間拜訪合作的作者與出版社，看看平時的書市，得到的是最接近實況的理解。

今年我卻破例排開繁忙日程參加了。

其中一個特殊原因是來自大陸新星出版社的邀約，他們有一場活動，除了介紹「午夜文庫」成功引起熱烈反響之後，以往一年來對日本推理的經營，如四大奇書、東野圭吾、島田莊司的作品之外，更預告了未來的書單，如重點作家道尾秀介，以及殊能將之、我孫子武丸等等。

和我一起受邀出席的尚有日本講談社北京分公司的副總經理近藤先生，以及最終因公不克分身到場的日本新潮社版權部主管木村先生。

在會上，有媒體及讀者問我：依據我的觀察與台灣經驗，這一年來在大陸掀起的日本推理閱讀熱潮會是一種泡沫現象嗎？未來會呈現何種局面？

首先，在我簡述當時我的回答之前，我想先談談日本推理能在大陸引起目前相當程度的關注與預期以外的銷售佳績，是很值得思索玩味的。

兩年（二〇〇七）前秋天，我在上海與天蠍小豬、微不足道、霍桑這些當時尚屬少數而珍貴的日本推理迷見面時，大陸的日本推理小說書種極少，天蠍小豬甚至告訴我們他每個月工資的三分之一都拿來買台版獨步的書了！當時，我既感動又內疚，曾允諾有機會一定在日本、在大陸出版社鼓吹日推的好處與利多，不過當時眾人也知道，因著特殊的民族情感與政治以及市場風險因素，要實現在大陸推廣日本推理閱讀的難度相當地高。

可是，正如所有類型小說都有令人「上癮」的能量，日本推理此一口味多元化、樣貌豐富性、作家獨特性的類別，終究還是在一小群已累積豐厚的推理知識而有影響力，如潛水般默默地以高度熱情在博客（部落格）上彼此串連、呼應的推動下，暗暗地掀起了一股不容忽視的需求與推動力。

新星出版社的褚盟、心弈更是熱情投入。今年春天我拜訪新星，褚盟甚至跟我說，他為趕北京訂貨會，兩個月內編了十九本「午夜文庫」的書，忙到咯血！見我一臉擔憂，他又安慰我說是輕微的。此外，上海世紀文景出版社以強大宣傳推出「京極夏彥作品集」獲得成功，也是本波熱潮的助力之一。

我想說的是：「迷」這種東西是不分地

域、沒有疆界的。何況是具備如此豐沛能量、能教人廢寢忘食的日推！這樣的景象在我於獨步成立第一年，二〇〇六年前往香港拜會香港城邦分公司主管表示想積極擴展市場，邀請獨步榮譽社長、被尊稱為「推理傳教士」的詹宏志先生於〇七年在香港書展舉辦講座，推介京極夏彥與伊坂幸太郎、談日推的閱讀趣味，以及號召香港的日本推理迷聚會時，一場大範圍的串連即已展開，未來，我相信，日推熱甚或會遍及馬、新、韓、泰！

回到在北京書展這場活動上我的回答，我說：二〇〇五到二〇〇六年台灣掀起日推閱讀風潮時，也有很多人預測這是一場泡沫，當時媒體以同樣的問題問我，我以一個堅定的日推迷的角度和出版者立場答覆：想趁機分一杯羹的出版社會退出，但以社群經營為核心概念、長期投注心力的出版社則會壯大；事實證明，日推閱讀在台灣還在穩定地擴大，而且若有影視化的推波助瀾，甚至能激發短期爆量的瞬間爆發力！

這期的《謎詭》，就是要把「迷」的力量展現出來，把「迷」的愛與狂熱擴散出去！這是一群堅定的社群，這群「迷」們，都熱於與人分享他們不絕如縷的興奮、激動與喜悅。眾看官可以從本期主題「50人最愛日推大募集」的每篇文章強烈感受出來。這些迷遍及上班族、媒體、通路、老師、學生……不分性別、不分老少！

本期的另外兩個重頭戲則是去年年底獨步遠赴日本東北仙台，採訪好青年伊坂幸太郎與其工作伙伴責編新潮社的新井久幸的專輯報導，各位也可從中充分體會到獨步服務讀者的誠意與用心，同時領會到伊坂那獨特的誠懇、幽默、溫暖、友善、調皮又突梯的神奇魅力。

另外，今年欣逢一代文學巨匠松本清張誕生百週年，日本各大出版重鎮、書店、社團及各地文學館舉辦了一連串的紀念活動，為表我們對這位大師的思念與崇敬之意，本期亦規劃了紀念特輯，對清張大師的創作生涯做一完整的回顧。

北京書展會場上另一個近年來我一再被問到的問題是：《謎詭》登陸的可能性。哎哎，各位親愛的讀者，編這本工具書耗費的人力物力之鉅，恐怕是眾人無法想像的。或許，將來會以別的形式在亞洲各地露面吧。

請各位務必繼續給予我們全力的支持啊。

日本推理情報誌

謎詭

ミステリー Vol.4

目次

經典場景

松本清張百歲誕辰紀念特輯

松本清張必讀推薦書單

松本清張文學之旅

清張作品舞台現場

伊坂幸太郎 專訪特輯

特別報導

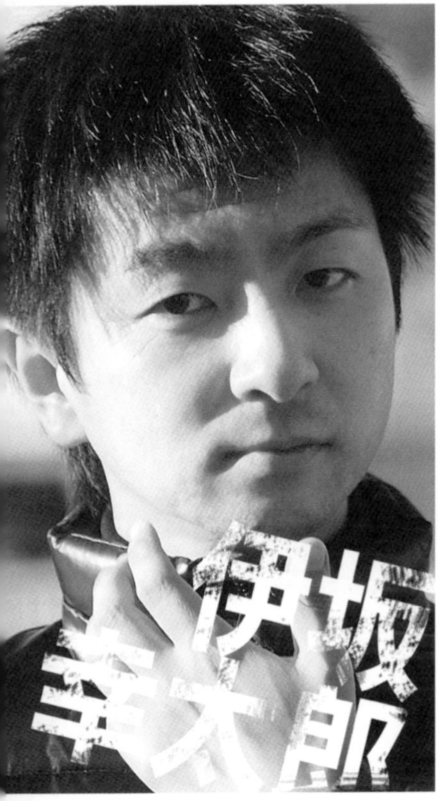

01

My Favorite Author and Work

50人最愛日推大募集

點與線

社會派大師傳世巨作

文▌景翔

日文書名：点と線｜作者：松本清張
台灣出版社：獨步文化｜出版日期：二〇〇六年七月
日本出版社：光文社／新潮社文庫
出版日期：一九五八年／一九七一年五月

《焦點》幕後祕辛

推理小說數量之多，即使只是日本的推理小說，也是一片望之無邊無際的書海。

書海浩瀚，卻只許取一瓢飲，選擇起來，大概任何人都會覺得煞費思量吧。

據說人年紀大了之後，懷舊的心理會益發強烈，果然如此，那麼與其在令人眼花撩亂的眾多佳作中難以取捨，倒不如直接挑選我最早接觸到，又對我影響最大的一部作品——松本清張的《點與線》。

其實，我所看的第一本日本推理小說，應該是松本清張的《焦點》（即《零的焦點》）。傅博老師在他那本可算重要工具書的《謎詭．偵探．推理》新書發表會上說，台灣出版的第一本日本推理小說，正是林白出版社一九七七年所出版的《焦點》。但傅老師不知道的是這本書的出版還有一段幕後祕辛。如今事過境遷，倒不妨在此一提。

事實上，我看到的《焦點》是校樣。那本書的中譯者是一位前輩作家，受的是日本教育，日文當然是精通的，但中文表達方面卻有太多日式語法。當時我從事文字工作已經多年，和林白出版社老闆林佛兒也是詩文之友，在他請託下，不自量力地做了「順稿」的編輯工作。當然出版時是不署名的。最近讀到折原一的傑作《異人們的館》，裡面談到各種「影子作家」，不知道我算不算其中一種。

令人嘆為觀止的詭計

在《焦點》之後看到的就是《點與線》了。這本書給我的衝擊力大到難以想像的地步，雖然我很早就因為看福爾摩斯和亞森羅蘋而對推理小說有了相當的興趣，也看了不少當時由美國譯介過來的偵探小說（雖然真正水準高的作品不多），但是會一頭栽進推理世界，成為重度推理迷，卻是從《點與線》開始的。

真正說起來，《點與線》除了對我有這份特殊的重大意義之外，就作品本身而言，從我第一次看到這本書，到現在幾度重讀，或看據以改編拍攝的日本電視劇集，始終都覺得這是一本傑作。

松本清張的「社會派」特色在《點與線》裡藉著一件凶殺案的偵查，揭發官商勾結的黑幕而展露無遺。無論是對社會問題的探討或批判，都相當犀利。

在《點與線》裡，那「四分鐘」的設計，現在已經是「經典之作」，論者眾多，我能補充的，恐怕只有說當時真讓我為之拜服，深覺詭局的設計到這個地步，真可謂「嘆為觀止」了。

不過更讓我印象深刻的是書中幾個「盲點」的構成和某些關鍵線索之取得，都來自一般生活中習焉不察的日常小事，像這樣從日常生活出發，進而成為細密推理的依據，是日後松本清張很多以「素人」偵探為主角的推理小說中常用的手法，在這本小說裡都可見出端倪。

有人說，看一位作家，要先看他的「首作」。《點與線》的創作雖然是在〈西鄉紙幣〉等之後，但在某種意義上說來，我仍然把這本作品視為他的「首作」來看。也是真正讓我迷上推理的「首選」。

作者

松本清張

一九〇九年出生於北九州市小倉北區。因家境清寒，十四歲即自謀生計。經歷印刷工人等各式行業後，任職於朝日新聞九州分社。五〇年發表處女作〈西鄉紙幣〉一鳴驚人，並入圍直木獎；五三年以〈某「小倉日記」傳〉摘下芥川獎桂冠，從此躍登文壇。五七年二月起於月刊上連載《點與線》，引起廣大迴響。終其一生，創作作品數量驚人，被譽為日本昭和時代最後一位文學巨擘，社會派推理小說一代宗師。九二年去世。

02 點與線

初戀還是最難忘

文▌杜鵑窩人

宛如初戀的《點與線》

以前曾經聽過別人說：「初戀不一定會是最美，但是卻一定最難忘。」以個人的推理小說閱讀經驗而言，我對這句話絕對是舉雙手雙腳贊成。因為我的推理初戀完全吻合此句名言——那就是社會派開山祖師松本清張的《點與線》！

記得當時剛經過高中聯考的廝殺，進入高雄中學就讀，當時雄中的學風是相當自由自在的，甫從國中鞭打教育下脫離苦海的我就如同脫韁野馬一般，整天除了上課就是和同學打球、泡在書店裡看閒書與雜書，也就是看一些以前沒有時間看的書。結果在一個偶然的機會中，看到林白出版社出版的《點與線》，當時完全不認識松本清張這位作家，只是書名讓我以為和我喜歡的《頭腦體操》（多湖輝著）有些關係，因此就順手買了，一看之下，我就此沉淪在偵探推理小說的謎海中難以自拔！

曾經好幾次在和偵探推理小說的閱讀同好聚會時，屢屢有人質疑，我這個幾乎可說是「本格中毒」的推理迷，竟然會對《點與

日文書名：点と線｜作者：松本清張
台灣出版社：獨步文化｜出版日期：二〇〇六年七月
日本出版社：光文社／新潮社文庫
出版日期：一九五八年／一九七一年五月

線》念念不忘，甚至感到驚訝、好奇與不解！其實《點與線》這本推理小說當中的詭計和謎題並不少於一些號稱「本格」的偵探推理小說。因為畢竟在當時的日本出版環境中，解謎推理小說在日本大眾文學的出版中依然是極為風行的，因此，松本清張在本書中亦不能免俗地布置了好幾個詭計，從那個膾炙人口的「空白的四分鐘」到讓一般人想當然耳的心理詭計，乃至最後兇手的真實身分與其心理的描寫更是絲絲入扣且極為合情合理。讓我這初次閱讀推理小說的渾小子完全拜倒在《點與線》的石榴裙下，積極地找來其他偵探推理小說閱讀，開始了我從十六歲起持續了三十年的推理小說閱讀生涯。

社會派推理小說始於清張，終於清張？

很多人一直有一些大錯特錯的誤解，以為凡是「社會派」的推理小說就是既無老百姓名偵探，亦不在乎是否有謎團和詭計的布置，兇手犯案的動機不再局限於家族與個人的恩怨糾葛、情仇財富；只講究能夠揭發國家社會黑暗面與團體共犯架構的犯罪的作品，就是「社會派」推理小說。其實這種觀點是大謬不然的，因為既然是推理小說，姑且不論謎團的大小深淺，一定要有詭計謎團的解析，否則難免會淪為傅博老師所謂的「風俗派」作品。但是很不幸的，在日本和台灣都仍有作家不小心落入這個陷阱之中。而這一點即為後來「社會派」推理小說在日本逐漸沒落的原因，亦是後來「新本格派」復興的契機所在。《點與線》裡的「空白的四分鐘」和先入為主的心理詭計等等，其實已經對讀者和有心模仿的作家做了很好的示範。但是，這些細節的分寸拿捏確實相當不容易，怪不得也有人說「社會派」推理小說是「始於清張，終於清張」的一種派別。

松本清張在後來的作品《時間的習俗》中沿用了《點與線》中同一批警察人員來破案，而《點與線》中的詭計亦是《時間的習俗》這本小說的重點，甚至後來漫畫《名偵探柯南》系列中也有類似的詭計出現，因此，怎麼可以說「社會派」不注重詭計呢？希望《時間的習俗》這部讓傅博老師極為欣賞的作品早日出現在獨步的書單之中。

作者

松本清張

作者簡介詳見P.9

名詞解釋

本格推理小說

以推理解謎為主要走向，是推理小說的主流，通常盡可能地讓讀者和偵探擁有同樣線索、站在同一平面。本格派中部分作者，書中會有「向讀者挑戰」的宣言（例如艾勒里・昆恩），也就是告訴讀者「到這裡你已擁有足以解開謎題的線索」，挑戰讀者是否能與偵探一樣解開謎題。因此，注重公平與理性邏輯，是本類型推理小說的特點。

惡魔的手毬歌

正面挑戰就是本格推理作家的浪漫

文▌冷言

03

50人最愛日推大募集

My Favorite Author and Work

好看的推理小說

最近發現，如果有朋友向我推薦小說，我會有兩種反應：「好看嗎？」或者，「有推理嗎？」發現這點之後，我對於自己為什麼會出現這兩種反應思考了很久。最後我發現，當我的反應是「好看嗎？」的時候，通常已經確定那本書是推理小說（而且大部分是已確定那是本格推理）。當我的反應是「有推理嗎？」，那我不是沒聽過這本書，就是我還在懷疑這本書究竟是不是推理小說。這麼說來，我可能已經徹底成為被推裡小說制約的實驗動物。而這幾年推理小說的出版熱潮其實是一個超大型研究計畫，主題是「推理小說對人類行為的制約」。如果以上騙稿費的幻想言論是真的，那麼論文完成時，拜託讓我掛個名吧！

玩笑歸玩笑，不過重度推理迷大概多多少少都會有類似的反應。如果把兩種反應綜合來看，其實我想知道的就是這是不是一本「好看的推理小說」這樣而已。而橫溝正史大部分的作品對我而言就是「好看的推理小說」。

日文書名：悪魔の手毬唄／作者：横溝正史
台灣出版社：獨步文化／出版日期：二〇〇六年七月
日本出版社：光文社／新潮社文庫
出版日期：一九五八年／一九七一年五月

挑戰模仿童謠殺人

在橫溝正史的諸多作品當中，會特別想談《惡魔的手毬歌》這本書，這可能和個人的閱讀寫作計畫有關。《惡魔的手毬歌》是一個典型模仿童謠殺人的故事，不管平常讀不讀推理小說，大家對此一推理小說常見的元素大概都不陌生。其實在《獄門島》當中，橫溝正史就已經處理過模仿俳句殺人，《惡魔的手毬歌》是他第二次挑戰模仿殺人。引起我好奇的是，在模仿童謠殺人這個題材上已經有《一個都不留》、《主教謀殺案》兩大巨作橫互於前，當時的橫溝正史為什麼還要繼續挑戰同類型的殺人詭計？從讀者的角度來看，大概會把焦點放在作者如何處理重複出現的題材，以及故事走向是否和名作雷同。但是以創作者的立場而言，這兩點其實在決定寫作題材之初就必須先解決。於是這個疑點在百思不得其解的情況下，我任性地下了個結論：正面挑戰就是本格推理作家的浪漫！

在民國七十七年林白版的《惡魔的手毬歌》中，附有大坪直行寫的解說，這篇解說裡談到很多橫溝正史的寫作觀以及創作態度。當我在寫作上遇到瓶頸無法突破時，我就會拿起來翻一翻。每次從這篇解說裡讀到橫溝正史對於本格推理小說是如何執著時，渾身的熱血也就跟著沸騰起來。裡頭談到當橫溝正史決定要寫一本以童謠殺人為主題的推理小說（完成後即為《惡魔的手毬歌》）時，原本苦於日本缺乏能和殺人事件連結在一起的搖籃曲或童話。後來在深澤七郎的《楢山節考》裡得到提示，發現根本不需要找實際存在的童謠，於是自己創造了故事中鬼首村的手毬歌。這是對於寫作的一種堅持，橫溝正史並不會因為題材已經有前人寫過而怯於挑戰，或者找不到寫作資料而放棄想寫的東西。我想這種堅持值得有心創作的人好好學習。

故事與詭計高度結合的傑作

除了正面挑戰的勇氣之外，橫溝正史筆下的金田一耕助系列，故事和詭計結合度亦非常高。為了提高故事的真實性，雖然故事當中的手毬歌是作者自己創作的，但是故事開頭作者特別花了一些篇幅去考證鬼首村的手毬歌。推理小說中經常可以看到作者以此來提高故事的真實性，但是在《惡魔的手毬歌》當中加入這段考證，除了提高真實性，也是故事裡相當重要的一段情節。在本格推理小說當中要做到故事與詭計高度結合，沒有經過很長時間的反覆思考是很難達到的。光從這一點就可以看出橫溝正史創作本格推理小說有多麼用心。

這麼用心的作品，這麼好看的推理小說，您說，能不看嗎？

作者

橫溝正史

一九〇二年出生於日本神戶。曾陸續擔任《新青年》、《文藝俱樂部》、《探偵小說》主編。四六年春末，《本陣殺人事件》與《蝴蝶殺人事件》這兩部純粹解謎推理小說開始在雜誌上連載，影響了當時推理小說的創作，開創本格推理小說的書寫潮流。四八年，以《本陣殺人事件》獲第一屆日本偵探作家俱樂部獎。其代表作有《蝴蝶殺人事件》、《本陣殺人事件》、《獄門島》、《惡魔前來吹笛》、《惡魔的手毬歌》等，暢銷數十年不墜。作品中改編為電影、電視劇者不計其數，名偵探金田一耕助的形象深植人心。於八一年十二月因結腸癌病逝。

My Favorite Author and Work

50人最愛日推大募集

04 獻給虛無的供物

推理小說的自我批判與自我肯定？

文▌顏九笙

江戶川亂步激賞的傳奇作品

《獻給虛無的供物》有著傳奇性的「戰績」：當初中井英夫以此作投稿一九六二年的江戶川亂步獎時，江戶川亂步並不知道眼前的作品尚未完成，卻還是非常激賞；在中文版〈導讀〉裡，傅博老師提到江戶川亂步當時如此評價：「洋溢推理趣味」、「充滿幽默詼諧和玩笑」、「的確是很愉快的作品」。的確，從前兩章的內容來看，有不少諷刺幽默的情節：一群好事之徒闖進歷劫之後失魂落魄的遺族家裡，硬是要把一樁意外死亡事件解釋成殺人案；眾人輪流提出自己的牽強推理，但是前一個人振振有詞的說明，立刻就被下一個人提出的實際證據給推翻，弄得灰頭土臉。然而這群不請自來的偵探還不死心，想硬逼可能不存在的「真兇」現形，果真再次鬧出人命的時候，才愕然發現自己「也是雙手染血的殺人兇犯」。接下來該怎麼辦？

如果只讀到這裡，或許會覺得這部作品真胡鬧——的確有些讀者對本書中最熱心的業餘偵探奈奈村久生非常反感，無法接受她無事生非的「破案」態度——但是，這種對偵探行為與形象的戲要顛覆，還不代表本書的全貌。

日文書名：虛無への供物／作者：中井英夫
台灣出版社：小知堂／出版日期：二〇〇七年十二月
日本出版社：講談社／講談社文庫
出版日期：一九六四年／一九七四年

中井英夫在〈後記〉裡提到，很遺憾沒來得及讓亂步先生讀到本書後半部。我想，要是亂步先生有機會看到完整版，他或許就不覺得這是「很愉快的作品」了，但激賞的程度只會有增無減。因為此書既是推理小說，也是對推理小說的反動；戲謔的情節轉折底層下，掩藏的是沉重的主題。

戲謔情節下的沉重主題

這沉重的主題，在〈序章〉中就已經揭露了。中井英夫如此形容故事發生的一九五四年：這一年內發生的案件共有三千零八十一起，平均一天八起，「創造了前所未有的紀錄。換句話說，日本在這一年內，有那麼多人認真地思考如何殺死他人，並確實執行這樣的想法。」接下來話鋒一轉，作者煞有介事地宣布，「讓這一年更別具意義的是新的殺人形態不斷出現」——種種的「人禍」，在這一年接踵而至。新春拜年群眾彼此踐踏致死；外國政府進行氫彈試爆，不知情的無辜漁民卻遭了殃；本國政府則差點昧著良心把有毒稻米發放給民眾；颱風時硬是出海的客船翻覆，一千一百多人一起葬身大海。作者在整本作品裡，還不時提到類似這樣「無意義」的大量死亡事件。這些事件的確點出了某些可以檢討的因素，甚至有助於避免日後類似的悲劇再度發生；但對於遺族而言，在這樣的大規模死亡事故中，他們珍愛的家人所具備的獨特性被一筆抹消了。在無意志、無差別毀滅一切的災難之中，珍愛之人一去不返，如何才能接受這樣的現實？

兼具多重意義的「真兇」告白

在這樣的框架下，言之鑿鑿的推理過程、像意外又像陰謀的死亡事件、最後「真兇」的告白，全都似幻似真，兼具多重意義；既像是喪失人性的瘋狂行徑，也像是為了保持人性的最後奮力一搏。也因此，這是一部推理小說，也是「反」推理小說。

雖然書末出現了一個「真相」，我卻仍傾向於認為這是個開放式結局，畢竟以自白者的心理狀態而言，罪惡意識存在，罪卻不見得存在——而且，這樣解讀似乎更有趣（我真是對不起「兇手」啊）。歡迎各位也試著進入《獻給虛無的供物》的世界，看看你解讀出的是什麼樣的真相。

作者

中井英夫

一九二二年出生於東京，九三年病逝。別名塔晶夫、碧川潭、黑鳥館主人、流薔園園丁、月蝕領主。其父中井猛之進為植物學學者，曾任日本國立科學博物館長。大學因二次大戰中輟後，至出版社擔任短歌雜誌編輯。代表作《獻給虛無的供物》除獲江戶川亂步獎第二名外，並與夢野久作的《腦髓地獄》、小栗虫太郎的《黑死館殺人事件》及竹本健治的《匣中的失樂》合稱日本推理四大奇書。

中井英夫文學底蘊深厚，文筆流暢優美，除了推理小說家，他還是詩人及幻想文學家，惜晚年因病痛無法繼續創作。在他去世後，NHK於九七年將《獻給虛無的供物》改編成電視劇《薔薇的殺意》。

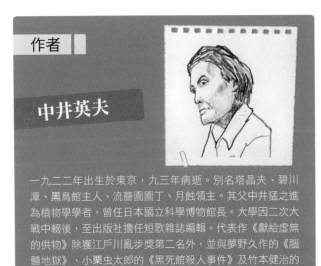

My Favorite Author and Work

05 東官雞

被遺忘的故事

文▍路那

50人最愛日推大募集

與台灣淵源深厚的作家

接到邀約，要在本期《謎詭》介紹一位自己喜歡的日本推理作家時，我猶豫了許久。腦袋裡如同跑馬燈般閃過了許多名字與作品，卻始終無法下定決心——直到日影丈吉這四個字突然出現在我的腦中。儘管我其實沒讀過他幾本作品（事實上，只有刊載在《推理雜誌》上的兩篇，而那甚至沒有集結成書）。對於這個作家，我的陌生多過於熟悉，而好奇多過於喜愛。

日文雜誌名：幻影城｜作者：日影丈吉
台灣出版社：推理雜誌｜出版日期：一九八四年十一月
日本出版社：幻影城｜出版日期：一九七九年

日影丈吉，是何許人也？

他的本名，在中島河太郎的《探偵小説辭典》中記載為片岡受安，但另有一說本名是片岡十一，片岡受安與樹鞍則為其別名。他一九〇八年出生於東京，一九二三年關東大地震震壞了他原本就讀的學校。於是日影一邊在Athene Fran語言學校學習外語，成為日本科幻作家今日泊亜蘭的同學，一邊在「川端繪畫學校」學習西洋繪畫，後至法國留學。畢業後，日影丈吉成為法語教師。

一九四三年他受到徵召，在台灣待了兩年，直到太平洋戰爭結束，日本戰敗，方才隨著軍隊返國。關於台灣，他留下了三部長篇與十八篇短篇，其中數則短篇輯成了《華麗島志奇》一書。

男孩變成鬥雞？

我要介紹的〈東官雞〉刊載於日前停刊的《推理雜誌》第一號。這個故事原來發表於一九七九年的《幻影城》雜誌。故事以戰爭結束前夕的台灣南部為背景，全文分為四節。敘事者是一名日本運輸隊的軍官，大略的描述了所在的環境，與從日本人眼中觀察到的台灣人的一些習慣。接著，村幹事長拜託軍官協助搜索失蹤兒童：一個熱愛鬥雞的父親劉丁貢讀小學三年級的兒子不見了，母親心急如焚，父親卻不聞不問。敘事者應允後，派下屬小長谷打聽之下，發現村民搶了劉丁貢一隻鬥雞。因為劉丁貢告訴妻子，失蹤的小孩東官變成鬥雞要幫父親賺錢。聽聞此言，群情激憤的村民蜂擁而上，帶回這隻「東官雞」，要找法師幫他變回人形。然而隔天，劉丁貢竟被發現陳屍在居處！是誰殺了他？東官的下落何在？為何劉丁貢會一心認定兒子變成了鬥雞？

我很喜歡〈東官雞〉這篇作品。雖然推理的部分不多，卻頗為細緻，且相當有說服力。而日影小說中《聊齋誌異》式的風格，使得〈東官雞〉染上了一層筆記怪談的色彩，亦可窺見其具獨特幻想性的寫作手法。小說中所描繪的台灣與台灣人，雖稍嫌平面呆板，然而，對於統治者集團內部間微妙來往的細膩描寫卻補足了這個缺點。這樣的書寫策略，某種程度上反映了日本統治者與台灣的被殖民者之間的距離。

展露現代感的〈感冒貓事件〉

《推理雜誌》刊登的另外一篇日影作品，為兩百多期的〈感冒貓事件〉。相異於〈東官雞〉濃厚的異國情調，日影在此一短篇中展露出現代感，並巧妙利用了語言的元素偵破案件。故事描述一起夜晚發生的凶殺案：某日，三名員工留下來加班，其中部長遭到他殺，祕書是發現屍體的人，課長則意外的被困在電梯之中。是外來者殺人？或是另兩人所為？本篇最富趣味的地方，就是看著一個個動機與手法接連的被建立而後推翻，隱隱然呼應著警探飾馬的觀點：「要合理地找出犯罪動機，根本是天真的想法」。雖然最終，飾馬仍然是以動機做為切入點，攻破嫌犯的心防。

島崎博（即傅博）曾說，土屋隆夫、日影丈吉與鮎川哲也三人同為第三屆《寶石》徵文的獲獎者，是日本繼「戰後五人男」後崛起的第一期作家。今日，台灣已翻譯了土屋隆夫全集，鮎川哲也的作品也陸續出版，但與台灣有著深厚淵源的日影丈吉，其作品仍然不知何日得以出版，這不能不說是歷史的一個小小諷刺。

作者

日影丈吉

一九〇八年出生於東京，Athene Fran語言學校畢業。四九年以〈巫歌〉參加《寶石》雜誌「百萬偵探小說徵選」徵文獎，獲短篇小說第二名，江戶川亂步評為「幾乎是完美的作品」；五六年，〈狐雞〉獲得第九屆日本偵探作家俱樂部獎（今日的推理作家協會獎）；八九年，又以短篇集《泥火車》獲得泉鏡花文學獎，曾擔任偵探作家俱樂部的幹事長和推理作家協會的理事。

日影丈吉以台灣為背景的作品被稱為「台灣系列」，主要包括了長篇《應家的人們》、《內部的真實》，短篇如〈眠床鬼〉、〈天仙宮審判日〉、〈消失的家〉、〈喧鬧的屍體〉，以及〈東官雞〉等。

06 終點站謀殺案

旅情推理的開山人——西村京太郎

文▌ellry

結合鐵道文化的旅情推理

日本推理小說在經歷了五〇年代社會派推理小說一枝獨秀之後，到了七〇年代逐漸發展成百家爭鳴的態勢。這時期的推理小說雖走向多元，社會派仍占據一定的分量，不過諸如赤川次郎、西村京太郎等人的作品也為讀者所認可，在商業上獲得很大成功。

西村京太郎於一九三〇年出生於東京，本名矢島喜八郎。一九六五年，他以《天使的傷痕》角逐第十一屆江戶川亂步獎並且獲獎，從此正式成為職業推理作家。談到西村京太郎，常常與旅情推理聯繫在一起。所謂「旅情推理」，指的是以火車運行結合觀光勝地的民俗、風景為案件背景的推理小說。旅遊在日本是一般民眾最普遍的生活享受之一，火車出遊也是大眾的首選。更進一步，還出現了「鐵道文化」，其內容涉及火車頭種類、線路、時刻表、沿線風景名勝、火車旅行技巧、鐵道文物蒐集等等。熱中鐵道的民眾遍及各年齡層、身分地位。據稱，日本鐵道迷總數超過一千萬人。正是順應了這種時代的潮流，西村京太郎於一九七八年發表《臥鋪特快車謀殺案》，通過推理小說向

日文書名：終着駅殺人事件｜作者：西村京太郎
台灣出版社：志文出版｜出版日期：一九八七年二月十五日
日本出版社：光文社／光文社文庫
出版日期：一九八〇年七月／一九八四年十一月

讀者間接介紹旅遊資訊，打開了旅情推理的大門。

西村京太郎因為旅情推理而成為暢銷書作家，經常名列日本作家繳稅排行榜前幾名。他的作品數量眾多，而且某些作品相似程度非常高。另外，作品中大量夾雜鐵道知識也招致一些批評，認為會導致非鐵道迷或鐵道從業人員等不具有鐵道專業知識的讀者難以理解。零星閱讀過其作品的讀者或許並不會買這位暢銷書作家的帳，但是，如果因上述理由而放棄這位作家顯然是不公平的。就旅情推理來說，他曾以《終點站謀殺案》（一九八〇）獲得日本推理作家協會獎，顯示出不俗的實力。這部小說很具有代表性，集中體現了他作品的諸多優點。

殺機重重的返鄉之旅

《終點站謀殺案》講述了一個頗具人情味的故事。七個高中同窗好友分頭到東京闖天下，當時曾約定七年後的某日同到上野站乘車做一次重返青森的故鄉行。七年後，他們果真如約前來。幾乎七年未見的好友再度相逢、同返故鄉，本是浪漫又柔情的輕鬆之旅，不料卻化做一連串的死亡慘劇：先是一人尚未登車就在上野車站遭到殺害，接著車上的一人失蹤後「自殺」……就這樣一樁樁謀殺在他們周圍發生。案件調查的主力自然是西村筆下出場次數最多的十津川警部和龜井刑事。與那些擅長理論化的邏輯推理的大偵探不同，十津川和龜井都是第一線的刑警，兢兢業業、腳踏實地是他們的特點。案件一開始，他們也和讀者一樣毫無頭緒，只有孜孜不倦的調查，尋找任何一條可能的線索，驗證所有可能的推論。可以這樣說，西村京太郎小說中偵探的人格魅力在於辦案時那種專注的神情以及百折不撓的精神！

除了旅情推理以外，西村京太郎的創作題材也相當廣泛。諸如社會派推理小說《天使的傷痕》、向大師致敬的諧模推理小說《無畏的名偵探》、本格推理小說《殺人雙曲線》、法庭推理小說《七個證人》等等。或許西村京太郎不是一位能帶給讀者很多激情的作家，但是他的作品絕對值得一讀。

作者

西村京太郎

本名矢島喜八郎，一九三〇年生。在專事寫作前，擔任過公務員、私家偵探、卡車司機、保險推銷員、賽馬會職員及警衛等。六五年以《天使的傷痕》獲得江戶川亂步獎，之後嘗試過多種類型的推理小說。七八年，創作《臥鋪特快謀殺案》後開始一系列以列車為作品名的推理小說。八四年《東京車站謀殺案》後則寫作一系列以車站為主題的推理小說，曾獲第三十四屆日本推理作家協會獎的《終點站謀殺案》即屬於此一系列。

除了旅情推理以外，西村也有相當多不同面向的作品。如本格的《殺人雙曲線》、關注環保議題的《污染海域》、集合四位名探的致敬作《無畏的名偵探》等。

My Favorite Author and Work

50人最愛日推大募集

07 占星術殺人魔法

日本推理之神——島田莊司

文▌天蠍小豬

日文書名：占星術殺人事件｜作者：島田莊司
台灣出版社：皇冠出版｜出版日期：二〇〇三年七月
日本出版社：講談社／講談社文庫
出版日期：一九八一年十二月／一九八七年七月

新本格教父

在我看來，神就是眼光遠遠高於時代、身姿遠遠高於眾生的獨特存在。島田莊司就是這樣的一個獨特存在，他開啟了「本格冬天」的破冰之旅，被譽為「新本格教父」。其歷史地位，即便是現今最炙手可熱的暢銷作家、「推理天王」東野圭吾，也難以望其項背。唯有他才當得起「推理之神」這一稱號！

上文所謂「本格冬天」，始於《幻影城》雜誌停刊的一九七九年，結束於綾辻行人《殺人十角館》發表的一九八七年（即「新本格元年」）。儘管這一時期很短，卻是本格發展最為艱辛、活動最為沉寂、聲音最為微弱的時期。其時，以松本清張為代表的社會派蓬勃發展，以逢坂剛為代表的冒險派方興未艾。這兩派幾乎將傳統的本格派逼至絕滅的邊緣，不少本格作家迫於無奈，「倒戈」改寫社會、冒險小說，甚至轉向純文學創作，只有泡坂妻夫、笠井潔等寥寥數人勉強支撐局面。當此逆境，讓本格派絕處逢生的「救世主」誕生了，他就是島田莊司。

江戶川亂步獎的遺珠之憾

島田莊司一九四八年十月十二日生於廣島縣福山市，武藏野美術大學商業美術設計專業畢業後，先後從事卡車司機、占星師、插畫家和音樂人等多種職業，這些經歷對其後來的小說創作助益良多。一九七九年，在《異邦騎士》的創作遭遇瓶頸後，對橫溝正史、高木彬光等本格派大師心嚮往之的他，轉而利用自己熟稔的占星學知識，開始了一段新的寫作旅程。而這段旅程的最終產品，便是後來被譽為「世紀傑作」的御手洗系列首作《占星術殺人魔法》。時值「本格冬天」伊始，江戶川亂步獎幾乎成了新人作家登龍推理文壇的唯一途徑，島田遂以《占星術殺人魔法》的初稿應徵第二十六屆亂步獎，雖然入圍決選，惜敗於井澤元彥的歷史題材暗號推理作品《猿丸幻視行》，成為該獎史上最著名的一次「遺珠之憾」。

《占星術殺人魔法》是部集古典解謎推理之精華於一爐的傑作，其諸多設定明顯可見柯南道爾、昆恩、卡爾和奧希茲夫人等名家的印記。當然，本作主要詭計多次遭到抄襲，其中較著名的便是動漫《金田一少年事件簿》和推理劇《少年包青天》的先後兩次抄襲。至今已具三十年作家經歷的島田莊司，創作各類著作近百部，且非小說類之外，大抵都是本格解謎推理小說，無一不具此處女作的痕跡。

日本推理文學大獎的肯定

可以說，《占星術殺人魔法》在亂步獎落敗絕非偶然。因為亂步獎在評判標準上向來重歷史社會意義而輕本格解謎精神，此前已有土屋隆夫、中井英夫、天藤真、中町信等名家的解謎名作在決選時鎩羽而歸。況且在社會派與冒險派夾擊的境況下，亂步獎也唯有拒絕島田這一種結果。然而，如此無緣「大獎」的經歷，《占星術殺人魔法》只是一個開頭。此後他又數次止步於亂步獎、直木獎、吉川英治文學新人獎的預選或決選階段。對獲獎不再抱有希望後，島田八次婉辭日本推理作家協會獎提名，坐實了自己「無冕之王」的稱號。但不管怎樣，《占星術殺人魔法》畢竟為幾乎中斷了的本格解謎傳統，保留了一線香火，這實在是不幸中之萬幸。正所謂「禍福相倚」，倘使當時順利摘得大獎桂冠，他是否能臻至今日之崇高地位，難以逆料，至少歷史必會重寫。而他對歷史謎案、人間冤罪、日本人論、廢除死刑等問題的關心探討，以及對本格理論的發展創新和對「新本格世代」的提攜獎掖，則進一步加重了其在本格讀者心目中的分量。去年底，島田獲頒第十二屆日本推理文學大獎。這一具備終生成就意義的獎項，並非表明神對時代的屈服，只是在其光環上鍍了一層名為「永恆」的金色。至此，島田莊司可謂功德圓滿。

作者

島田莊司

一九四八年十月十二日出生於日本廣島縣，畢業於武藏野美術大學。八一年以《占星術殺人魔法》踏入推理文壇。八五年以《漱石和倫敦木乃伊殺人事件》獲日本夏洛克．福爾摩斯俱樂部特別獎。其作品以想像力豐富、充滿故事魅力見長。在以社會派推理小說為主流的八〇年代，島田另闢新徑，替本格派推理小說爭取了一片天地，在日本推理文壇具有舉足輕重的地位。代表作品有「占星師御手洗潔系列」、「刑警吉敷竹史系列」等。

08 本所深川詭怪傳說

江戶時代的迷人故事

文▌紗卡

日文書名：本所深川ふしぎ草紙｜作者：宮部美幸
台灣出版社：獨步文化｜出版日期：二〇〇七年一月
日本出版社：新人物往來社／新潮文庫
出版日期：一九九一年三月／一九九五年八月

以人情風物取勝的捕物小說

本書是宮部美幸的第一部時代小說集（連作短篇集），由於捕吏茂七貫串其間，因此本系列作品亦被歸類為「捕物小說」。傳博老師於本書解說裡提到，捕物加上人情與風物正是捕物小說的特徵。本作品則是偏重人情的捕物小說，書中對於捕吏茂七的辦案過程著墨雖不多，但茂七仍是推動劇情的重要角色。

書中細膩地描繪出江戶時期升斗小民為生活掙扎的點點滴滴，同時也相當程度地表現出當時的社會階級分明，貧富差距懸殊。有錢人家一擲千金、夜夜笙歌，做生意為了名號，可以毫不吝惜地以丟棄高級醋飯做為宣傳手段；但另一方面，卻有很多人拚了老命，只為掙口飯吃。閱讀故事的同時，讀者處處可以感受到書中人物背負的種種生活壓力。宮部美幸故事裡的主角通常都是細心挑選的，作者可說是社會底層廣大勞動階級的代言人。

與現實映襯的七件詭怪傳說

其實本書的最大特色，在於採用本所深川一帶的七件詭怪傳說為經緯，然後搭配傳說，講述了書中江戶時代當時的七則故事。作者並不刻意利用推理手法，也不以邏輯來破解這些詭怪傳說。相反地，這些傳說有的與書裡當時出現的事件前後映襯，似乎暗示著或許這就是鄉野傳說的由來；有的則是借古諷今，利用傳說來比喻人心不古；而有的故事帶點淡淡的哀傷，傳說成了百姓心中的一點點慰藉；甚至有的故事直指現實人心最黑暗的一面，意外地戳破傳說的浪漫本質。

〈單邊蘆葉〉——人與人感情的不對等

因篇幅有限，於此僅簡單介紹首篇〈單邊蘆葉〉。

〈單邊蘆葉〉傳說如下：駒止橋畔的蘆葦，不知為何，葉子只長在一側。故事始於近江屋藤兵衛的命案。藤兵衛的女兒美津似乎涉有重嫌，因為父女倆時生齟齬。藤兵衛經營壽司鋪，而且以不使用隔夜白飯做為號召，證據是每晚會將當天剩下的高級醋飯丟進大江。此外，藤兵衛在商場上心狠手辣，為了擴張勢力冷酷無情。但女兒美津卻對父親這種強硬作法不以為然，還會背著父親支助窮人。主角彥次年輕時受過美津的恩惠，銘記在心，不相信美津會弒父。

隨著故事的進展，漸漸顯露出冷酷的藤兵衛其實有著善良的一面；甚至當年往事的全貌，也與彥次的單方面觀點不同。故事結尾，彥次終於再度與恩人，也是自己的精神支柱美津見面。對彥次來說，那是一生的約定，是刻骨銘心的思念；但是對美津來說，她卻早已經……單邊蘆葉的寓意，在本篇裡非常明顯貼切。人與人之間的感情，並不總是平衡且對等。

雖不偏重推理，但絕對是好看的小說

其他各篇故事風格類似但主題不同：〈送行燈籠〉是一件既沒有寫明，也沒有結果的愛情故事、〈擱下渠〉則述說對逝去親人的思念、〈不落葉的槲樹〉講的是父女之間複雜的感情、〈愚弄伴奏〉寫出了少女細膩的心思、〈洗腳宅邸〉揭露了人心難測、〈不滅的掛燈〉則是指出現實事件與浪漫傳說存有差距。

江戶時代的各行各業、形形色色躍然紙上，極具說服力的時代人物，宛如我們的周遭友人一般，他們面對的生活壓力與生離死別，其實與我們現代人並無二致。如果您沒有讀過時代小說，那麼本書是個不錯的開始。嚴格說來，本書或許不能算是很正統的推理小說，但絕對是引人入勝的一部小說。捕吏茂七不只活躍於本書，宮部美幸之後仍繼續創作茂七系列作品，迷人的故事也仍在進行中。

作者

宮部美幸

一九六〇年出生於東京。八七年，以《鄰人的犯罪》獲《ALL讀物》推理小說新人獎；八九年，《魔術的耳語》獲日本推理懸疑小說大獎。九二年，《龍眠》獲日本推理作家協會獎，並以《本所深川詭怪傳說》獲吉川英治文學新人獎；九三年，《火車》獲山本周五郎獎；九七年，《蒲生邸事件》獲日本SF大獎；九九年，《理由》獲直木獎；二〇〇一年，《模仿犯》獲司馬遼太郎獎及日本出版文化獎特別獎。近期作品有《無名毒》、《終日》、《孤宿之人》以及《模仿犯》續作《樂園》（獨步文化出版）等。

09 異人們的館

非看不可的敘述性詭計佳作

文▍小葉日本台

50人最愛日推大募集

My Favorite Author and Work

日文書名：異人たちの館／作者：折原一
台灣出版社：獨步文化／出版日期：二〇〇九年六月
日本出版社：新潮社／新潮文庫／講談社文庫
出版日期：一九九三年／一九九六年／二〇〇二年

令人大開眼界的完美布局

許多年下來，看了不少日本推理小說，但若現在要選一位作家，從其作品中挑一本最私心推薦的？不容易耶，那些大家耳熟能詳的大師名作就不重複了，倒是有一位，聲名早就如雷貫耳，輩分地位也屬重量級，只是之前引進台灣的作品不知為何少得可憐，算是被忽略了，這位名家是折原一，最擅長的是「敘述性詭計」，更難得的是他的長篇代表作《異人們的館》終於得以一睹為快！看過之後的直覺反應是「哇」的一聲，就是那種「讚」和「過癮」的滿足感，果然有一套，所以此刻當下的心情，就推折原一和他的《異人們的館》嘍。

所謂的「敘述性詭計」其實還滿常見的，但或許是這類安排有其局限性，也可能是自己涉獵不夠深，總覺得讓人眼睛一亮的創作並不算多，看習慣之後要嘛老套一堆很好猜，要嘛牽強硬掰，讓讀者產生錯覺的效果有限，倒是跳過那些刻意敘述的文字陷阱也沒什麼影響。所以當我在早有心理準備的情況下讀《異人們的館》，過程還是幾度被耍；當我已猜到大概是怎麼回事時又挨了作者的冷箭；甚至到了末段等著看作者如何收尾，這個「敘述性詭計」的自圓其說不僅天衣無縫，更是讓人驚呼連連，布局極其完美，讓我眼界大開，現在希望，出版社多出些折原一的大作。

虛實交錯的青年苦澀物語

《異人們的館》描寫的是兩位熱愛寫作卻抑鬱不得志的青年苦

澀物語。潦倒的影子作家（島崎潤一）要為富裕卻失蹤的小松原淳寫傳記，委託人是小松原淳的母親，委託的理由是媽媽對孩子的思念。只是「失蹤，未宣告死亡，還是有可能歸來啊！」，的確，這不僅是被委託人的疑問，更是委託人堅信不渝的信念，但也就是這樣的連結，兩個立志成為作家的年輕人，藉由一本代筆的傳記有了交集，而隨著傳記主人翁的輪廓愈加清晰，不可思議的謎團和難以理解的異人形象也將愈形巨大。

本作是以「主角主線＋採訪內容＋報紙報導＋作中作＋獨白」等五種形式交錯書寫，擺明的就是玩敘述性詭計，既要避免流於老套，還要和讀者來場公平的鬥智推理，難度可不低。曾經看過不少類似的創作，玩半天卻盡是一廂情願的兜圈子，故弄玄虛卻鑿痕斑斑，所以此番布局的虛虛實實，拿捏之間，考驗的是作者的新意。折原一呢？「媽媽眼中體型纖細、穿紅衣紅裙的『淳』……」，這是本書前章的一段形容，也是敘述性詭計常見的性別陷阱，但作者的功力顯然沒那麼小兒科，三兩下就直接明白告訴讀者「淳」是小男生，詭計不在這裡啦。這就是折原一，總是能以更高段、更曲折、更多面相的包裝手法，將故事的離奇、懸疑、驚悚烘托得更為精采，更加絲絲入扣，不愧是「敘述性詭計」創作的第一把交椅。

動人的故事、一流的文筆

穿紅鞋的女孩兒，被異人帶走了。——日本知名童謠〈紅鞋〉

本書主軸之一，即書名所標示的「異人們」，在書背上直接引用《廣辭苑》的解釋，異人：1. 異於常人的人、奇人。2. 另一人、別人。3. 施法術的人、仙人。4. 外國人，通常指西洋人。這番說明隨著小說的進行，讀者看到的正是劇中人一連串扭曲、無奈、悲涼、狂烈、感傷、病態的人格與人生；而當故事中「異人」這個答案從單選到複選到以上皆是，拼湊出的家族之絆，衝撞出的作家幻夢，同樣是一種難以言喻的驚愕與苦澀。

就我看推理小說的經驗談，先小說再推理，好看的故事是最基本的，有了動人的劇情才能讓附加上去的謎團詭計顯得更為耀眼，更具張力。畢業於早稻田大學文學部的折原一就有這般能耐，不管是說故事還是寫文章的本事都屬一流，讀他的作品會有欲罷不能的快感和享受。出版社在《異人們的館》書封上加了兩句宣傳標語：「沒拜讀過折原一，別說你是『日系推理迷』！」「沒看到最後一頁，別說你了『敘述性詭計』」！同意，看完本書我絕對信服折原一值得這兩句讚美，而且更多！

作者

折原一

一九五一年生，畢業於早稻田大學第一文學部，在學期間為早稻田推理小說俱樂部成員。八八年以連作短篇集《五具棺材》進入推理文壇，同年以第一部長篇小說《倒錯的迴旋曲》進入江戶川亂步獎的決選，雖未能獲獎，本作卻得到了相當的好評，奠定其文壇地位。九五年以《沉默的教室》獲得第四十八屆日本推理作家協會獎。

10

第13位偵探士

徹底耍弄鵝媽媽與名偵探的山口雅也

文▌張東君

50人最愛日推大募集

My Favorite Author and Work

日文書名：13人目の探偵士 作者：山口雅也
日本出版社：東京創元社／講談社文庫
出版日期：一九九三年一月／二〇〇四年二月

邏輯的鬼才、童謠的玩家

要是像用「島田莊司＝日本推理之神」這樣的一個詞、一句話來介紹山口雅也的話，我會稱他為「邏輯的鬼才」或「童謠的玩家」。這位早稻田大學推理小說俱樂部出身的作家，不僅把鵝媽媽當成小說的伏筆，還將名偵探玩弄於股掌之上，在現實與想像、此世與彼世之間自由跳躍，不停想像。他的作品主要可以分成兩大類，一個在「這個世界」、另一個在「平行世界」。他將推理小說中的有趣元素全部加以結合；每個系列都各有巧思地向某種文學致敬，非系列作品也各自有不同的、前所未見的切入點，讓讀者一邊看得有趣，一邊骨子裡卻透出寒意，懷疑山口的腦袋到底是怎麼長的，怎麼可以把人類原本溫馨的生活「扭曲」得這麼令人毛骨悚然。

名偵探齊聚一堂

以《第13位偵探士》起始的積德・皮斯託系列，是以平行世界中的英國為舞台背景，有龐克偵探活躍其中的小說。山口不但多處引用了古今「日」外的各推理名家筆下創作出來的名偵探及其著名言行，還讓發生的事件都和鵝媽媽的童謠脫不了關係。而處理這些案件的則是倫敦警視廳「NUTS（National Unbelievable Troubles Section，瘋子）」事件處理課的龐克警察積德・皮斯託（小孩・手槍）及染有一頭彩髮的蘋可・貝拉多娜（毒草）。此外還有在地位上可以使喚警察的、獲頒偵探士稱號的名偵探們。舉凡推理小說中的有趣元素，像連續殺人、密室、死前留言、消失的凶器、毒品、名偵探與世仇、各種怪異凶器、顛覆的結局等等，大概都被山口拿來放在書裡啦！

推理迷們耳熟能詳的眾多名偵探，在此處英國都實際存在，而且聯合起來組織了一個偵探協會，大家依解決案件的能力、程度等來累積分數、排階級。最高位階是偵探皇，理論上是用選的；第一任偵探皇當然是福爾摩斯，剛卸任的則是福爾摩斯的兒子。

有如電腦遊戲的閱讀過程

本書中的案子，是模仿童謠〈十個印第安人〉的連續殺人事件。兇手在殺人現場都留下與貓有關的物品當「名片」，再加上已超過十位的被害者都是名偵探，所以引發了軒然大波，並仿開膛手傑克（Jack the Ripper）的外號，替兇手取了個「開膛手貓（Cat the Ripper）」的稱號。

故事剛開始，有個男人在一間密室中醒來，房間中只有他和偵探皇的屍體，在屍體手邊有被害人用自己的鮮血寫下的字，看起來有點像「CATS」。當龐克偵探要逮捕他的時候，他倉皇逃走，並衝進偵探協會一樓的訪客用掛號機器中。那是個像蛋形的機器，坐定後會出現協會中所有偵探的照片，讓客戶可以依照自己想委託的案件特性，尋找適合的偵探。

從這裡開始，故事就分為三段。閱讀的過程就像在玩文字版的電腦遊戲，讀者得和失去記憶的男子一起，從三位不同特性的偵探中選擇一位來解謎，分析每位偵探基於自己擅長的領域所做的闡述，再依照他們提出的不同解決方法來做抉擇繼續往下走，情節及辦案的過程與結局一切取決於自己。只不過書中嫌犯會在關鍵時刻頭痛，又跳回原先畫面，重新選擇。而書上也會有些頁面好像電腦畫面一樣，要人家按Alt+Ctrl+Del立刻跳出……

由於兇手是「開膛手貓」，所以書中除了推理之外，還多了一些歷史文物、與貓有關的典故，既增添了閱讀的樂趣，也增長見聞知識。

若是想要認識山口雅也的平行世界，了解其中的架構，以及偵探皇及龐克警察之間的恩怨糾葛，就絕對不能錯過這本被玩得很凶的重要入門書！

作者

山口雅也

一九五四年出生於日本神奈川縣，早稻田大學法學部畢業。八八年，以《活屍之死》入選東京創元社「鮎川哲也與十三之謎」叢書的第十一部作品，與折原一、北村薰、有栖川有栖等作家同期出道。八九年《活屍之死》出版。九五年以《日本殺人事件》獲第四十八屆日本推理作家協會獎。

山口雅也的作品風格顛覆傳統，極富實驗性與幻想性，常以超越現實的世界做為背景，在曲折綿密的故事架構背後，仍以本格推理為基礎，具備了複雜精巧的謎團，而結局往往出人意表。

橫溝正史《獄門島》

名偵探金田一耕助受戰友鬼頭千萬太死前之託，來到位於瀨戶內海上的獄門島。獄門島自古以來即為海盜巢穴及罪犯流放之地，鬼頭家則是掌握島上經濟命脈的首富，而千萬太生前十分擔心三個妹妹——月代、雪枝及花子會遭遇不測。

就在金田一耕助捎來千萬太的死訊，鬼頭家舉行葬禮當晚，花子失蹤，旋即發現其屍體被吊在寺院庭院的古梅樹上；其後，雪枝遇害，屍體藏在放置路旁的大吊鐘內；接著，月代也遭到殺害，屍體周圍散布著荻花。

兇手為何在殺人後要大費周章地布置屍體以符合俳句的情境？又為何對貌美如花的三姊妹痛下殺手？答案就在高踞日本各推理小說排行榜前五名，橫溝正史自選為生涯最佳傑作的《獄門島》中。

有獎徵答 1

請問此幕場景出現在《獄門島》第幾頁？

有獎徵答回函卡請見末頁。

橫溝正史《犬神家一族》

金田一耕助收到一封惡作劇般的信，請求他設法阻止即將發生的連環命案。然而，初次會面時，委託人竟死於非命。原來，信州財界巨頭犬神佐兵衛身後留下不合常理的遺書，要將龐大財產全數轉讓給恩人的孫女珠世；前提是珠世必須從他的三個孫子之中挑選一人完婚。

這封詭異的遺書，觸發犬神家骨肉相殘鬥爭；三樣不祥的家寶，串連三起哀切的模仿殺人事件——以身成就小斧，以頸纏繞古琴，以頭顱滋養菊花——三名被害者的死狀令人駭異，究竟兇手與犬神家有什麼深仇大恨？為何犬神佐兵衛獨厚珠世？屍體為何要倒插在結冰的湖中？曲折離奇的豪門恩怨，撲朔迷離的難解謎團盡在《犬神家一族》。

有獎徵答 2

請問此幕場景出現在《犬神家一族》第幾頁？

有獎徵答回函卡請見末頁。

松本清張《砂之器》

東京國營鐵路蒲田調車場內，一名老人遭鈍器擊中頭部慘死。老人身分不明，但警方查出死者案發當晚曾與一名男子至附近的酒吧喝酒。酒吧女侍記得兩人提到「龜田」，為此警方四處奔波尋找日本各地的龜田，但一無所獲。

被害人是誰？又是為何被殺？隨著刑警今西榮太郎南北奔波追查案情，一個個重要關係人——前衛劇團辦事員成瀨利惠子、演員宮田、吧女三浦惠美子卻接連死去，這是巧合還是神祕的殺人手法？在機緣及靈光乍現之下，今西刑警發現這些事件有著密不可分的關係，進而抽絲剝繭一步步接近真兇。

圖中，這對父子在冰天雪地中踽踽而行就是一切的開端，故事從此揭開序幕……

松本清張《零的焦點》

廣告代理公司員工鵜原憲一在新婚一星期後旋即失蹤，年輕的妻子禎子毅然踏上陌生的北陸金澤，尋訪丈夫的蹤跡。禎子除了發現丈夫似乎過著雙重生活，還有一段不為人知的過去，也曾為了確認在懸崖服毒自盡的自殺者是否就是丈夫，登上能登斷崖，俯瞰翻騰怒吼的黑色海洋，而隨著她深入查訪，周遭也接二連三發生命案……

清張爺爺曾說：「本書是我的代表作。」在這本以日本戰敗，遭美軍進駐接管那一段混亂期間為背景的小說中，是什麼樣的戰爭慘痛傷痕，讓人不惜殺人也要守住祕密？答案就在《零的焦點》之中。

有獎徵答 3

請問此幕場景出現在《零的焦點》第幾頁？

有獎徵答回函卡請見末頁。

冬季歌劇

名偵探的溫柔宿命

11

文▌寵物先生

50人最愛日推大募集

My Favorite Author and Work

華生視點下的現代福爾摩斯

姬宮步生於北國，高中畢業後來到東京，在叔父經營的「姬宮不動產」工作。某天事務所的二樓進駐了奇怪的店家：「名偵探巫弓彥，即刻幫您解決超越人類所知的困難案件！」打從小步在門口巧遇這位目光炯炯、不苟言笑，眉毛和嘴巴像是用直尺畫出來的「名偵探」後，巫先生就在她的生活圈不時現身：有時是露天酒吧的服務生，有時是便利商店店員，又有時在早起後看見他在送報……難道附近發生了什麼重大的犯罪行為嗎？與巫先生一番會談後，小步決定要扮演華生的角色，記錄這位「名偵探」的事蹟。

本作收錄〈三角之水〉、〈蘭與韋駄天〉和〈冬季歌劇〉三部中、短篇，有別於北村薰給人「日常生活謎團」的印象，前兩部作品牽涉到輕微的犯罪案件〈竊取研究機密、蘭花盜採〉，第三篇更以發生在大學研究室的「密室殺人」為題材，並藉由巫弓彥的智慧，指出兇手、手法與動機的福爾摩斯形態故事。除了名偵探與助手外，重要配角「椿雪子」也於〈蘭與韋駄天〉登場，三人間的對話與互動，堪稱全書精髓。

日文書名：冬のオペラ｜作者：北村薫
日本出版社：中央公論社／中公文庫／角川文庫
出版日期：一九九三年九月／二〇〇〇年二月／二〇〇二年五月

「名偵探」的宿命與困境

許多日本推理作品中「偵探」與「名偵探」的差別，並不是在於「有沒有名」。相對於調查外遇、尋找失蹤人口的一般偵探，「名偵探」擔任的是解決案件——通常是具有超乎常理謎團，警察無法破解的案件——的角色。然而，這樣的「名偵探」真的會出現在現實生活中嗎？

本作透過少女的視點，道盡現今名偵探生活的困境與悲哀。小步與巫弓彥首次會談後，她得知這位名偵探並不是因為調查而四處打工，而是真的在籌措生活費。需要「名偵探」出馬的案件，現實中幾乎不會發生，因此以名偵探為職志的人，是無法填飽肚子的，就像保羅．高更執著於畫家的身分一樣，最終只能在大溪地島上孤獨以終。

這位堅持「名偵探乃是因意志而存在，不需要任何實績」的中年紳士，因為小步的四處奔走，終於找到第一個〈三角之水〉的委託人。加上本作另兩起，三起案件的發生時節分別為夏季、春季和冬季，一年半下來只接到三起案件（而且幾乎沒有實質上的報酬），「名偵探」真的是一種很辛苦的宿命啊。

少女心與文學性

儘管本作稍與「日常之謎」脫節，卻仍保有北村薰作品的一貫特色。首先，少女與大叔的搭檔令人聯想到他的著名成長系列「春櫻亭圓紫與我」，相較於「我」的文學少女面向，姬宮步未滿二十卻成熟、率直而富有正義感的性格更為討喜，也由於對文學知識的欠缺，只能以旁觀的角度視之，比起「我」稍微拉近了與讀者間的距離。

然而，可別以為本書會因此失去北村作品一貫的文學味。比起單純的引用，本作和文學作品的結合更為強化：在著名的能樂謠曲〈舍利〉中，足疾鬼因自己的狂妄執念，偷走了釋迦涅槃後的佛骨牙齒，被韋馱天（印度教傳至佛教的護法神，現在多做為快如疾風者的稱號）前往追捕，這段在〈蘭與韋馱天〉中，被比喻為偵探追查蘭花賊的過程。另外，〈冬季歌劇〉末尾為了呼應謎底，也引用一段西洋著名歌劇，藉此營造該案兇手對人生的無奈與感傷。

擅長描寫女性的善感與纖細，並結合文學素材的北村薰作品裡，《冬季歌劇》更是強調解謎特色的小品作，值得細細品味。

作者

北村薰

原名宮本和男，一九四九年出生於日本埼玉縣，畢業於早稻田大學第一文學部，曾是早稻田推理小說俱樂部的成員。曾擔任高中國文教師，並於任教期間發表《空中飛馬》，九一年以同系列《夜蟬》獲第四十四屆日本推理作家協會短篇部門獎，而北村總共為了「我」和圓紫大師，這對風味獨特的搭檔寫下五部作品。他在日本推理文壇以優美文風自成一格，相當講究故事性、小說結構及人物描寫。二〇〇六年以昆恩國名系列仿作《日本硬幣之謎》獲得第六屆本格推理大獎（評論及其他部門）。〇九年以《鷺與雪》獲直木獎。

12

姑獲鳥之夏

聊聊天，在京極夏彥的《姑獲鳥之夏》裡

文｜臥斧

日文書名：姑獲鳥の夏｜作者：京極夏彥
台灣出版社：獨步文化｜出版日期：二〇〇七年六月
日本出版社：講談社／講談社文庫
出版日期：一九九四年九月／一九九八年九月

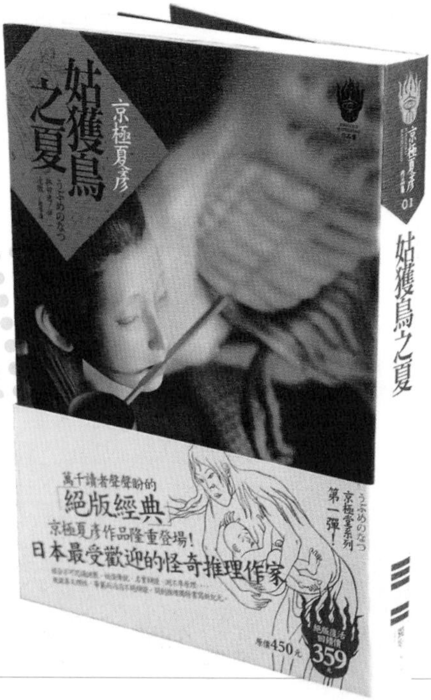

由古怪傳說帶出的悲傷故事

「推薦作家」這類邀約我素常謝而辭之：一來因為自個兒的閱讀經驗有限，二來覺得閱讀感受這回事畢竟主觀；況且，日系推理作家當中能人甚多、各有特色，冒然推薦一人，難免掛一漏萬，徒增憾恨。

這麼嚴肅幹嘛？向我邀稿的某君輕鬆地說：「就當聊聊天嘛。」

唉唉，可別小看聊聊天啊，這事看似輕鬆，但仍可能拉扯出一大段故事；比如說《姑獲鳥之夏》的開場，一個梅雨時節將盡的夏日裡，小說家關口巽造訪朋友京極堂，在與京極堂的閒聊當中，不但扯出了「何謂有趣的書」、「面對市井怪談時的心態」、「妖魅傳說與奇聞軼事的不同」、「紀錄與存在是否可以畫上等號」等等話題，甚至觸及量子力學的內容、測不準原理的運用，還從關口帶來的「人真的可能懷胎超過二十個月嗎？」這個古怪傳說裡，帶出了《姑獲鳥之夏》這個帶著詭異色調的悲傷故事。

《姑獲鳥之夏》是京極夏彥的出道作品，以綽號「京極堂」的中禪寺秋彥為主角，他因緣際會地發現「懷胎二十個月尚未分娩」的古怪傳聞箇中「消失的丈夫」一角，居然是自己大學時代的學長，進而發現帶來這個傳聞的小說家朋友關口與事件也有牽連，於是決定出面處理。

開啟「妖怪推理」全新領域

京極夏彥生於一九六三年，原來做的是美術設計及書籍裝幀的工作，十分景仰日本妖怪大師水木茂（他後來在《姑獲鳥之夏》的電影版中親自客串飾演這位大師）；一九九四年京極夏彥將原來打算畫成漫畫的故事《姑獲鳥之夏》寫成小說，因篇幅過長而放棄參加新人獎，卻在直接投稿至出版社後，迅速地獲得編輯青睞，開啟「妖怪推理」這個全新領域。

大量、廣泛、靈活地應用各種知識，以及利用這些資訊將詭譎傳說與現代奇譚巧妙合理地連結，正是《姑獲鳥之夏》讓我欣賞的原因之一：整體看來，書中提及的元素繁複多元，反映出京極夏彥令人咋舌的龐雜知識，拆開細究，則會發現每個主題，都能各自構成一種閱讀的理絡。將雜生蔓長的各式知識巧妙收束成單一主題的功夫，展現家中藏書超過萬卷的京極夏彥對這些資訊精通嫻熟，才能在他博廣扎實的知識當中，用一種不可思議的方式串接融會：神祕主義、宗教規條、科學發展、文化變異……京極夏彥慧眼獨具地發現看似毫無關聯領域當中的同一命題，大膽聯結之後，便成了書中主角京極堂口中那些乍看之下與常識相悖，實際上卻自成道理的長篇大論。

宛如動漫角色的書中人物

有趣的是，雖然訊息龐大紛雜，但在京極夏彥筆下鮮活人物的帶動下，故事仍然有趣好看：碎嘴畏縮思緒紊亂的關口巽、狂妄搞笑不按牌理出牌的靈視偵探榎木津禮二郎、一板一眼的刑警木場修一郎、活潑聰慧的記者中禪寺敦子……這些個性描寫帶著動漫畫角色那種輕鬆感覺的人物，一面調節了情節中長篇辯證及解釋的步調，一面輕快了這個哀傷故事的沉重氛圍。

前頭提及日系推理作家能人甚多，各有特色，不過京極夏彥的作品詭奇特別，將妖怪傳說、淵博學識和嚴謹推理共治一爐，除了他之外，還真想不出有誰能夠寫出這樣的故事；出道作《姑獲鳥之夏》，更是展現京極夏彥特色的最佳典範。

那……聊聊京極夏彥吧？我同某君說：或許，就從《姑獲鳥之夏》開始？

作者

京極夏彥

原名大江勝彥，一九六三年三月二十六日出生於日本北海道小樽市，是風格獨具的怪奇推理作家，善於描繪人心的錯綜複雜，也是新本格派的先鋒人物。九四年以妖怪小說《姑獲鳥之夏》出道，接著以《魍魎之匣》獲第四十九回推理作家協會獎。代表作品有《嗤笑伊右衛門》（第二十五回泉鏡花文學獎）、《偷窺狂小平次》（第十六回山本周五郎賞）、《狂骨之夢》等。京極學識淵博，藏書量驚人，對怪力亂神有濃厚的興趣，但小說中最後都會提出合理的解釋。

解體諸因

13

最高準則：殺人者，必須解體！

文▌褚盟

50人最愛日推大募集

My Favorite Author and Work

涇渭分明的「新」本格

一九八一年，日本推理文壇發生了兩件事。年初，「推理之神」島田莊司的處女作《占星術殺人魔法》出版，雖然當時並未引起太大轟動，卻成為新本格派發軔之作；同年十二月，一代本格推理巨匠橫溝正史與世長辭——本格遠去，新本格駕臨，日本推理文學未來三十年的命運在這一時刻似乎已經不言自明。

所謂新本格，我們不難發現其「新」朝著涇渭分明的兩個方向延伸開來。一邊飛上了天空，益發離奇怪誕、異想天開。比如島田莊司的「新・御手洗系列」、綾辻行人的「館系列」、京極夏彥的「京極堂系列」和「巷說百物語系列」；另一邊益發貼近地面，在尋常瑣事、嘮嘮叨叨中醞釀石破天驚。這個方向的代表有「平成天后」宮部美幸、北村薰的《空中飛馬》，以及西澤保彥的《解體諸因》。

日文書名：解体諸因｜作者：西澤保彥
台灣出版社：尖端出版｜出版日期：二〇〇八年二月
日本出版社：講談社ノベルス／講談社文庫
出版日期：一九九五年／一九九七年

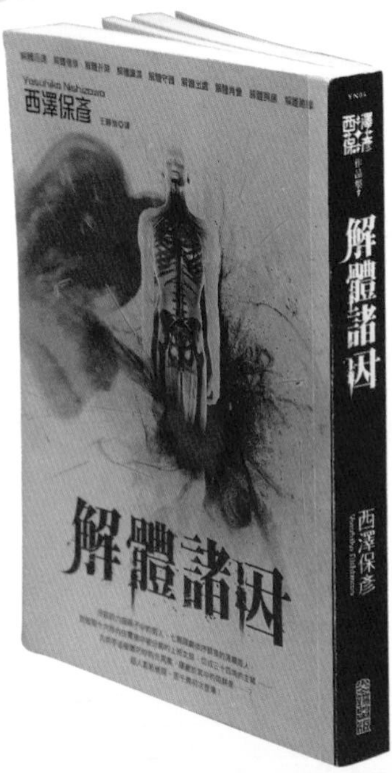

令人驚豔的「分屍」短篇

《解體諸因》是我最喜愛的日本推理小說，對西澤保彥更是欽佩不已，初出茅廬便能將九個驚人的詭計以如此平易近人的方式表現得如此到位。對於初涉推理小說的朋友，我對《解體諸因》總是極力推薦。毫無疑問地，這是一部適合推理入門者的作品——如此「日常」，又如此具有推理小說的鮮明特點。

《解體諸因》的「日常」是大家所公認的。先說場景——普通公寓、箱式電梯、街邊餐廳、房中玄關，幾乎在每一部日劇和動畫片中我們都能看到。書裡沒有流冰館，更沒有十角館；再看看人物——初次登場的偵探匠千曉應該是我所見過的名偵探中最不起眼的，與其說他是《解體諸因》的主角，不如說他是串聯故事的「活道具」。我的感受是，匠千曉完全是自己若干年前的寫照：大學畢業、賦閒家中、自命不凡、不甘平庸。再看看其他人物——匠千曉的老師、同學、遠親、近鄰……這幾乎就是一部肥皂劇的班底。儘管這些人物鮮明搶眼，言語幽默，但是，他們與我們通常想像的高高在上的推理小說中的人物根本就是風馬牛不相及；最後看看故事——「解體」，這是一個如此刺激的命題。恐怖、驚悚、殘忍、血腥，甚至令人作嘔……抱歉，這是《解體諸因》，對於初窺推理文學的朋友來說，你們很幸運，這本書中沒有這些可能會「嚇跑」你們的元素。所有的解體故事全部存在於尋常瑣事之中，只不過，在西澤保彥高明的處理之後，平常的背後會凸顯出不平常的真相。

戀愛會導致解體？相親會引發分屍？有傷風化的雜誌為何「粉身碎骨」？精美可愛的玩具熊居然「身首異處」？看看九個故事的前因與後果，你會驚歎故事的兩端居然會如此天差地別！而能把這兩端串聯起來的人一定是天才！

推理小說的獨特魅力

是的，天才就是要創作推理小說，就是要完美地解答不可思議的問題。

「殺人解體」——「殺人」從來不是推理小說的特色，否則早在聖經時代就有成千上萬部推理小說了；「解體」才是關鍵。爭名逐利、千里尋仇、殺人滅口……按常理分析，這些都是一刀可以解決的問題，何必冒奇險解體九塊、十六塊、三十四塊呢？因為這就是推理小說特色所在，更是推理小說的核心競爭力！

相對於一般犯罪小說，推理小說不僅要解釋「兇手是誰」這個問題，還要妥善地解釋「為什麼」和「怎麼辦」這兩個問題。兇手、動機、詭計三位一體，這才得以構成推理小說。因此，我們可以將這一文體看做一場解謎遊戲，不必依照評價一般小說的標準「限制」推理小說，不然你會有一種「思而不學則殆」的感覺。

所以，對於推理小說而言，「殺人者，必須解體」！這是特徵，這是魅力，這是最高準則！

作者

西澤保彥

一九六〇年出生於日本高知縣，畢業於美國Eckerd大學，曾任職高知大學、土佐女子高中講師。九〇年以《聯殺》入圍第一屆鮎川哲也獎最終決選，九五年以連作短篇集《解體諸因》正式進入文壇。同年發表另兩部超現實的推理作品《完全無缺的名探偵》及《死了七次的男人》，並陸續發表匠千曉系列、神麻嗣子系列、科幻推理系列等作品。作品多以超乎現實的構思為主題，解謎過程公平、合乎邏輯，獲得許多死忠讀者支持。

My Favorite Author and Work

50人最愛日推大募集

14 死了七次的男人

當世界可以「讀檔重來」……

文▍GFinger

日文書名：解体諸因｜作者：西澤保彥
台灣出版社：尖端出版｜出版日期：二〇〇八年二月
日本出版社：講談社ノベルス／講談社文庫
出版日期：一九九五年／一九九七年

猶如遊戲般的設定，輕鬆有趣的文風

不知道各位喜不喜歡玩電腦遊戲，如果喜歡的話，相信對以下場景不會太陌生：遊戲的情節到了某個關鍵處，需要玩家做出選擇，但這時你還拿不定主意，於是先存個檔，試試其中一個方向，如果稍後發現不對或者不合自己的心意，再回頭讀取存檔從另一個方向再來。這就是遊戲中常用的「Save/Load大法」，別稱「謝夫羅德大神」。當然，在現實世界中不可能有「讀檔重來」這等好事，不過在《死了七次的男人》這本書中，由西澤保彥先生構築出來，我們的主角Q太郎所處的，就是一個可以「讀檔重來」的世界；只不過，次數也是有限的，他只有八次讀檔的機會而已……

大庭久太郎（暱稱Q太郎）具有特殊體質：在某些隨機出現的日子，他能夠重複度過同一天九次，不管期間他做出任何改變，只有第九次才是「最終決定版本」。當Q太郎照例在新年期間與母親、兄長拜訪外公時，這種奇妙的輪迴又出現了……而在第一輪裡還活得好好的外公，第二輪中竟然被殺了！於是Q太郎只好反覆「讀檔」嘗試，找出外公真正被殺的原因並挽救外公的性命。

在閱讀這本小說的時候，看著Q太郎一遍遍地在不同的地方改變自己的言行進行嘗試，而每次都能引出新的祕密，和出人意表、卻非想要的結果，本身就有種讓讀者在玩遊戲的感覺。而西澤保彥先生輕鬆活潑的文風，以第一人稱類似時下流行的「輕小說」的寫法，讀來更是趣味盎然。也無須擔心因為反覆看到類似的描述會產生無聊感，因為在每一輪中，相似的重複的場景都被略去不提，焦點只會放在與前面不同的部分，這就猶勝於遊戲一籌了。

構建於幻想之上，而又能自洽的推理世界

提到西澤保彥先生，一般最容易想到的標籤就是「科幻推理」。到底什麼是科幻推理呢？

通常我們所讀到的推理小說所處的世界，都與我們日常生活的世界一般無二，雖然其中的人物故事皆屬虛構，但世界遵循的物理法則都是一樣的。如果小說中存在著超越日常世界的物理法則，譬如說「人會飛」，那麼就要被稱為「幻想小說」了。進一步說，如果這些虛構的法則還能在科學的範圍內被理解或解釋，就是「科幻小說」，而再添加推理的元素，就成了科幻推理了。

因為整個故事背景架構在大家都不熟悉的幻想世界裡，所以科幻推理的作品讀來有一種獨特的吸引力：一邊要試著去理解這個陌生世界的規則，一邊還要遵循這些新的規則來進行推理。但是對於一向嚴謹的推理小說而言，科幻推理可不是個容易進入的領域，因為幻想世界一旦處理不好，新規則之間無法自圓其說或者出現漏洞可就麻煩了……各條規則必須在邏輯上一致無矛盾，這就是所謂的「自洽」。因此敢於嘗試此一題材的作家並不多，較廣為人知的是科幻小說大師艾西莫夫（Isaac Asimov，一九二〇—一九九二）與他的「機器人系列」：《鋼穴》、《裸陽》及《曙光中的機器人》，而西澤保彥先生無疑也是挑戰成功的佼佼者之一。

《死了七次的男人》其實與現實世界的區別只在於一條規則：主角能夠反覆經歷某一天的生活並做出改變。規則看似簡單，而且也並非西澤先生首創，但隨後的展開卻千變萬化。在本書中，西澤先生並沒有使用傳統科幻小說「蝴蝶效應」的寫法，而是把重心放在推理「外公為何被殺」上面，而到了最後那個意外性十足的結局時，你才會發現這個規則是如何巧妙地與整個故事融為一體，又如何成為整個推理當中絕對不可或缺的一環。

作者

西澤保彥

作者簡介詳見P.37

西澤保彥作品中譯本一覽表（台灣）

《啤酒之家的冒險》
《她死去的那一晚》
《解體諸因》
《完美無缺的名偵探》
《神的邏輯・人的魔法》
《人格轉移殺人》
《死了七次的男人》
以上均為尖端出版

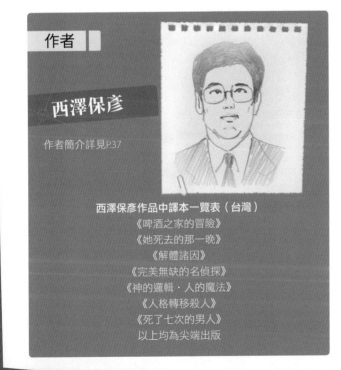

15

My Favorite Author and Work

50人最愛日推大募集

異常

人之初 性本惡

文▌宋銘

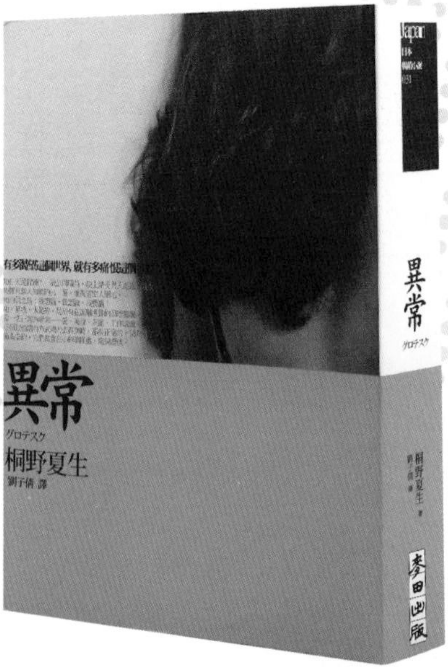

日文書名：グロテスク／作者：桐野夏生
台灣出版社：麥田出版／出版日期：二〇〇八年一月
日本出版社：文藝春秋／文春文庫
出版日期：二〇〇三年六月／二〇〇六年九月

赤裸描寫 人性黑暗面的作品

我是在出國度假中細讀桐野夏生的《異常》，其實感受是沉重的。奇怪的是，讀完後腦海中突然出現了西班牙畫家哥雅後期的變形扭曲的怪獸畫，感覺畫作以文字方式呈現出來。這樣形容，讀者也許會覺得我可能會批判這作品，但其實這作品的故事性及讀後給我的思考觀點卻異常新鮮，我愛上了這本書。

桐野夏生是日本冷硬派女推理作家，亦為第三十九屆江戶川亂步獎得主，這本《異常》亦在當年日本文壇引發極大討論，獲獎連連。《異常》的故事發想是以一件日本東京ＯＬ真實殺人事件為創作背景，案件中的受害女主角白天是公司職員，擁有正常工作及收入，晚上則搖身一變為站壁流鶯，這起命案也成為日本社會廣泛討論的話題。然而《異常》中，桐野卻塑造出許多角色搭配這樣的故事主軸，我倒覺得她是想藉由這故事來探討為什麼這個社會會孕育出這種異常的思考或行為。

故事主角桐野並未命名，僅以第一人稱來說明，故事從她敘述自己身處的名門女高校根本就是一個怪物養殖所開始。她有一個同為混血兒，相貌卻有天壤之別的姊妹百合子，百合子美如天仙，更顯現故事主角的平庸，這也注定了故事走向是以女人間看不見的戰爭為主軸。哇！這樣的素材可是不得了。《異常》中，桐野筆下除了社會寫實殘忍故事，還一針見血地將人性的黑暗面毫無掩飾地寫出。甚至連日本女高校生那種心機及互鬥，世俗的價值更是階級社會的尖銳化縮影，女校中的差別待遇、無聲的價值衡量、門第階級等，似乎都被合理化了。例如父母沒有豐厚家產及尊貴社會地位的平凡女孩，根本無法生存，書中描繪生動，看得令人不寒而慄。

我覺得桐野是位女性主義者，尤其她筆下的都會女子，其實並不像一般愛情小說中形容的女子美得令人心動，《異常》筆下的女子都非常平凡，但是她們卻不斷努力，就是希望自己在男性社會中持續往上爬，可以與整個以男性為主的世界對抗。可是，到頭來會發現，如果沒有好的關係背景或姣好的面容，妳的努力絕對是徒勞。桐野在書中陳述：什麼個性、才能，這些東西都只是凡庸的種族為了勉強在這個競爭社會苟延殘喘才磨鍊出來的武器，「我」靠惡意，美鶴靠頭腦，都是因為我們不是那種能夠憑容貌壓倒別人、封鎖別人力量的怪物。

透過惡意的洗禮認識自己

我喜歡本書最大的理由，就是桐野在書中陳述人性的惡，那種惡，不像宮部美幸在《模仿犯》中描述那年輕殺手善於心計，讓人懷疑人性的善，此書除了兇手，其他人都懷抱良善入眠；桐野寫的惡，可不同了，那是人與人之間無聲的算計，其中包含多種可能計算元素，那是種說不出、道不清但卻理所當然的惡念，書中每一個人都有。換個角度，桐野其實是位誠實的作家。想想，這個世界的進步不也全是人類通過互相傷害而造成的美好結果。像故事裡被主角形容擁有怪物般美貌的混血兒妹妹，她的人生不用努力或掙扎，其實她可以有比別人更輕鬆的生命故事，但她的美麗卻也造成身邊的其他女性失去生活的夢想，更令他人走偏了方向。但桐野並沒讓美女好過，最後她得到的是無盡的空虛及死亡。

你會擔心看完書後會掉進惡意的漩渦而無法自己？故事女主角從頭到尾都沒有名字，桐野僅以第一人稱來表示，也許這是桐野的特意布局：那個主角就是我們每一個人。其實我倒覺得這樣的惡意洗禮可以讓你更認識自己，活得也許更暢快。

作者

桐野夏生

一九五一年生於日本石川縣金澤市。九三年《濡濕面頰的雨》獲得第三十九屆江戶川亂步獎，本作為日本女性冷硬派小說之濫觴。九七年《OUT主婦殺人事件》獲第五十一屆日本推理作家協會獎，九九年《柔嫩的臉頰》獲第一二一屆直木獎，〇三年則以《異常》獲第三十一屆泉鏡花文學獎，〇四年以《殘虐記》獲第十七屆柴田鍊三郎獎。同年《OUT主婦殺人事件》獲美國愛倫坡獎最佳小說部門提名，雖未獲獎，但已創下日本推理作家的新紀錄，國際聲譽扶搖直上。作品風格銳利、冷酷，為日本的犯罪小說帶來了全新潮流。其他尚有《被天使捨棄的夜晚》、《光源》、《玉蘭》（麥田出版）等。

奧杜邦的祈禱

彷彿溫暖的陽光照進心底

16

My Favorite Author and Work

50人最愛日推大募集

文▌柯宇綸

會透出陽光的爽朗作品

每每讀伊坂幸太郎的小說，心中總是充滿期待，期待一份驚喜，同時懷想品質保證的爽朗感。對我來說，伊坂的小說是打開書頁會透出陽光的作品。

在收到獨步邀稿推薦之前，我正好獨自完成了一趟為期半個月的蒙古旅程，回到台北。這次的旅行是由許多因緣巧合促成的，起因說穿了只是半年前德國溫德斯導演對我說的一句玩笑話：「一個好演員一定要去一趟蒙古！」就這樣帶著些微的無厘頭，心想既然要去也不能用內蒙蒙混，便毅然決然訂下飛往烏蘭巴托的機票，在五月的空檔跑去蒙古做一次自我心靈探索的冒險，收穫當然很多，我想聊一聊那邊的陽光。

上天的恩賜

五月的蒙古大草原天氣多變，前一夜看完滿天星空，偶爾還有流星劃過天際，滿足地進入蒙古包，聽著柴火劈啪聲響入睡，隔天起床睜眼一看，視線所及盡是飄落而下的白雪，然而在漸趨強烈的陽光照射下，景色到了中午又有了變化，下午，湛藍的天空和翠綠草原又盡收眼底。換言之，一天之內可以看遍四季景象。空氣其實是冷冽的強風，但是只要有陽光的時候，可以只穿一件長袖T恤到處走動，太陽就是老天給予我們的恩賜。這樣的想法，是在都市生活的我不曾有的，卻隨著在那邊的每一天逐漸在心裡扎根。剛開始，我覺得蒙古草原上的人，在強烈

日文書名：オーデュボンの祈り｜作者：伊坂幸太郎
台灣出版社：獨步文化｜出版日期：二〇〇六年十一月
日本出版社：新潮社／新潮社文庫
出版日期：二〇〇〇年十二月／二〇〇三年十一月

日晒下老得特別快，十五歲青少年看起來像二十出頭，三十五歲左右的媽媽實際年齡其實只有二十七、八，這樣的陽光有點殘忍。

有一天，我到一個四代同堂的家庭喝奶茶做客，他們端出炸過的羊奶起司當小點心，藉著翻譯和主人閒談之間，坐在我身後床上的老太太和藹微笑地看著我們，同時默默撥數手上的念珠，他們說老奶奶九十歲，一聽之下我不免驚訝，因為實際上眼睛察覺到的只有七十五歲左右，而她依然可以和我們同樣早起擠羊奶，和家人一同清掃羊糞，動作沒有遲滯緩慢，這才是蒙古的陽光真正帶給草原生活人們的溫暖和力量。

與世隔絕的奇幻島嶼

要說伊坂是愛與和平的大使、搖滾味十足的作者，我都打從心底認同。回到台灣隔晚，拿起新書《Golden Slumbers》讀了起來，再一次享受伊坂文字給予的世界觀和感受，看完放下書回味的同時，我思索這份熟悉的溫暖，《沙漠》、《重力小丑》、《奧杜邦的祈禱》……一本本的故事氣味流竄。啊！雖然很難解釋，但某種頻率上來說，這樣的體驗和蒙古的太陽有異曲同工之妙吧！所以，說打開伊坂的書可以透出陽光，這樣的形容是很實在的，相信讀過的人應該也有同感吧。

真的要為他的一本書做推薦，是相當傷腦筋的事情，原因無他，純粹是因為錯過實在可惜。體會過他的文體和情節的氛圍後，每次想向朋友推薦都很傷腦筋，不知該選哪一本才好。我希望朋友們感受到第一口咬碎冰涼小黃瓜的口感，清爽的感覺油然而生之後開始進入伊坂特有的世界，讓溫暖的陽光照進心底。真要說一本書，我的最愛還是《奧杜邦的祈禱》，是伊坂唯一帶有些微奇幻色彩的作品。裡頭人物眾多，情節虛實交錯，讓人難以掌握。若是能到與世隔絕的島嶼走上一遭，和書中人物交個朋友，一定會是個美好的體驗。但是這些都不足以做為推薦的理由，因為……噓！小聲一點，要是不小心讓書裡面的櫻聽到了……櫻會說：「那不是理由！」毫不猶豫的開槍，賞你吃上一顆子彈。

作者

伊坂幸太郎

一九七一年出生於日本千葉縣，畢業於東北大學法學部。熱愛電影，深受柯恩兄弟、尚．積葵．貝力斯、艾米爾．庫斯杜力卡等導演影響。九六年以《礙眼的壞蛋們》獲日本山多利推理大獎佳作，二〇〇〇年以《奧杜邦的祈禱》榮獲第五屆新潮推理俱樂部獎，躋身文壇；同年作品《海海人生》出版上市，各大報章雜誌爭相報導，廣受各界好評。〇三年起，以《重力小丑》、《孩子們》、《蚱蜢》、《死神的精確度》及《沙漠》五度入圍直木獎。作者知識廣博，取材範圍涵蓋生物、藝術、歷史；文筆風格豪邁詼諧而具透明感，內容環環相扣。是近年來日本文壇上少見的文學新秀，備受矚目。

17

My Favorite Author and Work

50人最愛日推大募集

愛爾蘭薔薇

不完全暴風雨山莊

文▌林斯諺

平實淡雅的推理作家

石持淺海是當今少數仍以本格推理為創作路線的推理作家，他的作品不像島田莊司那樣華麗壯大，也不像二階堂黎人般詭譎獵奇，而是平實淡雅，令人讀來有著一股輕盈的舒適感。

石持的名作《月之扉》是第五十七屆日本推理作家協會獎的候補作品，但在我看來，《月之扉》的成績比不上作者的第一本長篇小說《愛爾蘭薔薇》。《月之扉》的動機設定實在太令人難以接受，宛如童話一般，無法讓人產生共鳴，要說會讓人「感動落淚」，實在是還差得太遠；推理設計只能說是中規中矩，也缺乏轉折與驚奇。整體而言雖算是一本水準之作，但以同樣的高空密室題材而言，戴利．金的《遠走高飛》表現更為出色。反倒是《愛爾蘭薔薇》的推理成績高過《月之扉》，但前者似乎沒有得到讀者應有的注目，這是很可惜的。在此，我要彌補這個缺憾，簡單介紹評價一下《愛爾蘭薔薇》這部小說。

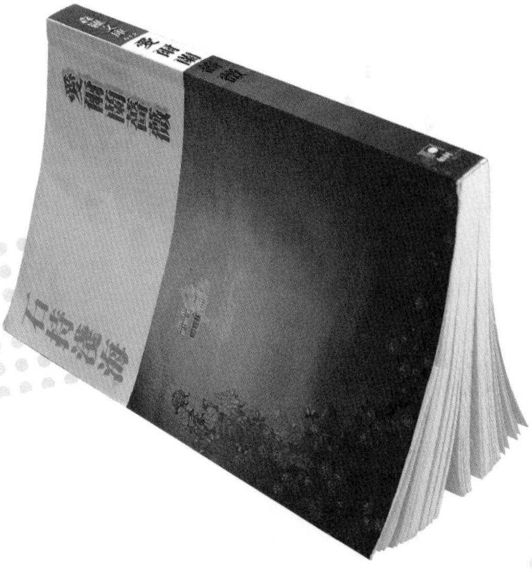

日文書名：アイルランドの薔薇｜作者：石持淺海
台灣出版社：如何出版｜出版日期：二〇〇六年五月
日本出版社：光文社／光文社文庫
出版日期：二〇〇二年／二〇〇四年

洋溢異國風味的推理小說

本作的故事發生地點設於北愛爾蘭的斯萊戈，主要場景是一間湖畔旅館，以北愛爾蘭獨立為背景材料與主題，描述掌握愛爾蘭自由關鍵的武裝勢力ＮＣＦ的副議長在旅館內遭人謀殺，於是眾投宿客展開調查，開始一場充滿異國風味的推理之旅。

謀殺發生後，基於政治因素，眾人無法報警處理，因此全被困在旅館內展開調查工作，形成推理小說中所謂的「暴風雨山莊」

（英文裡面是用snowbound這個字，日文則是「嵐の山荘」）。「暴風雨山莊」是推理小說的專用術語，意指凶案發生於封閉的場所，對外聯絡中斷，警方無法介入，登場人物困居限定場所，只能自食其力。封閉空間內孤立無援的緊張感，正是暴風雨山莊小說最大的賣點。

此類小說的鼻祖應該是阿嘉莎・克莉絲蒂的《一個都不留》（*And Then There Were None*），故事描述十個互不相識的人受邀到一座海中孤島，被暴風雨困在島上，不料十人一一遭到謀殺，警方到達島上時，只發現十具屍體，沒有兇手的蹤影。這本書是克莉絲蒂的傳世傑作，影響既深且鉅，已超乎推理小說的範疇。時至今日，許多電影仍然沿用暴風雨山莊的設定，例如好萊塢電影《致命ID》（*Identity*）的劇本靈感就是來自《一個都不留》。

不完全的暴風雨山莊小說

《愛爾蘭薔薇》這本書選用了暴風雨山莊的設定，但有趣的是，它是個不完全的暴風雨山莊，在故事進行到後面三分之一時，警方便介入，封閉的狀態也隨之解除。通常在暴風雨山莊的小說中，封閉狀態應持續到破案為止，因此嚴格說來，《愛爾蘭薔薇》所呈現給讀者的是一個不完全的暴風雨山莊。但本作仍應歸類到暴風雨山莊小說，因為作者並沒有花費篇幅轉移敘述焦點。當警方離去後，相關人物仍留在湖畔旅館，故事仍以孤立的場所為重心繼續發展，因此形式上還是維持暴風雨山莊的設定在進行。這種不完全暴風雨山莊的安排方式在推理史上並非沒有前例，香港推理作家陳浩基先生的短篇〈超・三流推理小說〉便是一個很好的例子。

在暴風雨山莊的設定下，《愛爾蘭薔薇》一書不但將政治題材與故事做了完美的結合，整體的布局也十分成熟，並加入了許多伏筆與轉折。作品的完成度十分之高，以故事的完整度而言，超越了《月之扉》，令人讀後大呼過癮。

《愛爾蘭薔薇》這本優秀的小說，應該得到讀者更多的注目與評價，我也企盼日後能再讀到如此精采的暴風雨山莊小說。

作者

石持淺海

一九六六年出生於日本愛知縣，畢業於九州大學理學院。九七年起陸續在鮎川哲也主編的《本格推理》中發表〈暗箱之中〉、〈衝破地雷陣〉等短篇作品。二〇〇二年以長篇小說《愛爾蘭薔薇》獲選為光文社「Kappa-One」計畫的第一部作品。他擅長將象徵意象融入故事中，敍事明快，重視邏輯論理。出道不到十年即受到許多推理評論家肯定。〇五年，其作品《緊閉的門扉》更進入日本三大推理小說年度排行榜前三名。作品另有《水迷宮》、《月之扉》、《沒有臉的敵人》及《心臟與左手》等。

綁架遊戲

文▍心弈

18

My Favorite Author and Work

50人最愛日推大募集

為什麼要看日本推理小說

推理小說雖起源於歐美，但近年來，東瀛卻成為了世界推理小說發展的中心。這種現象不難理解：如今讀者的口味是愈來愈刁，歐美推理小說固然好看，但總體來說風格變化不大，再美味的佳肴，天天吃、年年吃，也會變得無味；而日本推理文壇自上世紀八〇年代以來，可謂風起雲湧、變化多端，不論是島田莊司引領的新本格潮流，還是京極夏彥自成一體的妖怪推理，或是乙一、伊坂的驚豔出世，都再再說明日本推理小說正向所有想像力所能達到的境界發起挑戰，幻化出無數各具特色的作品，從而可以不斷地給讀者帶來新鮮的閱讀感受。

為什麼要讀東野圭吾

在豆瓣網上曾有推理迷發起過一場「對日系推理初心者的推薦

日文書名：ゲームの名は誘拐 作者：東野圭吾
台灣出版社：獨步文化 出版日期：二〇〇六年十月
日本出版社：光文社／光文社文庫
出版日期：二〇〇二年十一月／二〇〇五年六月

計畫」，東野圭吾以絕對的票數優勢占據了推薦榜的第一位。自二〇〇五年出版《嫌疑犯X的獻身》並於二〇〇六年藉此橫掃各大推理榜單並獲得直木獎之後，東野的人氣一直居高不下，影視化更是為東野贏得了眾多粉絲。如此天王級別的作家是決不可錯過的。

林依俐老師在為東野圭吾作品集（獨步版）撰寫的總導讀中曾說，東野圭吾是位不幸的作家。確實，直木獎和「三冠王」對東野圭吾來說是姍姍來遲，不過換個角度來看，東野在角逐獎項的過程中不斷涉足新的領域，在作品中注入新的元素，這恰是體現了日本推理小說、也是東野作品的魅力所在。從獲江戶川亂步獎到捧回直木獎的這二十年間，東野圭吾從「青春推理」的《放學後》出發，歷經本格風範的《十一字殺人》、反映醫學倫理的《宿命》和《變身》、剖析動機的《惡意》，到「反推理小說」《名偵探的守則》、探求人倫情感的《祕密》，再到「理科推理」《偵探伽利略》、《預知夢》，這過程若是場遊戲，東野圭吾就是玩得最投入、玩得最high的那一位。

為什麼要推薦《綁架遊戲》

本來說到推薦，我最先想到的當然是讓東野得到「三冠王」稱號的《嫌疑犯X的獻身》，然而這部作品我認為當是在讀過一定數量的古典推理之後，乃至對推理小說有點審美疲勞的時候再行閱讀，更能體會到「最好的詭計」加上「最純粹的愛情」所帶來的震撼。

此次為初涉日系推理的讀者推薦《綁架遊戲》，因為從閱讀推理小說中獲得的最大樂趣，不外乎看偵探與嫌犯的鬥智過程，而在《綁架遊戲》中，我們可以從「綁架者」的角度出發，去看罪嫌是如何為一場「完美綁架」布局，又是如何解決一個又一個困難，邁向最終的三億圓贖金關卡。與普通的綁架者不同，本書的主角佐久間駿介是因為滿懷信心的企畫案被委託公司的副社長葛城勝俊否決而產生了爭勝之心，又恰好碰上葛城家的女兒葛城樹理離家出走，才將計就計地策畫了這起「綁架」。這其中迷霧重重，峰迴路轉，會牽引著讀者一路下去追尋結果，而最終，東野是不會讓讀者失望的。

作者

東野圭吾

一九五八年出生於日本大阪，大阪府立大學畢業。八五年以第三十一屆江戶川亂步獎得獎作《放學後》出道。九九年以《祕密》獲得第五十二屆推理作家協會獎。二〇〇六年以《嫌疑犯X的獻身》獲得第一三四屆直木獎以及第六屆本格推理小說大獎。

東野圭吾創作領域廣泛，超越傳統推理的框架，具有透視時代能力、嚴密細緻的結構，並精采刻畫出人活著的無奈、喜悅，展現出真正大眾小說作家的典型。近年來的作品如《祕密》、《綁架遊戲》、《湖邊兇殺案》、《信》以及《偵探伽利略》（台灣劇名譯為《破案天才伽利略》）等相繼搬上銀幕或拍成連續劇。

幻夜

不斷進化的全能寫手

文▌霍桑

19

50人最愛日推大募集

My Favorite Author and Work

東野圭吾小說的魅力

記得二〇〇七年重陽節與獨步編輯聚會，在回答獨步總編輯問及最喜愛的日本推理作家時，我毫不猶豫地提到了東野圭吾的名字。

知道東野圭吾，要追溯到二〇〇六年的歲末。當時自己在長河落日等大陸推理迷的推薦下，拜讀了東野的代表作《嫌疑犯X的獻身》。當讀完文末陳國偉先生的解說〈邏輯的盡頭、純愛的神話〉之後，我已經深深被石神與靖子的故事所震撼。

正因為這次閱讀體驗，我開始閱讀東野圭吾的其他作品，並從中有了更多心得感悟。正如大多數讀者在讀完東野小說後所體會到的那樣，東野的小說之所以引人入勝，首先在於作品的語言通俗易懂，且往往在故事高潮處出現意料之外、情理之中的逆轉。其次，作品寫作主題風格多變，在描寫推理物件、情節等各方面不斷進行探索和翻新，不管是題材上、還是結構上，都深具創新實驗性和時代前瞻性。

與過去的推理作家作品相比，這樣的創作理念和寫作風格，注定了東野圭吾能給推理小說帶來全新的風貌，推理小說的全能寫手便是他成名於推理文壇的標誌。在《放學後》、《迴廊亭殺人事件》等作中，我們可以感受到本格推理的樂趣；在《宿

日文書名：幻夜｜作者：東野圭吾
台灣出版社：獨步文化｜出版日期：二〇〇八年十二月
日本出版社：集英社／集英社文庫
出版日期：二〇〇四年一月／二〇〇七年三月

命》、《綁架遊戲》等作中，我們可以感受到故事結局意外性所帶來的震撼；我們會為《信》中主角兄弟間那種血脈相連所帶來的哀傷和困擾而感慨，會為《殺人之門》中主角一步步由善轉惡，跨越殺人之門的過程而驚心。在東野圭吾用他純熟細膩的文筆帶領我們品嘗人生百味的同時，懷著輕鬆、愉快的心情閱讀《名偵探的守則》、《超．殺人事件》等作，宛如在炎炎夏日裡感受到一絲涼意，更能感受到一位嚴謹的推理作家對推理創作本身孜孜不倦的探尋。因此，對於這樣一位進步型作家，發出「蓋不佞生三十年，而始知海內有文長先生，噫，是何相識之晚也」（註）的感嘆是不為過的。

細心的讀者可能會發現，近年來東野圭吾的寫作主題出現了重複的現象，這是否預示著東野圭吾正走入了暢銷作家常見的創作困境中，而失去了原有的寫作特色？我想以《幻夜》一作來談談我的想法。

《白夜行》與《幻夜》

創作於二〇〇四年的《幻夜》在東野的創作生涯中，是很少見的一部在寫作題材、人物形象、描寫風格上與前作《白夜行》極為類似的作品。我以為，儘管《白夜行》與《幻夜》在許多情節上有相似之處，但是作者所意圖傳達的思想卻不盡相同。《白夜行》是以西本雪穗與桐原亮司為個案，以童年心理創傷這一永遠無法抹去的人生悲劇來展現生而為人的悲哀與傷痛；《幻夜》則是以新海美冬不斷在殘酷的、虛幻的、泡沫經濟陰影籠罩下的社會時代背景中努力求生存為例，演繹著這個弱肉強食、適者生存的時代的悲哀與傷痛。由個體的痛楚轉化為整個時代的痛楚，不能不說白夜進化過後的幻夜之光要來得更為懾人，更為心痛，也更為無奈。

如此看來，即使是類似題材的作品，我們可以見到東野圭吾依然能夠寫出不同的意境來。我們依舊可以對東野圭吾保有足夠的熱情和期待。如今，隨著東野作品逐漸被引進、翻譯、出版，衷心期待著能與更多的讀者一起感受唯有東野圭吾的作品所具有的魅力！

註：出自明袁宏道（一五六八－一六一〇）〈徐文長傳〉。

作者

東野圭吾

作者簡介詳見P.47

東野圭吾作品中譯本一覽表（台灣）1

《放學後》（臉譜）	《惡意》（獨步文化）
《畢業──雪月花殺人遊戲》（獨步文化）	《祕密》（台灣東販）
《十一字殺人》（皇冠）	《偵探伽利略》（獨步文化）
《宿命》（獨步文化）	《白夜行》（獨步文化）
《雪地殺機》（林白，已絕版）	《預知夢》（獨步文化）
《名偵探的守則》（獨步文化）	《單戀》（獨步文化）

嫌疑犯X的獻身

最純粹卻不凡的推理小說閱讀感動

文▍藍霄

20

50人最愛日推大募集

My Favorite Author and Work

洋溢青春氣息的《放學後》

不管您是不是推理小說的愛好者，如果您想接觸推理小說，要我推薦一本絕對好看的作品，那麼我想，東野圭吾《嫌疑犯X的獻身》很可能會有相當長的一段時間是我唯一的答案。

第一次接觸東野圭吾的推理小說，是第三十一屆江戶川亂步獎得獎作《放學後》。這本小說我應該看了有五次之多。

為何喜歡這本推理小說，其實很難說出個所以然來，總之覺得很好看，讀來不會有所負擔，故事推演明確，流蕩著校園青春的氣息，而且不乏推理小說該有的閱讀趣味與意外感。

既然讀了五次，第二次起自然不會再有意外感，會讀這麼多次，當然與當年市面上推理小說並不多有點關係。不過，個人喜歡的小說會多讀個幾次是很自然的事情。

事後回想，當我決定讀第二次後，東野圭吾的寫作風格便自然而然地收服了身為讀者的我。

很慶幸地，現在市面上東野圭吾的作品變多了，日本、歐美與本土推理小說也不少，讀者有更多的選擇。

但是，東野圭吾《嫌疑犯X的獻身》我算算也差不多看了五次，這在我忙碌的生活與逐漸窄縮的推理小說閱讀時空裡，可算是唯一的異數。

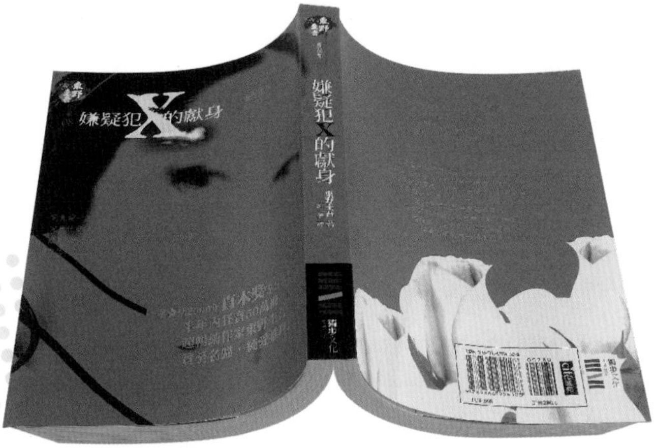

日文書名：容疑者Xの献身｜作者：東野圭吾
台灣出版社：獨步文化｜出版日期：二〇〇六年九月
日本出版社：文藝春秋／文春文庫
出版日期：二〇〇五年八月／二〇〇八年八月

囊括五大桂冠的《嫌疑犯X的獻身》

第一次閱讀《嫌疑犯X的獻身》，我不得不承認，一舉奪下第一三四屆直木獎、第六屆本格推理小說大獎，首部囊括日本三大年度推理小說排行榜冠軍的書籍背景，讓我閱讀時有著某種程度的期望。

期望是一回事，但是不會大失所望才是重點！

我應該算是東野圭吾的忠誠書迷，他寫作推理小說二十年來的變與不變，讀者們可以從其作品驚人的續航力中觀察出來。

我覺得東野圭吾的小說，不管怎樣變化，都會保有一定的推理小說的閱讀樂趣，相對來說，他的小說的推理要素主幹設計明確，少有複雜虛幻的詭計，或是純然解謎遊戲之作，情節現實性高，少有特意的誇張聳動。吸引人之處是登場人物的心理動機描寫與設定議題的反差，寫情寫景文字直接，讀來節奏明快，少有繞圈圈似的饒舌。總而言之，利用平實的文字逐漸渲染讀者閱讀時內心的感動，就是東野圭吾式特有的說故事技巧。

《嫌疑犯X的獻身》可說是近年來東野圭吾風格的代表作。

反覆地閱讀，對我個人而言，其實是在探究作者為何用這麼簡單的文字與骨幹設計，卻可以醞釀出如此不凡的傑作？

揉合愛情與智性對決的傑作

要推薦別人閱讀推理小說，我覺得這本小說可能是各類讀者的最大公約數。如果你只喜歡武俠小說的趣味，那麼這本小說最特別的一點是高手對決的設計，在逐步邁向無奈結局的過程中，讀者可以感受到氣氛營造所醞釀的智性對決的快感。如果你喜歡愛情小說的浪漫，這本小說其實擺明邀請你，共同來品嘗人生的愛情醍醐味。

東野圭吾是一位特殊的作者，從國內幾則作者訪談中，可以了解他對於推理小說的想法。雖然我沒見過他本人，不過，我總有一種錯覺，在日本推理小說界中，他似乎有著一種獨立疏離的氣息。

二〇〇九年五月廿一日，東野圭吾當選自江戶川亂步後的第十三任日本推理作家協會理事長，就像他的小說般，東野圭吾的人生總會帶給讀者一絲驚奇。

作者

東野圭吾

作者簡介詳見P.47

東野圭吾作品中譯本一覽表（台灣）2

- 《超・殺人事件》（獨步文化）
- 《湖邊凶殺案》（獨步文化）
- 《綁架遊戲》（獨步文化）
- 《信》（獨步文化）
- 《殺人之門》（獨步文化）
- 《幻夜》（獨步文化）
- 《徬徨之刃》（皇冠）
- 《嫌疑犯X的獻身》（獨步文化）
- 《使命與心的極限》（獨步文化）
- 《迴廊亭殺人事件》（皇冠）
- 《流星之絆》（獨步文化）
- 《分身》（獨步文化）

嫌疑犯X的獻身·惡人

讓閱讀日本推理小說，變成一種時尚！

文｜林福益

21

My Favorite Author and Work

50人最愛日推大募集

日文書名：悪人｜作者：吉田修一
台灣出版社：麥田出版｜出版日期：二〇〇八年十月
日本出版社：朝日新聞社｜出版日期：二〇〇七年四月

當推理遇上愛情

當推理遇上愛情，讓人在循著蛛絲馬跡逐步進逼破案的邊緣時，同時領略了愛情的澎湃力量。此一刻，推理作品不再是滿足重度推理謎的專業象限，演化出了另一種時尚的閱讀態度。從現在起，就擺脫沉重嚴肅的推理包袱，用時尚的心情來讀推理小說吧。

還記得第一次認真接觸日本推理小說的過程，因為工作關係，必須大量「理解」，並「系統化」地將原本該是閱讀樂趣的一件享受，變成嚴謹有架構「認識」日本推理小說脈絡的工作。

這樣的際遇，雖然讓我在最初接觸日本推理小說時，未能先享受到浸淫推理小說的興奮，卻也經歷一般讀者沒有的篩選訓練。我學習從原本只閱讀流行小說的口味轉移角度，找到與推理領域接軌的捷徑，並在最短的時間內，成為日本推理小說的愛好者。

如果你害怕推理大師級經典作品的沉重厚度，不妨選擇一些輕推理、真解謎的作品，快速打通推理任督二脈。你將發現，正統的密室殺人事件，不一定要發生在驚悚懸疑的犯罪現場；故事主角，也不再以偵探或檢察官的英明神武為藍圖；推理小說的結構，更能在傳統的犯罪解謎過程外，加入更多人性，甚至愛情的糾葛。

愛情是最難解的謎團

先談《嫌疑犯X的獻身》。

什麼樣的力量，可以讓一個人在一次偶發的犯罪交會，義無反顧地為了心儀的對象，承擔一切罪惡，默默在旁守護？這部作品的魅力，就在以愛情為謎底，鋪陳設計出一個在推理鬥智與為愛犯罪的交纏線團中，逐一解開故事主角的內心真愛。

故事中的命案部分很簡單，但本書的精髓卻是犯罪之後交疊設計出的推理鬥智情節安排：每一次看著主謀者以其縝密城府布局，幾度就要順利擺脫嫌疑時，下一秒又會出現世上沒有完美犯罪案件的破綻。雙方你來我往，不小心閃過一行段落，就可能錯過一個破案關鍵。

東野圭吾在本書中不提供讓你陷入推理困境的絞盡腦汁挑戰，而是帶著讀者驚險地感受每一個細緻環節的巧思，讓你過足了推理作家架構一本繁複推理小說的癮，欲罷不能。當然，貫穿本書所闡述的真摯愛情，也絕對是本書一絕。

犯罪、推理與純愛元素的完美結合

再來推薦《惡人》這本被作者自己視為出道十年以來的代表作品。一本推理小說如果只能玩味犯罪推理的謎團，那就是正統的單一元素，但這本書可是被定位在結合犯罪、推理、純愛元素的小說，故事的發生時間也與當下的網路虛擬人際關係呼應，讀起來特別有感覺。

故事的一開始就以一位妙齡保險女業務員之死，揭開序幕。「她想見誰？」這確實是一個簡單到不行的開頭，但這樣的殺人事件卻隱藏著不同於一般推理小說的陷阱，牽扯的也不只是加害人與被害人雙方之間的愛恨糾葛，而是絲絲牽連環扣著兩個家庭不同背景、互動的深層感情描繪，與這件命案帶來的震驚與衝擊。

在找出殺人兇手的過程之中，作者帶領讀者進入被害人心中的可惡醜陋之處。你會發現，原來被害人才是造成加害人行凶動機的激化點，她的不幸，竟是建築在自己的情感惡行上。一種輕蔑的感情揮霍、指使、利用，傷害了加害人信賴真實感情的單純、也觸怒了加害人不容許堅貞愛情被戲弄的底線。但，被害人的惡行也罪不至死，她只是在追求心儀完美情人受挫的情感替代作法時，因為發生在當下的一連串巧合，造成不可挽回的悲劇。

故事的軸線不只停留在加害人與被害人之間的愛情投射（嚴格說來，還談不上真正的愛情吧！），當犯罪推理解謎即將告一段落時，作者又將整本小說帶向另一個純愛境界的偉大精神之中。這部分，也是《惡人》讓人喘不過氣來的精采之處。

作者

吉田修一

生於一九六八年，法政大學企業管理系畢業。以〈最後的兒子〉獲得第八十四屆文學界新人獎，該作品也成為第一一七屆芥川獎入圍作品。二〇〇二年以《同棲生活》獲得山本周五郎獎，同年再以《公園生活》奪下第一二七屆芥川獎。〇七年，《惡人》同時獲得大佛次郎獎（《朝日新聞》）與每日出版文化獎（《每日新聞》），以及《達文西》雜誌編輯年度白金本。其他作品有《星期天「們」》、《地標》、《長崎亂樂坂》及《7月24日大道》等。

吉田修一擅長描寫年輕人在都會生活的當下心情，尤其他貼近真實的文字描述，更廣泛引起讀者的共鳴。

宮部美幸《樂園》

「模仿犯」事件過了九年，再度執筆工作的前畑滋子，接下一位剛歷經喪子之痛的母親萩谷敏子委託，著手調查她那「具有超能力的獨生子」遺留下來的圖畫中所隱含的謎題。

因交通事故而死亡的12歲少年萩谷等，生前擁有令人驚豔的繪畫天分，然這個小天才有些畫作卻拙劣到連幼稚園生都不如。而其中一幅拙劣的畫作，竟然與他死後一個月後才見諸媒體的命案有許多不謀而合之處！

另一方面，十六年前失蹤的少女土井崎茜，原來是被雙親親手結束生命，並埋在家中地板下。萩谷等為何知道那棟屋頂上有隻蝙蝠造型風向儀的房子的祕密？究竟哪裡才是萩谷母子的樂園？

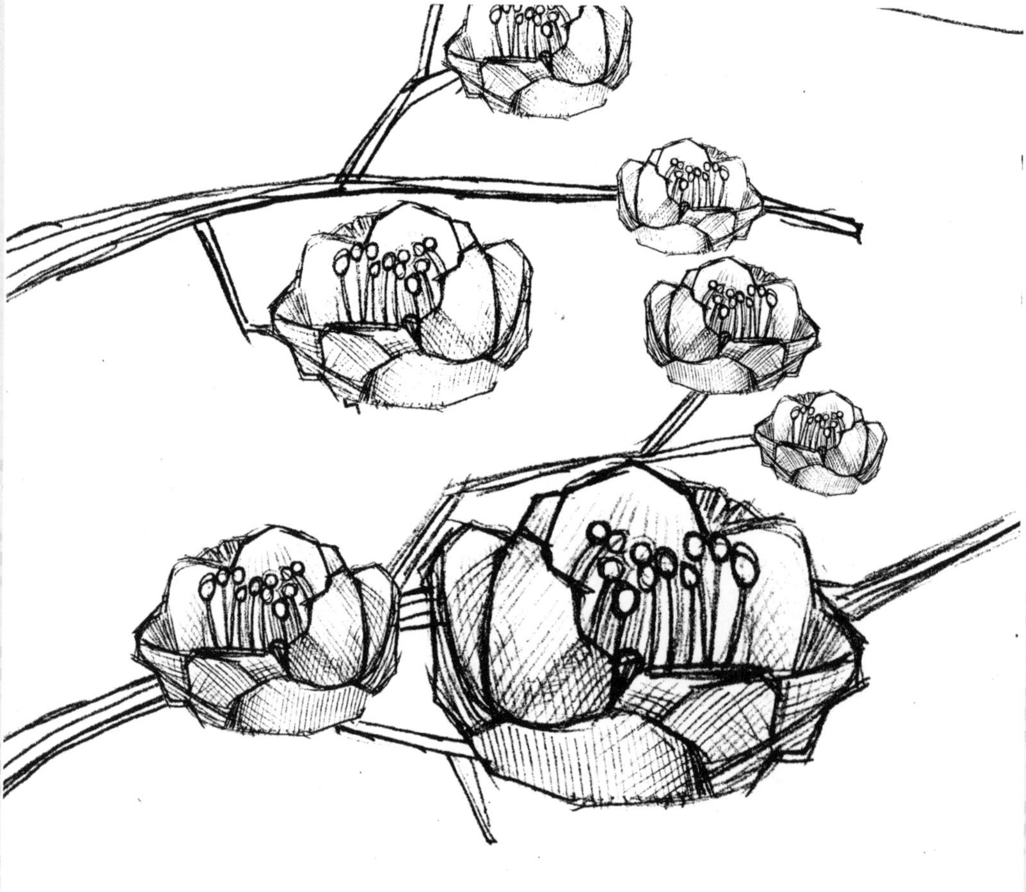

宮部美幸《終日》

天才美少年弓之助的腦袋瓜裡，有把能測人心的尺；他的腳丫子上，有雙能量真相的釘鞋。他一笑就使人甘願掏心挖肺，再笑就能魅惑全世界。這次，他要斗膽下戰帖——不讓惡靈退散，誓不罷休！

在平靜的江戶下町，一棟鬼屋大宅的美麗女主人突然慘遭勒斃，頭號嫌犯竟是她素未謀面的親生兒子。更離奇的是，她早該死於十八年前的一場意外……

糊塗捕快平四郎、天才美少年弓之助攜手出馬，就不怕有解不開的謎團。

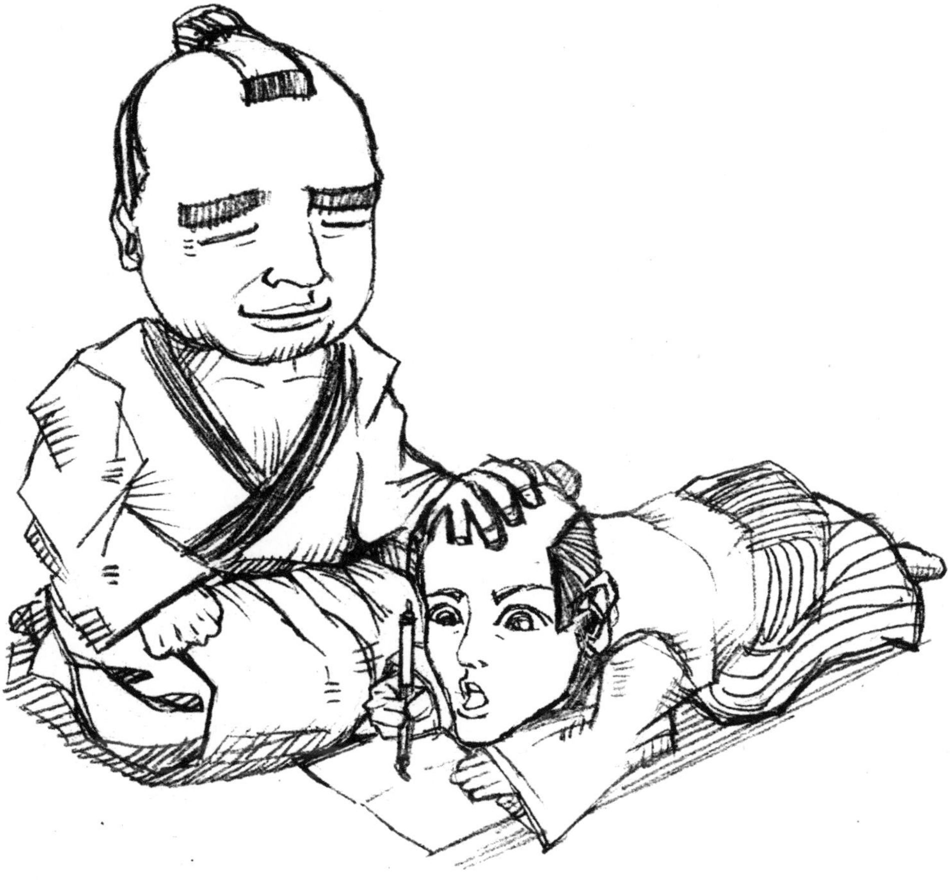

京極夏彥《姑獲鳥之夏》

在二次大戰後的東京，三流文士關口巽爬上會使人感到頭暈的暈眩坡，拜訪經營舊書店的友人京極堂，帶來一則不可思議的傳聞：婦產科醫院久遠寺家族的女兒懷胎二十個月始終無法生產，更詭異的是，她的丈夫在一年半前居然在宛如密室的房間裡，如煙一般消失得無影無蹤。

兩人繼而發現在密室中消失的男人是他們的大學同學，而傳說中的姑獲鳥這種妖怪的形象和傳說，不時困惑侵擾著關口巽，白天是舊書店老闆的京極堂，有需要時會以陰陽師裝束出現除妖。經常將「這個世界上沒有什麼不可思議的事情」掛在嘴上的京極堂，又該以何種方式解決這一樁不可思議的事件？

京極夏彥《魍魎之匣》

遭電車撞擊而身受重傷的少女，被送往醫學研究所之後，在眾目睽睽下從病床上消失，人恰好在現場的刑警木場修接手處理案件，卻意外發現身受重傷少女的親人是他暗戀多年的女演員。與此同時，相模湖發生一連串殺人分屍案。作家關口巽為三流雜誌《月刊實錄犯罪》採訪此案，與編輯鳥口聯袂前往現場追查，卻在半途迷路而誤入一棟奇怪的盒狀建築物……

詭異如箱狀的醫學研究所、憑空消失的少女、殺人分屍案、新興宗教、神祕黑衣人，詭譎難解的事件一再發生，京極堂該如何破除魔障，收服擾亂人心的魍魎？

22

50人最愛日推大募集

鄰人的犯罪

解謎，最生活化的推理

文／大安高工國文科　吳元禎老師

每段成功的歷程都有個起點，而對被稱為日本「國民作家」的宮部美幸來說，《鄰人的犯罪》就是她在文壇起飛的開始。

誰說推理小說非得有血淋淋的殺人事件？非得有錯綜複雜的密室、不在場證明？非得有智力超群的名偵探？所有推理小說的典型選項，在這本《鄰人的犯罪》裡幾乎全付之闕如。有的只是被鄰居家的狗吵到不得安寧，因而異想天開決定偷偷帶走小狗，交給其他有愛心的人領養的平凡國中生；有的只是為了送份禮物給即將退休的教務主任，而進行「仙人掌超能力」實驗的小學生；有的只是為了罹患「突發性味覺喪失症」，不想給親人添麻煩而找上推理小說作家，希望作家替自己設計一套能偽裝成他殺案件的自殺方法。

一本小說，五篇短篇故事，卻埋藏了宮部美幸創作的起點。最平民化的推理作家，永遠將視線放在最平常的生活小事中。讀完之後，儘管其中還藏著令人深思的嚴肅課題，仍不禁為故事中閃現的趣味和感動會心一笑。尤其推薦〈仙人掌之花〉給長久獻身教育的老師們，每年每年，講著同樣的課，看著同樣年輕稚嫩卻又不同的臉孔在面前來來去去，是否有些深藏骨子裡，說不出的疲倦？請看看〈仙人掌之花〉，老師的心其實很容易滿足，只要學生一句誠心的感謝和微笑，就能重拾最初的熱情。

宮部美幸的處女作，發掘出日常生活可能發生的謎團，用最輕鬆自然的方式，吸引讀者走入這場人類熱中了幾千年仍樂此不疲的解謎遊戲。

日文書名：我らが隣人の犯罪｜作者：宮部美幸
台灣出版社：臉譜｜出版日期：二〇〇九年一月
日本出版社：文藝春秋／文春文庫
出版日期：一九九〇年一月／一九九三年一月

這一夜，誰能安睡

青少年之眼

文／士林高商　劉明亮老師

宮部美幸
作品集／06
宮部美幸
Miyabe Miyuki
這一夜
今夜は眠れない
誰能安睡
每個爸媽和孩子都會有一個不能告訴別人的祕密
這是一本只有宮部美幸才寫得出來的小說，暖洋洋的。
七連霸！—《達文西》雜誌票選日本最受歡迎女作家。

日文書名：今夜は眠れない／作者：宮部美幸
台灣出版社：獨步文化／出版日期：二〇〇六年十一月
日本出版社：中央公論社／中公文庫
出版日期：一九九二年二月／一九九八年十一月

或許你每天都很忙碌，晚上一就寢即幸福地進入夢鄉。小說裡的人物會擔心什麼而導致無法安睡呢？主角是一位國中生，你還記得自己國中時在擔憂什麼事呢？

一夕成為新聞的焦點、名人，被媒體包圍，又有無數關心、騷擾的電話，或許你覺得沒什麼好大驚小怪的，但對一名國中生來說，那是什麼樣的考驗呢？

這是一本推理小說，所以我不能透露重要情節，但我更想從青少年文學的角度來推薦本書。宮部美幸透過青少年之眼來看父母的感情問題，一個瀕臨解體的家，如何面對危機與挑戰？也許，父母有各自的難處，那麼孩子該如何自處呢？或者該怎麼樣不讓一個家瓦解呢？

小說裡的配角島崎俊彥與主角緒方雅男，兩人的友情及互相的鼓舞，或許你可以從中看到自己與朋友的影子，想起你與死黨共度的快樂時光。他們兩人進行推理、討論、調查、剖析，或許不是大部分國中生所做的活動，但是有志同道合的朋友，可是生命中重要的課題。

這是一九九二年出版的作品，但對二十一世紀的讀者們來說，依然清新有味。

24
50人最愛
日推大募集

少年島崎不思議事件簿

由青少年的心思，推衍人性之複雜

文／大安高工國文科　吳明麟老師

日文書名：夢にも思わない｜作者：宮部美幸
台灣出版社：獨步文化｜出版日期：二〇〇七年三月
日本出版社：中央公論社／中公文庫
出版日期：一九九五年五月／一九九九年五月

與其說這是一部少年推理小說，毋寧說它是一部青少年心理的「懸疑」小說。最「懸」的，不是謀殺、不是犯罪，而是人心深處不可理性體悟的善惡掙扎。島崎擁有超出他年紀的冷靜與理性；而敘述者緒方雅男則是單純善良的國中男孩，他單戀端莊、溫柔可愛的同班同學工藤久實子。因為這樣單純的愛戀，竟使他自己捲入社會的幽微黑暗之中。

乍看之下，小說主角好像是島崎，但其實雅男才是本書靈魂，島崎之智慧與成熟，一般人難以企及，而雅男的普通，卻是近於一般人，也因為如此，本書才不至流於所謂「超人（英雄）」小說，而能帶有寫實小說的況味。兩人都善良、熱血，使得整個故事雖然有陰影，卻始終帶著光明面。作者欲處理的問題，不在如何完美設局，然後破案，而是在故事發展過程中，探討爭論不休的人心善惡論題。

所以此書中，最令人感到驚悚的，不是犯罪事件的鋪陳，而是罪惡底下，難以捉摸與言喻的動機與想法。當雅男與工藤愈走愈近，終至成為情侶時，讀者同雅男一樣，共嘗了甜滋滋的愛情味道，可是，殘酷的現實卻隨即令味覺苦澀起來。愛情，在清楚真相後，就再也走不下去了。黑社會組織是顯而易見的犯罪者，但原來真正的犯罪者，是兩顆女孩的心，它們共同推衍一場令人嘆息的悲劇。工藤的心，不難體會，只是這是令人難堪的詰問——每一個人，在面對困難時，是不是就會丟開原有的本性？還是，人的本性原就如此深沉黑暗？朦朦朧朧、不細思量時，幾乎人人都認為自己善良，可是直探內裡時，它還是這樣嗎？

25
50人最愛
日推大募集

奧杜邦的祈禱

用「無厘頭」推倒生命的高牆

文／大安高工國文科　吳元禎老師

如果要在多如星海的日本推理小說家中，票選出一位最有「星爺」（周星馳）式無厘頭風格的人，這項稱號當非伊坂幸太郎莫屬。為什麼會這麼說呢？

主角搶劫超商被捕，利用車禍逃下警車，在逃亡途中卻昏倒了，昏迷醒來之後發現自己來到了一個號稱百年來與世隔絕的孤島，島上還有一個會說話的稻草人優午，預言主角將會帶來這個島上所缺少的東西；不久，優午慘遭分屍，而主角就這樣莫名其妙地捲進了「稻草人命案」。島上還有著因為妻子慘遭姦殺，打擊過大而從此只會說「反話」的畫家；擁有船隻，負責為島民帶來外界物資，貌似大熊的男子；以「櫻」為名，總是坐在櫻樹下看著詩集，卻是島上唯一擁有「殺人執照」的俊美青年。奇妙不合常理的劇情，卻充滿了漫畫般的獨特魅力，都在伊坂幸太郎的筆下一一登場。

「未來取決於神明的菜單。」

「人生就像在搭電扶梯，即使自己佇足不動，不知不覺還是會前進。一搭上電扶梯就不斷向前，目的地早已決定，身體不由自主地朝終點邁進。不過，大家都沒注意到這一點，以為只有自己不在電扶梯上。」

看似無厘頭的發言，跟著故事的開展卻能漸漸看出意義所在。好比拼圖，當手上只拿著一片時，根本看不出圖案是什麼，但是隨著完成的部分愈來愈多，才恍然大悟：「啊，原來是這麼回事。」

用最輕快的筆調來包裝嚴肅的主題，讓沉重的人生命題也有了另一種輕鬆的解決方式。「未來決定於神明的菜單」，菜單上列的材料愈多，最後出現的菜色也就愈豐盛。用幽默打敗淚水，用無厘頭解脫苦難，推倒人生的高牆，這就是伊坂幸太郎《奧杜邦的祈禱》。

日文書名：オーデュボンの祈り｜作者：伊坂幸太郎
台灣出版社：獨步文化｜出版日期：二〇〇六年十一月
日本出版社：新潮社／新潮社文庫
出版日期：二〇〇〇年十二月／二〇〇三年十一月

26

50人最愛日推大募集

三毛貓推理

具有思考性的推理書，值得推薦

文／松山工農　葉韋廷同學

日文書名：三毛猫ホームズの推理｜作者：赤川次郎
台灣出版社：時報出版｜出版日期：二〇〇五年九月
日本出版社：光文社／角川文庫
出版日期：一九七八年一月／一九八四年一月

這是一本推理小說，其內容不外乎就是靠「推理」來破案。但一般的推理小說是靠人來破案，這本書破案的卻不僅僅是人，還有一隻擁有三種毛色的貓。

其實我還滿喜歡看推理小說的，因為可以思考接下來的線索，抽絲剝繭地慢慢解開謎題。有別於一般的言情小說、奇幻小說、武俠小說、歷史小說、恐怖小說等等。以下，我簡述一下內容。

某個日本女子大學學生涉及賣春，並涉入一件令人匪夷所思的命案。某晚，賣春的女學生發現她的客人遭到殺害，且死得非常悽慘，使得女學生嚇到花容失色，故事就從這裡慢慢揭開序幕。菜鳥刑警片山負責偵查這起案件，但一開始諸事不順，因為他只要看到女生就沒辦法發揮他的專業能力，是標準的「女性恐懼症」，緊接著又發生了一樁命案，片山曾前往拜訪的女子大學文學部主任——森崎也被人殺了，森崎主任生前養了一隻不同於一般的貓——三毛貓，片山的妹妹晴美覺得三毛貓很可憐，所以就帶回家收養了。此後，人和貓共同解開一連串的謎團。中間精采的地方就先賣個小關子嘍，想要清楚了解故事發展就一定要看這本書啦，這本書真的很棒。

27

50人最愛日推大募集

殺人十角館

訓練推理力的殺人十角館

文／松山工農　廖昱筌同學

日文書名：十角館の殺人｜作者：綾辻行人
台灣出版社：皇冠出版
出版日期：一九九八年八月／二〇〇六年九月
日本出版社：講談社／講談社文庫
出版日期：一九八七年九月／一九九一年九月

這本書的書名聽起來雖然有點兒血腥，但是我認為這本書非常的好，因為它可以讓讀者身入其境，想像自己變得和偵探一樣，可以邊讀邊思考兇手是誰，也可以讓自己的觀察力與判斷力變好，有時候還能訓練自己的膽量。

內容是描寫一群大學社團成員一起到一座孤島玩，島上有一棟房子出自建築鬼才中村青司的設計，叫「十角館」，那幾個大學生在島上陸續遭到殺害，而偵探島田潔與江南孝明則在島外調查中村青司死亡的真相，這兩起案件有著非常大的關聯，兇手到底是誰呢？

《殺人十角館》是作者在學生時代的作品，也是「殺人館」系列的第一本，讀者可以從本書了解這一系列書的創作理念。「殺人館」系列中，我最推薦的就是《殺人十角館》，它是內容最精采的一本，而且結局也讓人意想不到。想要體會推理小說的魅力，看這本準沒錯。

28
50人最愛日推大募集

龍眠

每個人的體內都有一條龍

文／松山家商　林彥伶同學

日文書名：龍は眠る｜作者：宮部美幸
台灣出版社：獨步文化｜出版日期：二〇〇六年七月
日本出版社：出版芸術社／新潮文庫
出版日期：一九九一年二月／一九九五年一月

這本書是宮部美幸寫的，我覺得十分精采，書裡面不單單只有推理、殺人、找兇手，更包含了人性面以及一些奇幻事件，我覺得這本書主要想表達的不只是推理，而是書中兩位擁有特異功能的少年以及男主角的內心世界。

書中的少年有著超能力，也就是所謂的特異功能。他可以透過「接觸」感應到別人內心的想法，但是他無法自由控制這種能力，有的時候能力太過強大，四面八方的人心裡在想什麼通通都會跑進他的耳朵中，就算不想聽到也不行。

然而擁有這種能力，究竟是好還是壞呢？有的時候明白一切並不是好事，不想要聽的、不想要了解的一切強迫性地灌輸到耳中，那樣會是何等的痛苦？當你了解了對方不為人知的一面，又該如何假裝自己什麼都不知道？如果是你遇到了這種事情，又該怎樣面對呢？

故事一路看下來都帶有些許沉重的氣氛，但卻讓人的眼睛離不開這本書。我一口氣就看完了《龍眠》，也許這本書被分類為推理小說有些不妥，因為裡頭奇幻的成分占的比例反而較重，不過不管是喜歡推理，或是喜歡奇幻小說的同學，我都十分推薦大家去看。好書就值得推薦，我相信這是本值得一看的小說。

29
50人最愛日推大募集

這一夜，誰能安睡

有錢真的能安睡嗎？

文／稻江商職　張淳涵同學

日文書名：今夜は眠れない｜作者：宮部美幸
台灣出版社：獨步文化｜出版日期：二〇〇六年十一月
日本出版社：中央公論社／中公文庫／角川文庫
出版日期：一九九二年二月／一九九八年十一月／二〇〇四年一月

擁有財富是多數人的夢想，大家對獎時總是滿懷希望，幻想自己就是獎金的幸運得主。可是在這本書中，一個平凡和諧的小家庭卻因為一筆從天而降的五億圓遺產而產生了重大的變化。

這個家庭原本十分和樂，直到一位律師上門拜訪而改變了這一切，因為五億圓的餽贈使得父母不再信任對方，一連串的口角甚至最後走到離婚這一步，親朋好友三不五時打電話來借錢，外界人事的傳言等，壓得這個家庭喘不過氣。兒子雅男必須面對家庭的重大變故，生活不再像以前一樣，甚至懷疑自己的親生父親到底是餽贈五億圓的男子，還是現在生活在同一個屋簷下的父親。為了不加重母親的壓力，雅男總是要求自己相信她說的一切，但他私底下卻和同學島崎展開了一連串的調查。

這本書很值得細細品味，內容精采豐富還有相當大的想像與推理空間，在曲折的故事中可以看到雅男的母親面對接踵而來的問題心境的變化，以及她如何下了一個最大的賭注來挽回丈夫與家庭，而雅男則是在一連串的變故中學著成長。整起事件的發展出乎意料，意想不到的結局更是讓人回味無窮。

30
50人最愛 日推大募集

殺人黑貓館

推理小說的入門

文／松山家商　林家平同學

日文書名：黑猫館の殺人　作者：綾辻行人
台灣出版社：皇冠出版
出版日期：一九九八年四月／二〇〇六年九月
日本出版社：講談社／講談社文庫
出版日期：一九九二年四月／一九九六年六月

本文涉及書中重要情節，請斟酌是否閱讀。

我覺得這是「殺人館」系列中最好看並且值得讚賞的一本書。某天推理作家鹿谷門實接獲鮎田老人要求見面的消息。鮎田老人因一場火災失去了一切的記憶，但從他隨身攜帶著的小冊子，他得知自己曾是一幢名叫「黑貓館」的宅邸的管理員。半年前某日，館主的兒子及其友人於家中與一名身分不明的女子徹夜狂歡，但當老人隔天要收拾殘局時，發現那女子已死，而大家卻忘了所有經過。因此，大夥把屍體藏到地下室。半年後，當鮎田老人與鹿谷門實回到黑貓館追查經過時，卻發現那具屍體不翼而飛。而鹿谷門實要查出這起密室殺人的真相。

此書的中心詭計其實非常簡單，推理小說愛好者應可看出其中的玄機，甚至最重大的線索。詭計感覺雖較少，但鮎田老人的失憶增添其中的趣味性，而作者不像一般推理小說以人為主軸，而是以「館」為焦點更是令人為之驚歎。

我會推薦本書的原因是因為可以當做推理小說的入門，不分年齡皆可閱讀，訓練更敏銳的觀察力，尚未愛上推理小說嗎？「殺人館」會是好選擇。

31
50人最愛 日推大募集

繼父

不一樣的推理題材，令人回味再三

文／松山家商　王韻蘋同學

日文書名：：ステップファザー・ステップ
作者：宮部美幸
台灣出版社：獨步文化　出版日期：二〇〇六年七月
日本出版社：講談社／講談社文庫
出版日期：一九九三年三月／一九九六年七月

《繼父》是一本短篇集。雖說是短篇集，但其中主角全部相同。作者是宮部美幸，她真的是一位傳奇性的作家，或應該說她是多面向的作家，從推理小說到奇幻小說，甚至是將所有的元素混合於同一本書。她的寫作範圍令人難以置信的廣，是個值得一再閱讀的作者！

《繼父》一書的內容描寫一名小偷不慎從圍牆墜落，被兩個小孩——主角之一——救回家後所發生的一連串故事，故事題材十分新穎。溫馨、逗趣、小小的哀愁——這些因素交織成這本書，會令人忍不住再三回味故事中的小細節。這本搞笑犯罪推理小說由許多令人匪夷所思的事件串連而成，雖然主角在每一章的最後都會有所解釋，但在回想情節時，又會有：「為何自己當時沒有想到呢？」的那種感覺。

這本小說採第一人稱的敘述法，是宮部美幸較早期的作品。在看似平凡的筆觸中，又帶有一絲絲陰謀的味道。最後的結局是用「沒有結局的結局」的手法做結尾，讓人覺得好可惜想看看續集之餘，又有「結局就是應該要這樣吧」的想法油然而生。

不愛看推理的人，可以嘗試著看看這本書，會讓你對推理小說的興趣大增喲！

32
50人最愛日推大募集

寂寞獵人

人與人之間藉由「書」而產生的牽絆

文／木柵高工　鄭清樺同學

日文書名：寂しい狩人／作者：宮部美幸
台灣出版社：獨步文化／出版日期：二〇〇六年十一月
日本出版社：新潮社／新潮文庫
出版日期：一九九三年十月／一九九七年一月

在這本推理小說中，作者宮部美幸利用書中每一篇故事、每一起事件，來告訴讀者一些她想傳達的訊息。事實並非如表面上案件的結果所見，其實都有更深一層的含意。

這本書中有命案、懸案、日常生活中的謎、異常的心理……每一起事件，都有一件位於其中心的關鍵事物——沒錯，那就是「書」。藉由「書」來當做媒介，成為解謎的那把鑰匙，使每起事件、人性的真相漸漸呼之欲出，自家庭親情，乃至異常的人性。每一篇故事都相當特別，卻也令人感到親切。由於書在每起事件中往往扮演著重要的角色，使得讀者在閱讀的同時，似乎也與書拉近了距離。

由這本書我們可以發現，每一本書，除了它所描敘的故事外，「書」的本身往往也存在著另一個故事。而且，常常它吸引我們的不是其中的故事，而是它在世間實際存在的故事。作者透過此書希望讀者明白：書，早已變成我們生活的一部分，與我們密不可分。

33
50人最愛日推大募集

少年島崎不思議事件簿

少年是一點一滴慢慢長大的

文／松山家商　李育珊同學

日文書名：夢にも思わない／作者：宮部美幸
台灣出版社：獨步文化／出版日期：二〇〇七年三月
日本出版社：中央公論社／中公文庫
出版日期：一九九五年五月／一九九九年五月

最近才開始翻閱宮部美幸的書籍，我開始後悔為什麼沒有早點去圖書館借書，宮部美幸的書實在相當對我的胃口，看她得了那麼多獎，實在是實至名歸。

串連著《這一夜，誰能安睡？》到《少年島崎不思議事件簿》，除了推理愈來愈精采之外，也可以看見島崎和雅男兩人的成長。

小孩是在什麼時候長大的呢？

是經由事件、經由磨鍊，學會去應對，學會去解決。或是遇到自己無法接受的事情，開始學會去調適、去慢慢的理解。我可以從書中發現雅男對島崎的羨慕，那遊走於友情和忌妒之間的掙扎讓他慢慢地成長，雖然還沒有成熟到可以完全去除自卑，但已經可以接受，慢慢地不去比較了。

推理的部分也十分精采，本來以為故事就要結束了，結局又出現三百六十度的大翻轉。那是我意想不到的變化，看完書時，腦袋還處於驚嚇狀態。

宮部美幸的書有許多類型，其中不管是推理還是奇幻都大受好評。雖然有的是長篇、有的是短篇，但是部部精采，不看可惜。

如果想看看輕鬆、不那麼沉重的推理故事，拿起這本書就對了。

34
50人最愛日推大募集

日文書名：悪意｜作者：東野圭吾
台灣出版社：獨步文化｜出版日期：二〇〇六年十月
日本出版社：双葉社／講談社文庫
出版日期：一九九六年九月／二〇〇一年一月

惡意

人性的微妙之處

文／松山家商　顧晏如同學

《惡意》這本書是推理迷極為推崇的東野圭吾的作品，也是創作與閱讀本格推理的範本，書中的內容更讓我看見人性黑暗的一面和恐懼。

故事敘述一位暢銷書作家日高邦彥遭到殺害，發現屍體是他的妻子和昔日好友——作家野野口修，野野口把案發當時的情形寫了下來，成為警察破案的關鍵。刑警加賀恭一郎和野野口曾經是同事，所以刑警借了野野口的筆記參考，機智的刑警發現了許多疑點，經過一路抽絲剝繭後，揭開一個不為人知的祕密。

是什麼樣的深仇大恨，非得致作家於死地不可？殺人兇手的動機究竟為何？而真相的背後還有真相，意外之後還有逆轉嗎？這本書的人物刻畫生動、故事情節張力十足，兇手和警察之間的那種緊張與壓迫感，讓我迫不及待地想翻到下一頁去看最後結局到底是如何。

一連串扣人心弦、緊張萬分的鬥智過程，真真假假、假假真真的對話效果，視點、邏輯、伏筆、動機、意外性及公平性的安排都幾近滿分，讓我根本猜測不到故事到底會如何發展。擁有不在場證明，卻能巧妙安排的殺人手法，這本寫實本格推理小說絕對讓你有不寒而慄的感覺，千萬不能錯過這本堪稱經典的小說。

35
50人最愛日推大募集

日文書名：夏と花火と私の死体｜作者：乙一
台灣出版社：獨步文化｜出版日期：二〇〇七年一月
日本出版社：集英社／集英社文庫
出版日期：一九九六年十月／二〇〇〇年五月

夏天·煙火·我的屍体

無邪的惡意、深沉的天真

文／士林高商　陳育晴同學

本文涉及書中重要情節，請斟酌是否閱讀。

一開始會選這本書是受到書名的吸引，書名聽起來就滿有意思的。這本書的內容是在描述一個九歲的小女孩殺死了自己的玩伴，並與哥哥展開了一連串藏匿屍體掩藏犯罪行為的冒險。

透過死者的靈魂視角，賦與了這本書有了一般推理小說所欠缺的新意，也讓小說中的恐怖指數提升了不少，並將恐怖的氣氛延伸到書中的主角與讀者的對決中。作者以他獨到的寫作手法，成功地營造出人類黑暗心靈所湧現出的真實幻境。他所寫的故事，裡頭的主角們都有一個共同的特性，那就是每個主角好像都與這個世界格格不入。

作者所使用的文字不能說是冷漠，卻能呈現出一種鋼鐵般的世界，帶有冷調、壓抑的感覺。作者所傳達出來的情感都是間接呈現的，就好像沒對好焦的相片，雖然模糊，但我們卻能知道拍攝的物品是什麼一樣；雖能「感受」到它本質的心理狀態，卻無法「觸碰」到那些情緒的波動。看了這本書之後想事情會想得比較遠，還不錯看。

36
50人最愛日推大募集

巷說百物語

墮落人性之因果相報

文／大安高工　洪　揚同學

日文書名：巷説百物語｜作者：京極夏彥
台灣出版社：台灣角川｜出版日期：二〇〇四年十一月
日本出版社：角川書店／角川文庫
出版日期：一九九九年九月／二〇〇三年六月

從古自今，人類總是對不可解的事物帶著一分畏懼，但畏懼中又摻雜一絲好奇，漸漸地，這些現象被歸類成自然中的妖鬼精靈所為，或許妖怪等傳說生物正是由人類對未知事物所產生的無限幻想所形成的呢。

在日本，此類傳說十分盛行，連森林中的狐狸、貍貓等生物經過長年渲染，也在不覺間被賦予了靈性，甚至還有專門祭祀的廟宇，像是稻荷神的使者即為狐狸，由此可見，雖只是傳說，但在現實中卻是不可或缺的存在。

書中主角謎題作家百介、詐術師又市及其助手阿銀，看似有意無意追著各地的傳說事件，又在不知不覺間牽連其中。一件件離奇的傳說故事，在主角推波助瀾下撥開層層疑雲，竟揭露出一件件駭人聽聞的罪行！各種詭譎卻合乎現實的事件令人毛骨悚然，彷彿傳說活生生的呈現在四周，看似離奇的巧合，卻又真實得令人不得不信，種什麼因得什麼果，因果循環報應不爽。看似虛幻的傳說，卻勾起作惡者的思緒波動，心虛下疑心生暗鬼，漸漸被套入陷阱中，隨著故事一幕幕地進行，真相也隨之大白。

本書以各式民間妖鬼傳說物語為底，卻融入推理小說的風格，令讀者身歷其境更勝一般懸疑推理小說。不僅故事引人入勝，更可以從中反省自身的行為與內在動機的關聯。

37
50人最愛日推大募集

沉向麥海的果實

震懾人心的校園推理

文／松山家商　劉芊豔同學

日文書名：麦の海に沈む果実｜作者：恩田陸
台灣出版社：小知堂｜出版日期：二〇〇六年十月
日本出版社：講談社／講談社文庫
出版日期：二〇〇〇年七月／二〇〇四年一月

被沼澤溼地包圍，與外界隔絕的奇妙學園裡，有忽男忽女的校長、三月一日開學的奇怪規定、離奇的失蹤事件、從圖書館消失的重要藏書等，及一則流傳已久的傳說：「在三月以外入學的學生，會讓學校走向毀滅之路。」而水野理瀨，在二月的最後一天進入這個不可思議的「三月之國」就讀。

越是接近結尾，我的心就像巨石墜入幽黑大海裡。我驚歎於恩田陸的寫作手法，她總是不辜負讀者的期望，在最後的章節突然峰迴路轉，把劇情帶到最高潮，帶給我們驚奇、難忘的閱讀之旅。

《沉向麥海的果實》以奇幻為主線，佐以懸疑及推理。乍看之下這和一般奇幻學園推理沒什麼兩樣，事實上卻很震懾人心。作者在書中埋下了很多伏筆，每一句對話、每一場景，或每一個人物的描寫——他的行為、想法等等，都沒有浪費。本書很像在玩心理戰：怎麼欺騙說謊、怎麼中傷對方。在這人人心機重重的學園，最重要的是保護自己，被人看穿就等於是輸了。

你是推理迷嗎？想知道為什麼只是一間學校卻那麼神祕嗎？想知道為什麼學生會彼此欺騙嗎？想不想體驗精神分裂的感覺？「三月之國」歡迎您的就學！

38
50人最愛日推大募集

日文書名：超・殺人事件―推理作家の苦悩
作者：東野圭吾
台灣出版社：獨步文化―出版日期：二〇〇七年四月
日本出版社：新潮社／新潮文庫
出版日期：二〇〇一年六月／二〇〇四年四月

超・殺人事件 推理作家的苦惱

高明的諷刺之作

文／松山家商　劉懿德同學

東野圭吾這本書是由八則小故事所組成的，舉第一篇〈超稅金對策殺人事件〉為例，陳述的方法頗為特別，開頭是一段某位作家寫的小說內容，後面又帶出當時其實是作家在打稿，有讓人以為剛開頭那一段就是本文的作用，而標題「超稅金對策」其實是在說作家揮霍無度，而到了要報稅的日子，發現要繳的稅金高得嚇人，嚇得趕緊找律師老友幫忙想辦法逃漏稅，而律師想出的唯一方法就是將那些開支一律列為「取材費」，但是前提一是，一定要在小說裡出現相關內容；二則是取材費必須用於在報稅當年出版的小說，而為了逃漏稅，開頭那篇文章對他而言可是意義重大呢！

接著，因為稅金真的太高了，所以他們就先從價目高的開始，像是去夏威夷玩的旅遊費、在夏威夷買的東西、幫老婆買的女用大衣……反正就是諸如此類莫名其妙的「取材費」通通列入，而一篇好好的小說，變成一篇「萬金取材」的小說，想當然耳，這個小說家，從此消聲匿跡。

這一篇已讓我這個笑點極低的讀者笑到不能自已，讓我見識到東野圭吾寫作的另一面，故事並不會太脫離社會現實，想見識東野圭吾更多不同題材的小說，這本是不錯的選擇。

39
50人最愛日推大募集

日文書名：顏 FACE―作者：橫山秀夫
台灣出版社：獨步文化―出版日期：二〇〇六年九月
日本出版社：德間書店／德間文庫
出版日期：二〇〇二年十月／二〇〇五年四月

顏

充斥著性別歧視的職場

文／大安高工　楊安琪同學

每一張臉都隱含著不同的故事，每一幅肖像畫都代表著無限可能的機會。

書中主角平野瑞穗，自幼便憧憬當警察，長大後也如願成為女警，在鑑識科工作。一宗狗仔搶獨家的傳媒大戰、一起十四年前的殺人縱火案、一張完美的嫌犯素描、一樁假演習真搶劫的銀行搶案、一件令人髮指的襲警奪槍案，一連串的案件觸發更多難解的謎題。在男性至上的階級社會裡，瑞穗不只是要面對傳統觀念的衝擊，更要面對同事之間的爾虞我詐、似敵若友的關係以及男性上司的無情指責和歧視等內部鬥爭。

在作者精心的安排之下，巧妙地透過女警瑞穗——一位滿腔熱血、頗具正義感的年輕女子，從她的角度去分析這個充斥著性別歧視的職場。在不同的單位任職，就必須面對不一樣的問題、不一樣的挑戰，使讀者可以更深入了解警察的世界。

這是一本耐人尋味，相當具有深度的推理小說，主要是在探討警察為破案可否不擇手段，以及女警的工作性質和大環境的協調等職場問題，牽涉範圍甚廣。充滿爭議的話題，或許永遠也找不到答案，卻能使讀者擁有更深一層的想法和範圍更廣的省思。

40
50人最愛日推大募集

重力小丑

只要快樂的活著，地球的重力就會消失無蹤

文／大安高工　陳俊才同學

日文書名：重力ピエロ—作者：伊坂幸太郎
台灣出版社：獨步文化—出版日期：二〇〇六年十一月
日本出版社：新潮社／新潮文庫
出版日期：二〇〇三年四月／二〇〇六年六月

日本文壇備受矚目的新秀伊坂幸太郎，在二〇〇三年以《重力小丑》大獲好評，以創新手法結合了青春小說與推理故事，看完令人大呼過癮。

《重力小丑》的主軸在於一連串的縱火事件與縱火現場不明的塗鴉，是誰犯下縱火案件？他的動機是什麼？本書從一位哥哥「泉水」的立場來描述他和弟弟「春」及父親，如何無端被捲入這起案件裡，甚至往年的祕密及人性的黑暗，也一一被揭露出來。

作者善於利用時間與空間的拼湊法，也就是所謂的插敘法，每一段落敘述的都是不同時間點的事物，有的是往事，有的是為了後續鋪陳的描述。雖然零碎，卻無形中令人感覺自然而不繁雜，而不看到最後並不容易猜出謎底，每個伏筆都可能是關鍵的真相，在最後才水到渠成地匯聚在一起。

書中從性格描寫到生活習慣、常說的話，好像自己也融入故事成為其中一角，甚至能猜測某些人物的舉動和想法。也藉著對話闡述出對人事物的不同觀點。

當一般人的觀念與自己的觀念有所衝突時，如何以新的角度來看待事物也是本書想傳達的一部分訊息。看完伊坂的小說，除了增長知識外，更能大飽眼福。

41
50人最愛日推大募集

孩子們

讓你耳目一新的推理故事

文／松山家商　王韻婷同學

日文書名：チルドレン—作者：伊坂幸太郎
台灣出版社：獨步文化—出版日期：二〇〇七年二月
日本出版社：講談社／講談社文庫
出版日期：二〇〇四年五月／二〇〇七年五月

這本書跟你平常看到的推理故事，如福爾摩斯、亞森羅蘋、名偵探柯南、金田一少年事件簿等等絕對不一樣！它沒有令人心驚的場面，沒有太過曲折離奇的緊張橋段，卻讓你在一切看來平淡無奇、毫無預警之下，發現已經掉入伊坂幸太郎所創造的謎團之中。當你讀完《孩子們》開頭兩篇故事之後，你便會放不下此書，甚至不由得開始讚歎，本書作者怎麼能寫出如此有趣的故事！

名出版人詹宏志先生曾說：「如果現有的推理小說已經走到山窮水盡，伊坂幸太郎一定是那位使日本推理小說命運柳暗花明的人物。」確實，作者不但知識廣博，文筆風格豪邁而且詼諧，內容環環相扣，讓讀者不禁大呼過癮。

我最喜歡本書中每篇都會登場的陣內，他真的是個會讓讀者又氣又好笑，卻又會在閱畢後讓你想拍拍他的肩說：「好小子！」這樣子的一號人物。他不但沒常識又少根筋，總是會將旁人攪進麻煩的漩渦裡，卻不斷地帶來歡樂與驚奇。在他獨特的任性作風下，日子永遠不會無聊。我真的很想和書中這位陣內做個朋友呢！說到這，又不禁讓我想讚歎一下本書的作者伊坂幸太郎先生，能寫出如此精采的書，請問您到底是吃什麼長大的呢？

42
50人最愛日推大募集

日文書名：死神の精度／作者：伊坂幸太郎
台灣出版社：獨步文化／出版日期：二〇〇六年十一月
日本出版社：文藝春秋／文春文庫
出版日期：二〇〇五年六月／二〇〇八年二月

死神的精確度

認可？還是放行？

文／松山家商　李坤峰同學

無疑地，每個人想到死神都是感到害怕的，可是在《死神的精確度》裡，死神不過是要利用一星期的時間來接觸特定的人，最後再判定是要「認可」還是「放行」。對於死神，這只是他們的工作罷了，打破了大家對死神的刻板印象，重新塑造死神的形象。

主角——死神千葉，每次出任務就必定會下雨，熱愛音樂。他在六篇故事中，以死神的角度體認了人間的喜怒哀樂、悲歡離合。各篇看似無關聯性，但在貫穿全文的末篇，雖不像其他篇一般高潮迭起，卻讓人感到一股淡淡的哀傷與無奈。最後，從未看過晴天的千葉也看見了蔚藍的晴空。

在故事裡，被認可或是放行似乎沒有一定的標準，我想作者想表達的是人生本來就是不可預期的，不會因為你做過什麼樣的事情就能得到對等的附加效果。一切都像個意外般倏忽來去，作者以輕鬆的語氣述說死亡，更平添無奈的哀傷。

伊坂幸太郎真的非常厲害，以往推理小說都幾乎植基在理性之上，但他卻一次又一次打破推理小說的刻板印象，讓推理小說加上了輕鬆、奇幻等超乎想像的元素，卻還是不可思議地讓人明瞭這就是一本推理小說，看完他的小說總是令人印象深刻，回味無窮。

43
50人最愛日推大募集

日文書名：容疑者Xの献身／作者：東野圭吾
台灣出版社：獨步文化／出版日期：二〇〇六年九月
日本出版社：文藝春秋／文春文庫
出版日期：二〇〇五年八月／二〇〇八年八月

嫌疑犯X的獻身

能讓人獲得感動的本格推裡

文／松山工農　巫咏芯同學

見識最純粹的愛情，見識到最好的詭計。如果喜愛看推理小說卻沒看過東野圭吾的作品就太可惜了。令人動容的情感不矯揉造作地以理性寫法呈現，細水長流地擊在心上，掀起波濤。

以白描手法做為開場，東野圭吾讓你一步步地踏進他所設的陷阱。利用了人類的盲點，與先入為主的觀念巧妙地要弄了讀者一番。不冗贅的文字卻道出了石神那無私奉獻的真摯。其實石神對靖子的愛早已跨越界限而變成一種堅定的信仰，在人生一無希望時所出現的信仰，靖子母女拯救了石神。為了守護自己的信仰而不惜將自己完全地燃燒，只為了照亮靖子的幸福。

一層又一層技巧所包覆的凶殺案，看似脆弱的不在場證明卻堅若磐石無法推翻，石神展開了與警方和湯川的鬥智，即使到了最後還是不願說出真相。石神為了靖子的幸福打造出完美的計畫，卻讓自己的人生齒輪停止轉動。守護的石神與想追求幸福的靖子，理由雖不同卻同樣地想要掩飾罪行。

不論是常看本格推理的讀者或是第一次接觸推理的人，《嫌疑犯X的獻身》絕對可以為你帶來前所未有的感動。那是唯有親自閱讀過才能擁有的，讓人熱淚盈眶的感動。

44
50人最愛日推大募集

日文書名：名もなき毒｜作者：宮部美幸
台灣出版社：獨步文化｜出版日期：二〇〇六年七月
日本出版社：幻冬社／光文社
出版日期：二〇〇六年八月／二〇〇九年五月

無名毒

莫讓妒忌侵蝕人心

文／松山家商　姚懿庭同學

這本書雖然是推理小說，但除了冰冷的屍體，我還看到被害者的憤怒和加害者的徬徨無助。作者透過一個平凡卻心地善良的男子的角度把一起事件，轉換成了一個故事，讓我們更貼近書中角色的心境。殺人不再只是殺人那麼單純，隱藏在這之後的是更大的悲哀。

或許這個社會的群眾都被一種「無名毒」給侵蝕了卻不自知。認為自己是對的，認為這世界對自己是不公平的，這本書鉅細靡遺地描繪了因為這樣而衍生出的諸多問題，閱畢後令我深感無奈。我尚未踏入社會，還不是很理解這世界的混沌。可是我希望大家在看完此部作品時，也能好好的思考一下，究竟什麼才叫做普通？怎樣才能算是了不起？我不知道我的未來會如何，更別提能否對社會有所貢獻。但最起碼，我會努力，要懂得控制自己的脾氣、學會設身處地替人著想。比自己可憐的人不勝枚舉，所以我更要懂得珍惜自己，也要對自己有信心。

一味妒忌他人，只會替自己的人生（包括在你身邊那些愛你的人）召來不幸。這是我看完這本書的感想，《無名毒》真的是部很棒的作品，我誠摯推薦給大家。

45
50人最愛日推大募集

出版社：獨步文化
出版日期：二〇〇六年八月

謎詭

日本推理情報誌

文／士林高商　張娉婷同學

這本書蒐集了很多推理小說的精華，是一本專門介紹日本推理小說的雜誌書。而其中，我覺得最好的地方是把日本推理小說的源頭講解得很清楚。從一八九〇年代後期開始盛行的日本推理小說，原來歷史如此悠久。我原本還以為那是冷戰時期結束，日本逐漸安定下來，民眾才有閒情逸致發展文學呢。原來和我所想的時間點差距得如此遙遠，人果然沒看書就不會知道事情的真相。

這本書概述了許多小說的內容，我們可以藉由這本概括多本書的媒介來選擇我們喜歡哪本書。我想，這本書的最大功效就是如此吧。介紹小說給推理迷，也訴說推理世界的大小事，相信對推理沒有興趣或不了解的人，都可以透過這本書深入地了解推理世界。

希望還不喜歡或對推理小說沒興趣的讀者，可以先看這本書，藉由這本情報誌，了解推理小說迷人之處，體會它的奧妙之後，相信你會和我一樣，陷入推理世界不可自拔。

東野圭吾《白夜行》

一九七三年，大阪的廢棄大樓發現了一具他殺屍體，被害者之子桐原亮司與嫌疑犯之女西本雪穗，就此走上截然不同的道路。桐原亮司拉皮條、盜賣電玩軟體、隱姓埋名竊取商業機密，不斷向下淪落；雪穗則由親戚收養，就讀明星學校，嫁給金龜婿，開設名牌服飾店，儼如上流名媛。

然而，兩人身邊的人卻紛紛遭遇不幸，甚至死於非命，這是命運無情的操弄，還是潛藏著駭人的真相？鍥而不捨追查此案的刑警笹原潤三雖覺得事有蹊蹺，卻苦於查無實據。

男孩與女孩手牽手走在太陽下的剪紙，背後有著一則令人心碎的故事。

東野圭吾《流星之絆》

有明功一、泰輔、靜奈三兄妹深夜偷溜出家門看流星雨，回家後卻發現父母倒臥在血泊中雙雙身亡，三兄妹從此無家可歸。在案情膠著的狀態下，十四年匆匆過去。為了在充滿惡意與謊言的現實世界生存，三兄妹走上了詐騙之路，以大哥功一為集團策畫首腦，「角色扮演天才」的泰輔及貌美的靜奈負責執行。

三人正打算撈完最後一票、收手過安穩日子時，卻發現詐騙目標竟然是當年殺父仇人的兒子！然而，當他們緊急變更作戰計畫，就要揪出兇手的前夕，靜奈卻發現自己的心已不受控制……他們能否在法律追訴期間內讓兇手俯首認罪？

伊坂幸太郎《重力小丑》

一連串動機不明的縱火案、火場附近不約而同出現的塗鴉藝術，兩者有何關聯？

謎樣的塗鴉留言，隱藏著什麼樣的犯罪設計？是誰主導了一場必然的殺機？

在基因公司工作的大哥、以清除塗鴉為業的小弟，以及罹患癌症來日無多的父親，三人捲入了重重的謎團與愛恨糾葛，終於揭開了案件的一角。不料，令人驚愕的事實卻一躍而出……

有獎徵答 4

請問此幕場景出現在《重力小丑》第幾頁？

有獎徵答回函卡請見末頁。

伊坂幸太郎《死神的精確度》

千葉是一名不知人情世故的死神，每當他出現，人間必定下雨。他熱愛人類的音樂，當人類碰到他的手，除了昏倒還會折壽。他會依工作內容變化外型與年紀，而他的工作是利用一個星期觀察、接觸特定的人類，最後再向高層提出報告，判斷觀察對象要「認可」（死亡ＯＫ）或「送行」（生）。

六篇不同的故事，六個人類的人生切片，死神時而捲入黑道糾紛，時而遇上暴風雪山莊裡的殺人事件，時而幫一個飽受騷擾電話所苦的客服部女孩解決謎團，甚至還曾在出任務時，被理髮的老婆婆看穿死神身分，還要求他為理髮店招攬顧客……六段不同的人生，且聽熱愛音樂的死神為你娓娓道來。

乙一《夏天・煙火・我的屍体》

〈夏天・煙火・我的屍体〉

「那年夏天，我九歲——然後，我死了。」

在煙火綻開的光芒之下、在激烈轟然的蟬鳴之中，幼小的兇手們圍繞著女孩五月的屍體，開始了一場童稚的殘酷冒險。乙一十六歲時寫出的驚世傑作。

〈優子〉

清音實在不認為優子這個人真的住在這個家裡。

清音來到主人政義家幫傭許久，卻始終不曾見過女主人優子。因病臥床的優子始終待在房間內，甚至連換洗衣物都不見髒污。當清音趁主人外出進入房間，她看到……

乙一《ZOO》

在十一篇奇想天外、難以歸類的珠玉短篇中，有境遇天差地別的雙胞胎小飾與陽子、遭人刺殺卻找不到備用血液的富豪、地球上最後一個人類與機器人、無法同時看到父母的男孩、被棄置於馬房的男孩長大後決定以〇〇蓋房子、藏有祕密的巨大黑色衣櫥、能以話語操控所有生物的超能力男孩、每天收到女友屍體拍立得照片的男子、以虐殺為樂的殺人魔、意圖使飛機墜落在東大校園的劫機者與不知埋藏何物的沙坑，挑戰十一種閱讀情緒的極限！

下圖出自〈向陽之詩〉，當機器人女孩將頭靠在男子胸前，她發現一個令人心碎的祕密……

有獎徵答 5

請問此幕場景出現在《ZOO》第幾頁？

有獎徵答回函卡請見末頁。

「大家來讀日推！」徵文揭曉

以下五篇作品，是博客來高中生書店與獨步文化共同舉辦的「大家來讀日推！」徵文活動得獎作品，在此感謝踴躍投稿的同學對本活動的支持，也希望有更多同學能從我們的出版品中找到閱讀的樂趣與感動。

46
50人最愛日推大募集

日文書名：あかんべえ／作者：宮部美幸
台灣出版社：獨步文化／出版日期：二〇〇七年一月
日本出版社：PHP研究所／新潮文庫
出版日期：二〇〇二年三月／二〇〇六年十二月

第一名

文／陳潔妘

你相信這世上有鬼魂嗎？而當我們無意間遇到時，又會以何種心態去面對？世間的愛恨情仇交織成人的一生，若在臨死前無法將一切放下，那麼死後就會含著仇恨化為陰魂。《扮鬼臉》正是敍述人與陰魂之間的相遇，進而挖掘出一段沉埋的過去，一個令人驚悚的真相。

《扮鬼臉》一書以「船屋」料理鋪老闆的女兒阿鈴為主角，阿鈴生了場大病，就在瀕臨死亡之際，若有似無地看見一個小女孩在床邊對自己扮鬼臉。病癒後，她開始看得見鬼魂，發現「船屋」是間名副其實的鬼屋，為了讓陰魂們可以無牽無掛地歸往西方淨土，她決定著手調查他們生前的故事。

宮部美幸藉由一個十二歲女孩的眼睛探索整件謎團的前因後果，以小孩子的純真善良，去比擬大人世界中陰險、狡詐、黑暗的真實面，一步步引領讀者揭開事件謎團的真相，並凸顯出人心的醜陋，其實比鬼魂還要可怕上千百倍。若我們以小說情節來比擬生活在現實中的人，你會發現裡頭許多描摹人性的地方都很貼切，當然不只有醜惡的一面，也有人與人之間所存在的溫暖……全書環繞著一個議題：「為什麼人可以見得到鬼魂？」作者在小說中是如此解釋的：「能夠看得見鬼魂的人，表示內心也有與之相同的感情糾葛。」而整篇故事也在在證實了這個觀點。

小說自始至終未曾完全揭開「扮鬼臉」真正的意思，而我覺得它有兩種解釋：一是孩子們天真逗趣的扮鬼臉；另一則述說將內心所懷的仇恨映照在面孔上，不單是鬼的臉，也是棲息在與之存有相同想法的人們心中的另一張鬼臉。《扮鬼臉》一書不僅存在著令人匪夷所思的謎團，更在其中添加了些溫馨、感人的成分。沒接觸過推理小說的你，可以嘗試看看，而喜歡推理小說的你，更一定不能錯過！

47

50人最愛日推大募集

日文書名：幽靈刑事｜作者：有栖川有栖
台灣出版社：小知堂｜出版日期：二〇〇五年八月
日本出版社：講談社／講談社文庫
出版日期：二〇〇〇年六月／二〇〇三年七月

第二名

文／石媛媛

如果偵探是幽靈，那推理小說還算是推理小說嗎？所謂幽靈，應該是沒有形體、還可以穿牆，或是可以飛在空中的靈體，這樣豈不是對破解凶殺案件十分有幫助？但很可惜，即使知道兇手是誰，若沒有罪證確鑿的證據，連幽靈也沒轍。

《幽靈刑警》中的主角神崎刑警在莫名其妙的情形下被殺了，死後成了幽靈，雖然知道兇手是誰，但是已成為幽靈的神崎卻沒辦法和人溝通，直到遇見有靈媒體質的早川篤，才能夠藉他人之手幫助自己揪出兇手。

原以為幽靈的形體能夠幫助釐清案情，但是在種種陰錯陽差的情況下，錯失了搜證的時機，結果還是得規規矩矩地按照推理小說的公式，一步步搜集情報，用推理把已經明瞭的兇手推出檯面。雖然不像是一般的推理小說到最後才能揭露兇手的身分，但是兇手的不在場證明以及凶器仍然是一大挑戰，這樣的情況就好比已知答案的一元二次方程式一樣，必須解釋要用何種公式才能解出答案，因此並不會因為已經先知道答案（兇手），而感到無趣，反而要想辦法套入一個合理的公式（證據），使整個式子（犯行）成立才行。

相較於一般的推理小說，《幽靈刑警》就顯得活潑許多，主角神崎達也不但是被害者，還要自己當起偵探，之後和警局的同事早川組成靈異拍檔，這分隔陰陽兩界的搭檔分工合作，神崎以幽靈的能力跟著兇手，早川則是以神崎提供的情報進行搜查。一人一鬼、一搭一唱，看在別人眼裡，還以為早川發神經，實在是很搞笑。如果看膩了嚴肅的推理，不妨看看這本，不只有趣，還可以動動腦一起把兇手揪出來喔！

48

50人最愛日推大募集

日文書名：重力ピエロ｜作者：伊坂幸太郎
台灣出版社：獨步文化｜出版日期：二〇〇六年十一月
日本出版社：新潮社／新潮文庫
出版日期：二〇〇三年四月／二〇〇六年六月

第三名

文／林姮頤

本文涉及情節，請斟酌是否閱讀。

伊坂幸太郎的《重力小丑》在我心目中的推理小說排行榜上名列前矛。故事主要是描述在基因公司工作的大哥、以清除街頭塗鴉為業的小弟，和罹患癌症來日無多的父親，三人圍繞著縱火案和塗鴉所衍生出的一連串事件。

《重力小丑》中撲朔迷離的

案件和前後呼應的巧妙伏筆固然吸引人，但裡頭鮮明立體的人物刻劃卻更令我著迷。不論是主角泉水、弟弟春、父親、偵探等等，都有著生動鮮明的個性。透過作者伊坂幸太郎獨特的細緻筆觸，彷彿在認識一群有趣的新朋友一般。我很喜歡閱讀春和泉水兩兄弟之間交換想法的對話。那些理論既新奇更不無道理。春對甘地的喜愛，對性的觀感，甚至是對人類社會的失望，都讓我有了更深一層的體悟。雖然春的想法有些看似過於左派，但能夠聽到這麼不同的聲音真的令人很興奮。也許，這世上有很多問題和理論都只不過是我們「想太多」而誕生的產物。

此外，這本書給了我從前閱讀推理小說時從未有過的感動，那就是泉水一家人親情的羈絆。春雖然是在泉水的母親慘遭強暴的悲劇下而出生的孩子，但透過父親的一席話，卻使得泉水與春成為超越血緣關係的手足。泉水在剛得知春的身世時對父親提出了一個問題：「爸爸是怎麼看待春的呢？」父親毫不猶豫的回答：「春是我的孩子、我們家的次男、你的弟弟，我們是世上最好的家庭。」這樣的父親讓人好生敬畏。所謂的家人，並非光靠血緣關係就能建立起來的。真正的家人，是靠著沒有顧忌的信任和絕對的羈絆所緊緊相連著的。

就像書裡所說：「真正的感情是不能被基因所操控的。」

日文書名：分身／作者：東野圭吾
台灣出版社：獨步文化／出版日期：二〇〇九年五月
日本出版社：集英社／集英社文庫
出版日期：一九九三年九月／一九九六年九月

第四名

文／孫渝涵

這是一本十分精采的推理小說。兩位年齡相差兩歲的女子，外表卻長得一模一樣，就像一對雙胞胎，在陰錯陽差的際遇之下，她們的生命互相有了交集。為了查出自己真正的身世背景，以及父母企圖隱瞞的祕密，於是展開了一段危險驚險的旅程。兩人雖然不是雙胞胎，卻有比雙胞胎更為難分難捨的共同命運，就像是對方的「分身」一般。

《分身》是在一九九三年推出的，距離現在有十六年之久，但書裡卻探討到了現今大眾對於「生物複製」、「救命寶寶」這種禁忌性的話題，文中運用纖細的筆觸描寫出自然的「人類」和不自然的「複製人」，不同於《科學怪人》是用嚴峻的筆法看待科學可能帶來的衝擊，《分身》的立場相對的比較柔軟。

在書中，作者對於複製人這項尖端科技，隱約提出一點質疑，究竟複製人對人類而言，是取代上帝職責，還是一種挑戰上帝權威的戰帖？在製造複製人的同時，在人類社會當中，會不會產生了對於倫理道德及人權的衝突？作者以一種客觀的立場，描寫出不同立足點的人對於此項實驗的觀感，有複製人本尊、被複製的人、科學家、旁人、養育複製人的「父母」等，都一一深入描寫，對於這個挑戰人類極限的行為，人們是如何看待的，讓人不禁思考，究竟複製人這項實驗，是一種文明進步的推力，還是一種摧毀社會的匕首？這是值得我們認真看待及思索的問題。

雖然本書主題令人略覺沉重，但文中依舊能感受到父母對於子女的愛，儘管不是自己親生的小孩，儘管她是一個備受爭議的複製人，但對養育她的父母而言，她仍是自己一手帶大的孩子，無怨無悔的親情及令人動容的犧牲，仍然不禁讓人感到些許酸楚。

50

50人最愛日推大募集

第五名

文／張育瑛

日文書名：流星の絆｜作者：東野圭吾
台灣出版社：獨步文化｜出版日期：二〇〇九年三月
日本出版社：講談社｜出版日期：二〇〇八年三月

一盤牛肉燴飯，讓一場命案有了關鍵性的發展，讓原本兩個毫不相干的家庭，多出了新的牽絆。東野圭吾的作品——《流星之絆》，不但披露出許多社會的現實面，也讓我更深刻體會到在最無助的情況下，人與人，尤其是手足之間緊緊相繫的親情，讓原本看似絕望的局面，藉著互相的鼓舞，終能燃起一簇簇的亮光。

在翻看這本書時，我便被作者那平實卻深具魅力的文字吸引。這是我第一本推理小說，所以當我在閱讀之前，我便已做好心理準備，或許裡面會有許多內容是我無法理解、無法接受的。但是，隨著那一字一句淺顯易懂又不失深度的詞句，我發現這本書把我帶領前往了一個我之前從未發掘的世界。對於我這種不喜接觸恐怖、血腥或懸疑類型的人來說，這本書對我而言是恰到好處的，因為它既不失推理小說應有的懸疑內容，也不會過度血腥到引發晚上的一場夢魘；書裡的主角們，巧妙地運用著自己的智慧與專長，琢磨一個又一個可稱為天衣無縫的計畫，雖然誰也無法想像故事的結局竟會是走向那樣的局面，但幸好作者終究在最後為它劃下了一個堪稱完美的句點。

如果你也跟我一樣，是屬於對推理懸疑小說又恨又愛的類型，建議你一定要去書局翻翻這本書，因為它的故事從一開始，就讓我想對它用「愛恨交加」來形容！

先是那從容不迫的筆觸循序漸進地帶領著讀者邁向故事悲劇的開始，兄妹三人偷偷離家賞流星雨的夜晚，卻是父母雙亡的惡夢開端。它的詞藻並不華麗，卻樸實地貼近你的心，看著字句，想像主角們當時的心情，彷彿自己即將熱淚盈眶，而在最後峰迴路轉，一掃原先的灰暗走向，給了一個充滿希望的新開始，讓人打從心底為主角們開心，也看見了宛如書名《流星之絆》的燦爛光芒。

「内へ」思索と創作

松本清張の生涯は、前半の「濁った暗い半生」と、作家生活の後半生とほぼ真半分にわかれる。

松本清張百歲誕辰

紀念特輯

二〇〇九年十二月二十一日適逢松本清張百歲冥誕，獨步文化特別製作此一專輯，向這位不朽的文壇巨匠致意。除了有大師視為諍友的權田萬治先生撰寫專文、清張年表及必讀推薦書單外，更有總編輯帶領大家實地走訪大師名作中的舞台現場，感受清張作品的深刻魅力。

憶松本清張先生

文／權田萬治
譯／王華懋

松本清張紀念館入口

權田萬治先生為日本知名推理小說評論家，現任日本文學資料館館長

今年適逢松本清張百歲冥誕，日本舉行了各項活動。以北九州市立松本清張紀念館為中心，各地舉辦「松本清張展」，並有多部作品拍成連續劇播映，電影版《零的焦點》也預定於（二〇〇九年）十一月上演。

當然，書也大賣特賣。

雖然是百歲冥誕，但松本清張逝世於一九九二年，因此是逝世後第十七年。不管再怎麼風靡一時的作家，一旦過世，大多很快地被世人遺忘。然而松本清張辭世後已過了將近二十年，作品仍然熱銷不墜，這是相當特殊的現象。

幸而在台灣，清張作品也被視為古典名作，廣受讀者歡迎，這讓我深深體會到清張先生果然是個貨真價實的作家。

我初次邂逅清張先生，是一九六三年的初夏。當時我在推理小說專門雜誌《寶石》六月號，寫了一篇評論〈記錄的美學—松本清張論〉；雜誌甫出版，總編輯大坪直行先生便邀我說：「我帶你一塊兒去見清張先生吧。」

清張先生於一九五八年發表了《點與線》、《眼之壁》這兩部長篇推理傑作小說，一躍成為當紅作家後，又過了五年，當時可說是事業的顛峰時期，每天的行程都處於滿檔狀態。收入方面，也高居一九六〇年度的文壇收入排行榜之冠，住在杉並區的豪宅。

清張先生是日本家喻戶曉的大作家，而我卻只是個三年前在《寶石》發表處女評論作品，甫以評論家身分出道的一介無名新人。

而且清張先生當時五十四歲，我二十七歲，兩人的年齡差距幾乎都可以當父子了。

我的清張論有說明不足之缺失，同時下筆不知天高地厚，自視甚高，如今重讀，我忍不住訝

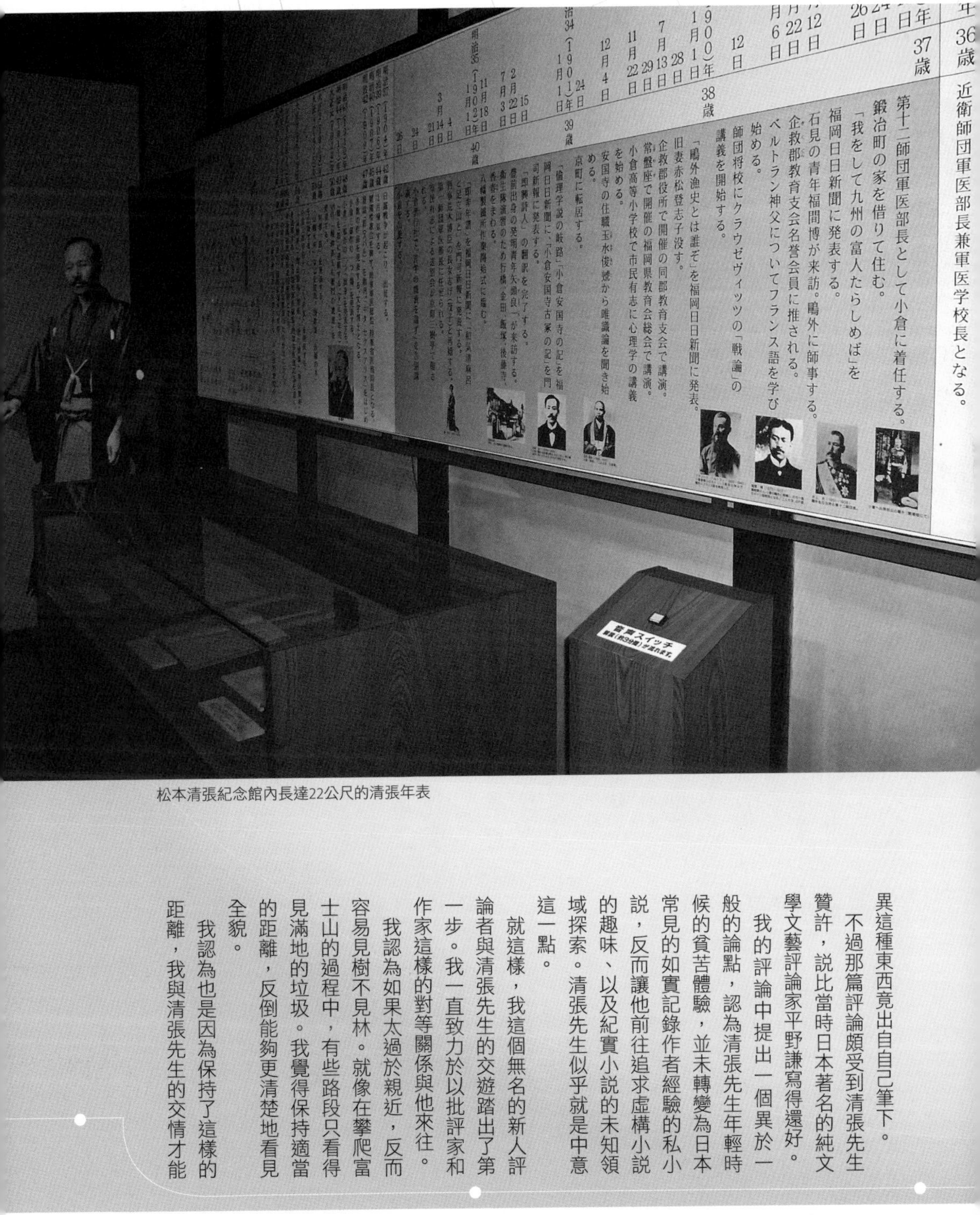

松本清張紀念館內長達22公尺的清張年表

異這種東西竟出自己筆下。

不過那篇評論頗受到清張先生贊許，說比當時日本著名的純文學文藝評論家平野謙寫得還好。

我的評論中提出一個異於一般的論點，認為清張先生年輕時候的貧苦體驗，並未轉變為日本常見的如實記錄作者經驗的私小說，反而讓他前往追求虛構小說的趣味、以及紀實小說的未知領域探索。清張先生似乎就是中意這一點。

就這樣，我這個無名的新人評論者與清張先生的交遊踏出了第一步。我一直致力於以批評家和作家這樣的對等關係與他來往。

我認為如果太過於親近，反而容易見樹不見林。就像在攀爬富士山的過程中，有些路段只看得見滿地的垃圾。我覺得保持適當的距離，反倒能夠更清楚地看見全貌。

我認為也是因為保持了這樣的距離，我與清張先生的交情才能

松本清張獲頒芥川獎時拍攝的紀念照片

夠長久持續。

清張先生曾有一段時期，由於工作量過大，手部無法動彈，僱用了一位名叫福岡隆的速記人員，約九年之間，以口述方式來完成小說。

這位福岡先生後來寫了一本回憶錄《人・松本清張》，其中有一章〈討厭評論家〉，裡面提到一段清張先生說過的話：「我不太喜歡與文壇人士交往。特別是冠有評論家頭銜的人，我盡量不與他們往來。再也沒有比當今的評論家更下流的人了。我常看到他們在酒吧談笑，但那種態度，會使得評論的筆鋒變鈍，淪為互相吹捧。」

清張先生這個人，不管支付他多少酬勞，都不會出席他不中意的場合；不過我出版第一本評論集時，清張先生參加了卷末對談，舉行拙作《日本偵探作家論》的出版紀念會時，也承蒙他出席致詞。

當時清張先生說：「下筆的時候，希望你不要想起作家的身影，直接嚴正地予以批評。」我對編輯轉述這段話，有人說「那是指他自己以外的作家吧」，但清張先生擔任推理作家協會理事長期間，作品在協會的會誌上遭到嚴厲批評時，他也默不作聲。此外，長期以來，他都委任我撰寫文庫作品的解說。每次見面，他都對我說：「每次都麻煩你寫解說，真是過意不去。」幾乎所有的作家，一受到嚴厲的批評，不免激動不已，反之清張先生的態度，至今仍讓我覺得他實在偉大。

清張先生由於家境貧困，高等小學（註）畢業以後，為了維持生計，不得不在電器公司打雜，並到城裡的小型印刷廠當工人，拚命工作。他第一次當上臨時雇員，是朝日新聞的廣告部員工，當時他已經年過三十了。

四十歲以後，清張先生才踏上作家之路，成為當紅作家；五十五歲以後，他對古代史研究的造詣，已足以與大學教授進行對談。

但是清張先生與我見面時，經常提到他很孤獨。「若是一般人，讀高中、上大學，總能在眾多同學中結交到摯友吧，可是我沒有這樣的機會。這讓我覺得非常孤單。」而清張先生投入工作時熱情驚人。我認為他這個人，「寫作這份工作與家庭就是一切」。

不喜與文壇人士的交流自不必

「松本清張展」海報

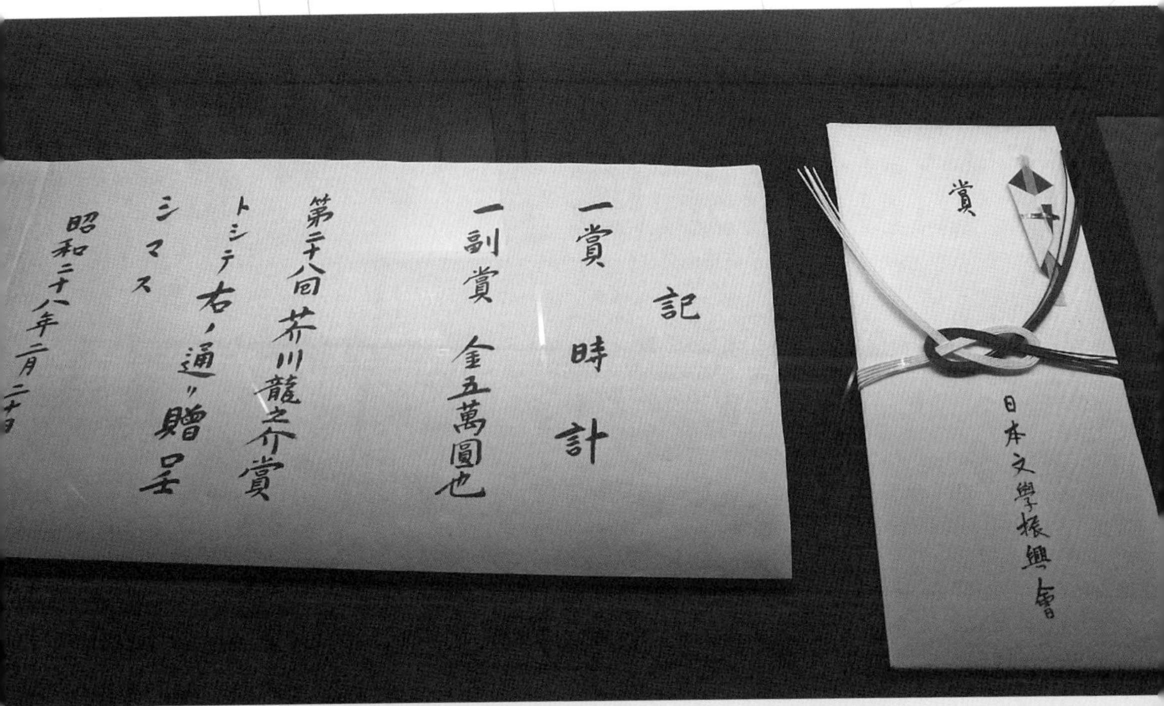
記
一賞　時計
一副賞　金五萬圓也
第二十八回芥川龍之介賞
トシテ右ノ通リ贈呈
シマス
昭和二十八年二月
賞
日本文學振興會

松本清張獲得芥川獎的得獎通知函

說，清張先生於培養嗜好也興趣缺缺。不管是車子或遊艇，他都不感興趣。

「我有很多東西想寫，但我出道得很晚，時間太少，沒有閒工夫玩樂。」這是他的口頭禪。

他曾經有一段時期在銀座的酒吧出沒，可是那是為了「取材」，當然，或許有過幾次無人知曉的祕密風流韻事，不過我認為那些全都應用在作品上了。在清張先生的作品中讀到唯利是圖、自私自利的歡場女子時，我不禁這麼心想。

清張作品中令人留下深刻印象的女性角色，不是有夫之婦就是半老徐娘，即使偶爾有年輕活潑的女子出現，也多半沒有什麼戲分。

我指出這一點，清張先生便笑說：「我年輕時在印刷廠工作，那裡沒有年輕女孩，所以我實在不了解年輕女孩是什麼樣子。」

清張先生一生寫作不輟，他總是隨時提升自我。有一次我拜訪清張先生的家，碰到一個外國人走出來，原來是清張先生在學英語。他熱中於研究古代史的時期，曾說：「我把文學類書籍全丟掉了。關於古代史的書，我連大學期刊都蒐集來了。」

初次會晤之後不久，清張先生曾對我說：「希望你好好寫一篇清張論。」我答應他絕對會寫，然而，這個約定終究沒能在清張先生生前達成。他住院以後，直到逝世，我都沒有機會再見到他。現在我為了完成這個約定，正努力於十二月二十一日清張先生冥誕前寫出評論。完成之後，我想這應該會是我最後的畢生事業吧。

註：日本二次大戰前的學制中，相當於後期初等教育、前期中等教育的機關。銜接修業年數四年的尋常小學校，修業年數同樣為四年。

記09春日，參觀東京世田谷文學館
「松本清張展」

文．攝影／陳蕙慧

展場入口處懸掛的布幕

四月十八日，我們在赴日出差的返台前日，撥了空來到清張上京後定居的高井戶附近的世田谷文學館，為的是前幾天拜訪權田萬治老師時，得知了日本各界為了慶賀今年適逢清張百歲誕辰而舉辦了一連串的活動。

其中最大盛事便是由北九州市立松本清張紀念館和全國五所公立文學館共同舉辦的「松本清張展」，我們正巧趕上第一場於世田谷文學館開展的巡迴展（四月十一日至六月七日），於是興匆匆地踏進一趟綠意包圍與微風吹拂的美好巡禮。

本次展覽的主題為「與清張文學的嶄新邂逅」，會場內的布置與設計極盡巧思，既有清張大師其人的生涯回顧，包括將北九州清張紀念館也設置的住家客廳原貌呈現、詳細年表製作、多枚清張於創作或取材旅遊期間所拍之照片、用品，甚至清張在進入朝日新聞社九州分社之前於川北電器公司任職三年間該公司的製品電風扇也為展示品之一，此外有清張的手稿、畫稿、藏書（如《新青年》雜誌）等等。

其中最珍貴也最吸引我目光的照片之一是：清張與江戶川亂步和水上勉的合影。這是昭和三十六年（一九六一）在第四十五屆直木獎頒獎典禮上所攝，這一年水上勉以〈雁之寺〉獲得該獎。亂步在四年後（一九六五）年謝世，而水上勉的《霧與影》曾是我年少時代極為喜愛的作品之一，因而頗有感觸，在此特別記上一筆。

這次展覽最別出心裁的設計有三。一是邀請當代當紅的名作家推薦清張的一部作品。例如：島田莊司推薦的書單是《點與線》，並有一段推薦語，以及該書的首版出版資訊；東野圭吾推薦的則是一篇短篇〈新開地事件〉，這篇小說最初在《ALL讀物》一九六九年刊載，〇六年收入日本推理作家協會編、東野圭吾選的《スペシャル・ブレンド・ミステリー 謎001》（講談社文庫）一書；宮部美幸推薦的則是短篇小說〈等待一年半〉，本篇也收在宮部親自擔任責編的《松本清張短篇傑作選》（上）「我的最愛」的五篇之中。

宛如時光迴廊的展場廊道

松本清張（右起）與水上勉、江戸川亂步的合照

候車室一景及播放手繪劇情的螢幕

其二是重現了知名作品的場景，例如《點與線》東京車站的模型，一旁則有各國該書的譯本展示，同時製作了事關破案關鍵的時刻表大看板，以及清張當初構思的筆記，最有趣的是把候車室的一景展現出來，並有螢幕播放手繪的劇情，甚至有時鐘轉動的實景投射在白色長形布幔上，現場感十足！

其三是將文學館中一段廊道，設置成如回顧清張故鄉小倉的時光迴廊，一大片落地窗敞亮，窗外綠意盎然，瀏覽著牆上精心製作的小倉市舊地圖，以及多種關於清張的專刊，雖有懷舊之感，但無蒼茫慨嘆，這是多麼好的構想，讓我們得以以清清朗朗的心情，理解並貼近這位偉大的作家！

世田谷文學館本主題展的場地並不特別大，但是卻能呈現如此豐富的面貌，讓人覺得驚喜連連、滿載而歸，不得不歸功於各種展覽素材的善於應用，尤其清張作品以影像的方式表現，想必更能吸引年輕讀者群吧。

一代大師之所以不朽，乃因為跨越了重重世代。在此特別感謝權田萬治老師為我們引介了世田谷文學館本展覽負責人菊池小姐，承蒙她的應允，我和ＷＪ才得以媒體身分盡情拍攝。我也要藉此機會向這次「松本清張展」紀念活動的所有參與者表達高度的敬意，正因為有許多默默奉獻的工作者，才能讓更多世代的讀者了解巨匠的光彩，和他們走過的路。

以下是「松本清張展」巡迴展最後兩場的資訊，若有讀者前往日本旅行，或可親臨以感受大師留下的燦爛輝光。

仙台文學館（十月一日至十一月廿三日）

高知縣立文學館（十二月一日至二〇一〇年一月十七日）

松本清張年表

年分	經歷	重要著作出版
一九〇九年（誕生）	12月21日，出生於福岡縣企救郡板櫃村（現為北九州市小倉北區）。父親名峯太郎、母親名谷。	
一九一〇年（1歲）	與養祖父母、父母移居下關市舊壇浦。祖父米吉翌年去世。	
一九一三年（4歲）	移居下關市田中町。	
一九一六年（7歲）	就讀下關市立菁莪尋常小學。（註1）	
一九一七年（8歲）	移居小倉，轉學至天神島尋常小學。	
一九二二年（13歲）	進入板櫃尋常高等小學就讀（現為清水小學）。（註2）	
一九二三年（14歲）	父峯太郎舉債於紺屋町開設小吃店。	
一九二四年（15歲）	板櫃尋常高等小學畢業。受僱於川北電器公司小倉辦事處，任工友，月薪11圓。	
一九二七年（18歲）	遭川北電氣公司解雇。	
一九二八年（19歲）	進入高崎印刷廠任石版印刷學徒。月薪10圓。	
一九二九年（20歲）	因閱讀非法出版品《戰旗》，於「紅色獵捕」行動中遭警方拘留十餘日。藏書全遭父親燒燬。	
一九三〇年（21歲）	接受徵兵檢查。	
一九三一年（22歲）	祖母阿金去世，享年八十三歲。	
一九三三年（24歲）	在福岡市島井膠版印刷所學習製圖半年。	
一九三四年（25歲）	重回小倉高崎印刷廠。	
一九三六年（27歲）	月入約四、五十圓。與內田NAO結婚。高崎印刷廠廠長去世，對未來甚感不安。	
一九三七年（28歲）	開始為朝日新聞社九州分社繪製廣告用製版底稿。	
一九三八年（29歲）	長女於1月18日誕生。	
一九三九年（30歲）	成為朝日新聞九州分社廣告部特約人員。	
一九四〇年（31歲）	成為朝日新聞西部總社（九州分社升格）廣告部雇員。長男於3月2日誕生。	

一九四二年（33歲）	次男於6月20日誕生。	
一九四三年（34歲）	成為朝日新聞社正式職員。從10月起的3個月，因教育召集而被徵召入伍。	
一九四四年（35歲）	6月，因臨時召集再度入伍，駐紮朝鮮京城（今韓國首爾）擔任衛生兵。家人疏散至妻子故鄉佐賀。	
一九四五年（36歲）	在朝鮮半島西南部井邑駐紮至終戰，之後返回九州，並於原公司復職。	
一九四六年（37歲）	三男於7月20日誕生。為貼補家用，兼差經營掃帚批發買賣。	
一九四八年（39歲）	除朝日新聞西部總社廣告部工作，並兼差為印刷廠製版、參加海報設計比賽。	
一九四九年（40歲）	升任朝日新聞西部總社廣告部主任。	
一九五〇年（41歲）	作品〈西鄉紙幣〉獲得《朝日週刊》「百萬人的小說」徵文比賽第三名。	
一九五一年（42歲）	〈西鄉紙幣〉入圍第25屆直木獎。以「天草行」參加全國觀光海報比賽獲得第二名推選獎。	
一九五二年（43歲）	在《三田文學》雜誌發表〈某「小倉日記」傳〉。任「日本宣傳美術協會」九州地區委員。	
一九五三年（44歲）	〈某「小倉日記」傳〉獲第28屆芥川獎。12月轉調至朝日新聞東京總社。〈啾啾吟〉獲《ＡＬＬ讀物》新人盃佳作第一名。	《戰國權謀》
一九五四年（45歲）	在東京練馬區賃屋，將家人接至東京。	
一九五五年（46歲）	母親於12月19日去世，享年78歲。	《德川家康》、〈西鄉紙幣〉
一九五六年（47歲）	離開朝日新聞社。成為日本文藝家協會會員。	〈顏〉
一九五七年（48歲）	〈顏〉獲第10屆偵探作家俱樂部獎。舉家遷入練馬區石神井宅。在《旅》雜誌連載《點與線》。	
一九五八年（49歲）	《點與線》及《眼之壁》單行本大為暢銷，形成社會派推理小說風潮。	《點與線》、《眼之壁》、《黑地之繪》、〈某「小倉日記」傳〉
一九五九年（50歲）	因寫作量過大導致無法執筆，有9年期間以口述方式由速記員福岡隆代為執筆。《小說帝銀事件》獲第16屆文藝春秋讀者獎。	《黑色畫集一》、《小說帝銀事件》、《黑色畫集二》、《零的焦點》

一九六〇年（51歲）	在《文藝春秋》連載《日本的黑霧》。「黑霧」一詞成為日本的流行語。	《日本的黑霧》、《眼之壁》、《黑色樹海》、《波之塔》（即《蕭瑟樹海》）、《黑色畫集三》
一九六一年（52歲）	一九六〇年度國稅局公布所得最高之作家。於杉並區高井戶興建住家。成為直木獎考選委員。	《歪曲的複寫》、《霧之旗》（即《少女復仇記》）、《影之地帶》、《黃色風土》、《影之車》、《思考之葉》、《砂之器》、《高中殺人事件》
一九六二年（53歲）	父親於3月13日去世，享年89歲。	《球形的荒野》、《不安的演奏》、《深層海流》、《時間的習俗》、《壞傢伙們》
一九六三年（54歲）	以《日本的黑霧》、《深層海流》、《現代官僚論》等作品獲得第5屆日本記者會議獎。	《現代官僚論》、《眼之氣流》
一九六四年（55歲）	首度出國旅行。	《獸之道》
一九六五年（56歲）	至中東旅行、取材。	《昭和史發掘 1》、《昭和史發掘 2》、《昭和史發掘 3》
一九六六年（57歲）	《沙漠之鹽》獲第5屆婦人公論讀者獎。	《變成藍色的禮服》、《昭和史發掘 4》、《半生記》、《花冰》
一九六七年（58歲）	因《昭和史發掘》、《花冰》與《逃亡》等作品及廣泛的作家活動，獲得第1屆吉川英治文學獎。	《昭和史發掘 5》、《沙漠之鹽》、《二重葉脈》
一九六八年（59歲）	至北越參訪並會見北越首相。	《昭和史發掘 6》、《花冰》、《D之複合》、《昭和史發掘 7》
一九六九年（60歲）	在光文社「KAPPA NOVELS」系列作品總銷售量突破一千萬冊。	《昭和史發掘 8》、《內海渡輪》
一九七〇年（61歲）	因《昭和史發掘》為主的創作熱忱獲第18屆菊池寬獎。	《昭和史發掘 9》、《昭和史發掘 10》
一九七一年（62歲）	以〈留守宅事件〉獲第三屆小說現代Golden讀者獎。任日本推理作家協會會長（至一九七四年）。	《昭和史發掘 11》、《昭和史發掘 12》
一九七二年（63歲）	為「劇團民藝」《日本改造法案》戲碼編寫劇本，在3至7月間於日本各地演出。	《昭和史發掘 13》
一九七三年（64歲）	至伊朗、土耳其、荷蘭、英格蘭及愛爾蘭等地旅行、取材。	《黑色樣式》
一九七四年（65歲）	「松本清張全集」第一期全38卷出版。	《古代史疑》

一九七五年（66歲）		《火之路》
一九七六年（67歲）	每日新聞社進行全國閱讀調查，松本清張為「最喜愛作家」第一名（截至八四年止，除七七、七九年外，松本清張均為此項目第一名）。	《西海道綺談 一》
一九七七年（68歲）	與光文社共同招待訪日的美國知名推理作家艾勒里・昆恩。	《西海道綺談 二》、《西海道綺談 三》、《賣馬的女人》
一九七八年（69歲）	因推展廣播文化的成就獲第29屆NHK放送文化獎。	《空之城》、《水之肌》
一九七九年（70歲）	辭去直木獎考選委員職務。	《天才女畫家》
一九八〇年（71歲）	各界倡議應授予松本清張文化勳章，蔚為話題。	《黑革記事本》
一九八一年（72歲）	參與「正倉院展」研討會。（註3）	《十萬分之一的偶然》
一九八二年（73歲）	「松本清張全集」第二期全18卷開始印行。	《死亡的發送》
一九八三年（74歲）	隨同朝日放送特別報導節目《清張，向密宗挑戰》製作小組至中國參訪。	《迷走地圖》
一九八四年（75歲）	「松本清張全集」第二期全18卷出版完畢。	《網》
一九八五年（76歲）	西武Art Forum舉辦「松本清張展」。	《熱手帕》
一九八六年（77歲）	至奧地利、捷克、英格蘭等地旅行、取材。	
一九八七年（78歲）	至法國參加世界推理作家會議，並發表演說。	《霧中會議》、《信玄戰旗》
一九八八年（79歲）	因工作量過大，身體不適入院。視力減退。	
一九八九年（80歲）	進行攝護腺手術。	《紅色冰河期》
一九九〇年（81歲）	因社會派推理小說創始、現代史研究等多年廣泛的作家活動獲得89年度朝日獎。	
一九九一年（82歲）	創作四十週年紀念，TBS、富士、朝日及日本電視台聯合播出12部由清張作品改編之連續劇。	
一九九二年	4月因腦溢血住院，7月發現罹患肝癌，8月4日逝世，享年82歲。	《犯罪的報復》

註1：日本舊教育體制，尋常小學相當於現今之國民小學。

註2：高等小學相當於現今之國民中學，但非義務教育且修業時間為兩年。

註3：正倉院位於日本奈良東大寺內，藏有許多奈良時代（七一〇—七四九年）古文物，每年秋天，國立奈良博物館都會舉行正倉院展。

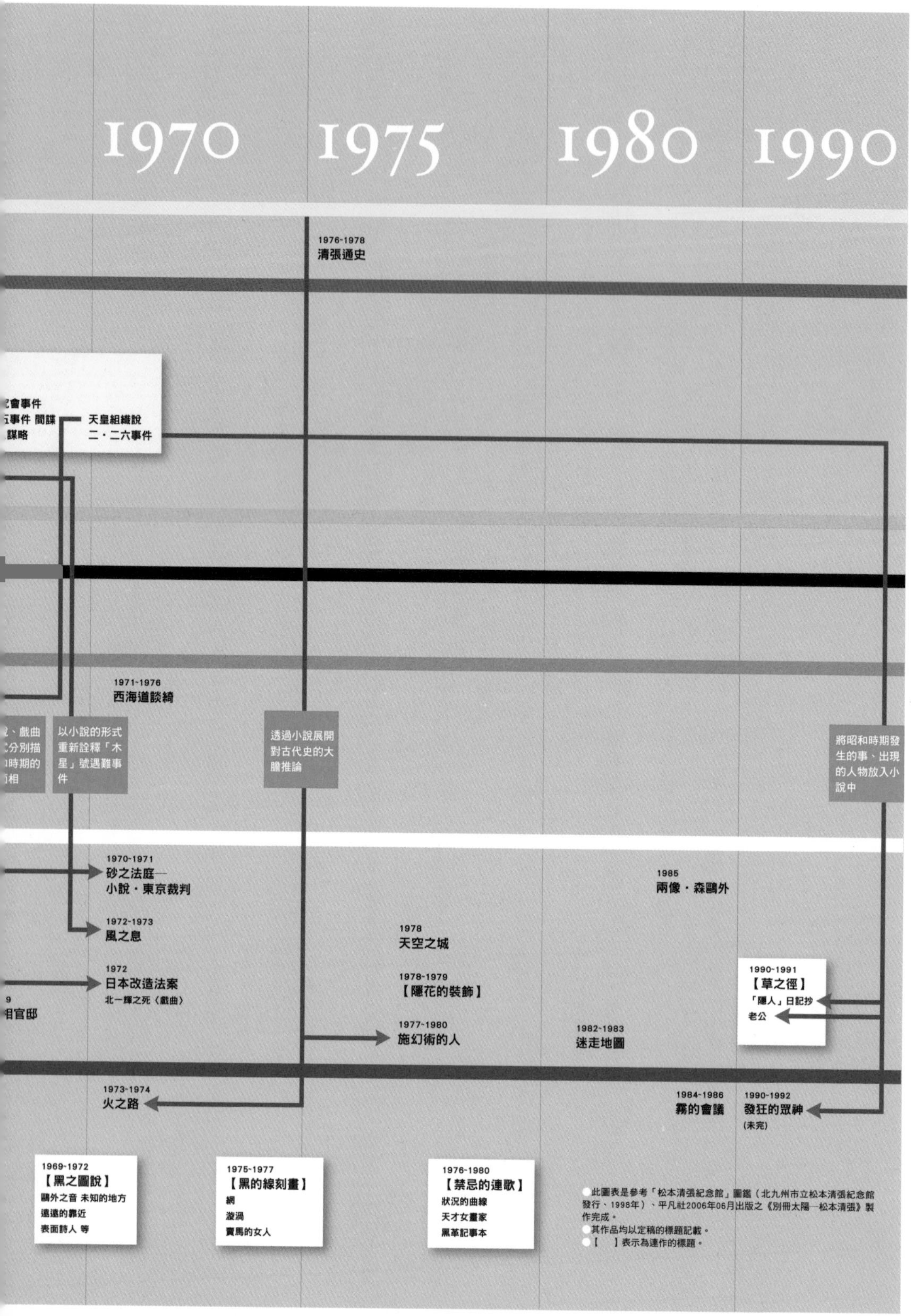

●此圖表是參考「松本清張紀念館」圖鑑（北九州市立松本清張紀念館發行、1998年）、平凡社2006年06月出版之《別冊太陽—松本清張》製作完成。
●其作品均以定稿的標題記載。
●【　】表示為連作的標題。

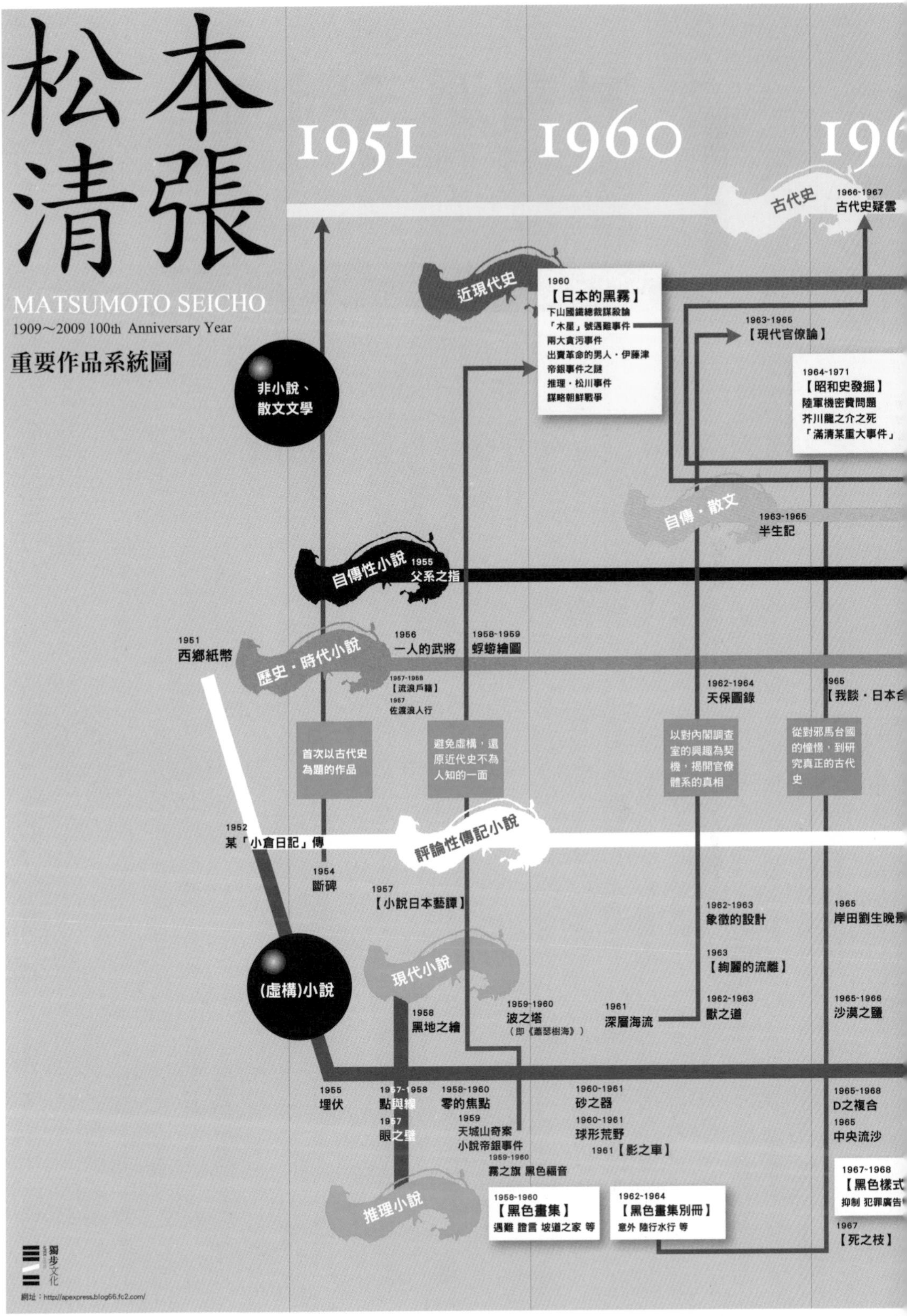
松本清張
MATSUMOTO SEICHO
1909～2009 100th Anniversary Year
重要作品系統圖
1951
1960
非小說、散文文學
古代史
1966-1967 古代史疑雲
近現代史
1960 【日本的黑霧】
下山國鐵總裁謀殺論
「木星」號遇難事件
兩大貪污事件
出賣革命的男人・伊藤津
帝銀事件之謎
推理・松川事件
謀略朝鮮戰爭
1963-1965 【現代官僚論】
1964-1971 【昭和史發掘】
陸軍機密費問題
芥川龍之介之死
「滿清某重大事件」
自傳・散文
1963-1965 半生記
自傳性小說
1955 父系之指
歷史・時代小說
1951 西鄉紙幣
1956 一人的武將
1958-1959 蜉蝣繪圖
1957-1958 【流浪戶籍】
1957 佐渡浪人行
1962-1964 天保圖錄
1965 【我談・日本台
首次以古代史為題的作品
避免虛構，還原近代史不為人知的一面
以對內閣調查室的興趣為契機，揭開官僚體系的真相
從對邪馬台國的憧憬，到研究真正的古代史
評論性傳記小說
1952 某「小倉日記」傳
1954 斷碑
1957 【小說日本藝譚】
1962-1963 象徵的設計
1965 岸田劉生晚景
1963 【絢麗的流離】
(虛構)小說
現代小說
1958 黑地之繪
1959-1960 波之塔（即《蒼瑟樹海》）
1961 深層海流
1962-1963 獸之道
1965-1966 沙漠之鹽
1955 埋伏
1957-1958 點與線
1957 眼之壁
1958-1960 零的焦點
1959 天城山奇案
小說帝銀事件
1959-1960 霧之旗 黑色福音
1960-1961 砂之器
1960-1961 球形荒野
1961 【影之車】
1965-1966 D之複合
1965 中央流沙
推理小說
1958-1960 【黑色畫集】遇難 證言 坡道之家 等
1962-1964 【黑色畫集別冊】意外 陸行水行 等
1967-1968 【黑色樣式】抑制 犯罪廣告
1967 【死之枝】
獨步文化
網址：http://apexpress.blog66.fc2.com/

PART 1

社會派三部曲——《點與線》、《眼之壁》、《零的焦點》劃破美好假象的一刀

文▌杜鵑窩人

名副其實的推理小說大師

對於在三十年前開始接觸推理小說的我而言，松本清張這個名字完全是不能忽視的存在；畢竟如今回想起來，他是我們這個世代的推理小說讀者所遇見的第一個名副其實的推理小說大師，這是無庸置疑的。

他的成名作《點與線》和《零的焦點》（舊名：《焦點》）是我最先閱讀的兩本作品，而另外一本成名作《眼之壁》（舊名：《死神之網》）竟然是在前兩本書閱畢數年之後，由另一家出版社出版才得以閱讀，完全凸顯了當時台灣在未取得版權的情形下任意出版的問題。而毫無系統地搶著出版書籍，對於作者、譯者和讀者都造成了極大的傷害。原作者甚至連自己的書被翻譯都不知道，遑論版稅收入；譯者常常因為出版社老闆的要求，不重要的部分就跳過去而有節譯的情形；至於讀者不僅讀到的是刪節本小說，更是毫無系統可言，當然不用說什麼導讀和對作者的介紹和了解了。

尤有甚者是各家出版社都一窩蜂的搶著出版，例如推理作家藍霄最欣賞的松本清張作品《砂之器》，當時竟然在市面上有三、四種版本，而除了故事主軸外皆或多或少有節譯，完全感受不到松本清張的作品優美之處！像獨步文化這樣出版推理小說的方式真是現今讀者的幸福。

作品深入人心的國民作家

松本清張曾經被稱為那個時代的日本「國民作家」，無疑地，其作品確實深受歡迎，而他的作品能夠引起日本大眾的共鳴並不是藉著譁眾取寵的手法獲得，他的文筆洗鍊且作品風格優美是眾所公認且無庸置疑的。以前我常喜歡在推理迷的聚會上出個小謎題：松本清張是因為得過日本的哪一項文學獎而步入文壇？有些同好都誤以為是大眾文學的「直木獎」，其實他是以〈某「小倉日記」傳〉獲得純文學的「芥川獎」而躋身文壇的。松本清張之所以會成為「國民作家」，是因為他的作品深入人心，可以引起一般讀者的共鳴和欣賞；有許多資料都記載，當時日本的報紙如果沒有松本清張的小說連載，就會被讀者視為不入流而被停訂，而編輯苦守在他家客廳，等稿件由二樓書房以籃子傳下來的情形亦蔚為奇觀！

那麼松本清張的作品魅力何在呢？當時的日本，甫從二次世界大戰敗遭美軍占領託管中掙脫，且拜韓戰爆發所賜，社會經濟情況開始從泥沼中復甦乃至起飛，甚至進而爭取一九六四年奧運主辦權，好像要告訴世人日本已經重新站起來，而社會上的一切看起來都是那麼美好，已經完全擺脫了戰敗國的陰影，政府施政有為，人民生活幸福的景象足以令人羨慕。但是松本清張自一九五七年起，卻利用《點與

線》、《零的焦點》和《眼之壁》這三本小說，如同一把鋒利的刀劃破了這些假象，把所有光彩背後的黑暗面完全暴露出來，而這也正是日本「社會派」推理小說的起源！

松本清張利用他的健筆告訴讀者，這些風光表面的背後是日本人民的血淚，他們犧牲了自己的幸福迎合美國占領軍，默默忍受官僚的顢頇無能以求得溫飽，辛苦工作換來的卻是稅金被黑心政客任意揮霍，呆呆地尋求司法救助換來的卻是玩法者得意洋洋的譏笑！

松本清張筆下所揭發的社會黑暗面和官僚與司法的惡質性確有其事，他的作品引起了社會大眾的內心共鳴，甚至可以說松本清張將他們不忍言且不敢言的憤怒表達了出來。如果松本清張所描述的只是個案或出自杜撰，自然無法引發那麼大的風潮，所以他所受到的讀者支持正好反證了在粉飾太平背後的真相之不堪。

模仿者難以超越的顛峰

日本的「社會派」推理小說常常被有識之士說是「始於清張，終於清張」，並不是沒有人效法松本清張，而是模仿者無法把握清張精髓——僅呈現黑暗面且留給讀者思考的空間，反而常常太過於譁眾取寵，甚至加油添醋地誇大、批評，致使讀者對這種小說敬而遠之。

推理小說如果失去了「推理」這個要素，又以小說那種有點誇張的筆法來寫社會的黑暗面，不僅價值不如報導文學，連要表達的核心主軸可能都不復存在，也就流於傅博老師所批評的「風俗派」作品了。

PART 2

惡女三部曲——

《壞傢伙們》、《獸之道》、《黑革記事本》

步入獸之道的壞傢伙們

文▌心戒

松 本 清 張 必 讀 推 薦 書 單

四十年不墜的清張魅力

二○○五年，朝日電視台為慶祝四十五週年台慶，特別挑選並改編社會派巨擘松本清張發表於一九八○年的作品《黑革記事本》，內容描述藉由職務之便，盜領七千五百萬圓的銀行女職員原口元子憑著抄滿政商名流用以逃稅的人頭帳戶記事本，在銀座開了家小酒吧「卡露內」後，更進而藉此敲詐勒索，一路蠶食鯨吞，企圖併下銀座最豪華的「魯丹俱樂部」。未料卻在意氣風發之際，遭遇前所未見的打擊！

當時由米倉涼子所飾演的銀座媽媽桑，舉手投足間霸氣十足，以堅毅眼神訴說著名台詞「我不屬於任何人」，不僅博得觀眾與評論家的好感，米倉更藉此拿下第四十三屆日劇學院獎的最佳女主角。隔年，朝日電視台乘勝出擊，再度改編松本清張發表於一九六四年的《獸之道》。由於不堪腦中風癱瘓臥床的丈夫囚禁、凌辱，成澤民子於疲憊與絕望的生活壓迫下，決心泯去道德良知，接受新皇家飯店總經理小瀧的唆使，謀殺親夫以圖求翻身的機會，並在小瀧和秦野律師的安排下，成為日本政金界幕後黑手鬼頭洪太的情婦。怎知民子的行徑還是讓資深刑警久恒看出蹊蹺，更在追查民子行蹤的過程中，隱約察覺鬼頭洪太與高速公路公團理事長自殺案，以及總裁人事異動黑幕間詭譎的關聯性！深陷彼時官商勾結與黑道治國的日本政金界風暴核心，米倉涼子挑大梁演出的民子一角，以「死是地獄，生亦地獄」的決心，再度掀起惡女風潮。

二○○七年，朝日電視台更打著「米倉史上，最惡」的宣傳口號，改編松本清張發表於一九六一年的《壞傢伙們》，並巧妙將主述者由醫師轉移至護士長身上，完成了所謂的「惡女三部曲」。此時的米倉再度化身為極惡護士寺島豐，為了心愛的醫生戶谷信一，不惜藉由職務之便以專業知識殺人。未料老打著名醫之後獵食並拐騙、榨取貴婦金錢的戶谷醫生，竟因寺島年華老去而棄之如敝屣，反而在熟識的律師介紹下，決心迎娶年輕貌美的時裝店名媛槙村隆子。為了擄獲名媛芳心，戶谷醫師竟仿效寺島的模式，透過醫療制度漏洞謀財害命！然而，等在戶谷醫師眼前的，卻是身敗名裂的浮華陷阱，以及被拋棄的女人偏執而駭人的報復！

即便日本社會結構在松本清張逝世後有了諸多重大改變，清張

作品中戳破人性謊言、揭露社會黑幕、直指人心的書寫力道，依舊透過影視，跨越世代，在讀者心中激起深刻的共鳴。

從推理走向犯罪的歷程

事實上，沿著松本清張作品發表的年代依序閱讀，更能看出清張在創作風格與理念上的轉變。在《壞傢伙們》中，松本清張企圖揭露的是當時社會對醫師職業的盲目信任，以及「區公所竟全盤接受單一醫師所開立的死亡證明」這驚人的醫療制度漏洞。但他在創作布局上，無論是調虎離山式的不在場時刻表詭計、定罪用的胎痕、內臟模型殘留物等最新科學分析，都有著濃厚的解謎樂趣。但在《獸之道》中，除卻警方於開場時緊追著民子殺夫後的不在場證明及犯罪手法不放外，清張花費更多心力著墨彼時透過日本軍部大發滿州國橫財，回歸日本後卻隱身幕後，以黑金及權力操控政治的政金惡梟群像，讓小說散發出一股懾人的懸疑冒險小說味道。而《黑革記事本》則完完全全拋棄了屍體、詭計和不在場證明，狠筆利落地直接從資深銀行女職員元子盜用醫、政、商界高官達人用以逃漏稅的人頭帳戶開場，更任元子憑著黑色記事本內的資料，扼住從事不法勾當的男人們弱點，予以勒索。在膽識、貪念和欲望的驅使下，《黑革記事本》無疑更像是清張以小人物的角度出發，描繪他們進入黑吃黑的共犯結構內，精心布局卻仍躲不過遭人設局反咬的犯罪書寫。

松本清張在「惡女三部曲」中，書寫的焦點幾乎都圍繞在人性與社會環境所引發的「惡」。透過各式各樣詐欺、拐騙、要脅與利誘的污穢手段，凸顯當時日本社會黑幕後不為大眾所察覺的結構敗壞腐臭。

無法回頭的無間地獄

有趣的是，日劇《黑革記事本》和《壞傢伙們》的編劇神山由美子，第一部擔綱編劇的作品是改編自漫畫家深見淳的同名原作《惡女》。然而，不同於深見淳在漫畫《惡女》中賦予新世代年輕女性打破傳統性別枷鎖，有想法、有手腕，更有跳脫框架限制的想法與執行的熱情，惡女一詞在朝日電視台的巧手安排下，反而轉化成了女性為求生存，有目的、具侵略性，更不惜不擇手段獲得翻身機會的「極惡」代名詞。

但她們在本性上真的都這麼壞嗎？或許，對於松本清張筆下的所謂的惡女而言，拋棄了社會道德與人倫的束縛，企圖改變而拚了命地抓住翻身機會，步入獸之道的艱困人生，是因為她們已然困頓在社會環境中不可自拔的陷溺暗流中，已然走到人生中去無可回的抉擇關卡。

PART 3

松本清張短篇傑作選

歡迎光臨清張博覽會

文▌曲辰

松本清張必讀推薦書單

台灣曾經一度相當盛行所謂的「經典摘要」書籍，通常內容都是選定了數十甚至數百本經典，然後將所有的修辭與形容全部去除，僅留下最大要的情節單元，讀者所能看到的只有「推動劇情的動作」而無法看到角色的樣子，然後將這種閹割版的故事稱之為精華，告訴你看過這樣的東西後就等於看過那本小說了。

關於這種出版品的愚蠢，雷．布萊伯利在他的《華氏451度》作者後記中已清楚的提到了，在此我也就不再多打幾耙。

不過，「透過最少的時間獲取最多的知識」的確是人類在進入工業時期乃至資訊時代的終極想望，姑且先忽略直接把資訊透過數位交換方式灌進腦袋的科幻方法，閱讀「摘要」或「精華」的確好像是最快的方式。問題是文學其實不是只建構在「情節」上的，還有其他更多東西無法靠著濃縮的方法來快速攫取，於是我們便採取另外一種作法，那就是「挑重要的來讀」，換言之，也就是「選集」。

當然，選集只是一個比較便捷的作法，同樣也不能代替讀完作者全集的感受，不過這至少是開啟了一扇門，你要在看完選集後假裝自己已經是該作家的專家就此不再過問，還是可以靠著選集帶給你對該作家的印象因此找尋他其他的作品閱讀，完全取決於個人的決定。

畢竟是人在閱讀選集，而不是選集在決定人的閱讀。

超越時代的博覽會

松本清張在日本文壇以及文化場域的位置應該無須特別提及，光是其短篇小說數量之多，就足夠出幾十種選集了，一般而言，作家的選集多半會針對他的作品年表區分出數個斷代，並在不同風格的時期挑選出關鍵的代表作，然後聚匯在一起假裝該作者之美盡在其中。

但要是這樣，這套《松本清張短篇傑作選》讓文藝春秋千辛萬苦搬出被稱為「松本清張的女兒」的宮部美幸作為選文與導讀編輯就一點意義也沒有了。

做為一個具有重大歷史意義的作家選集，這套書為「篩選」這個字眼做出了最佳示範。從二六〇篇短篇作品中選出二十六篇小說，並不是只挑選自己覺得「好看」的就可以了，更不是碰到得獎的就選——早在過去的歷史中，就可以發現許多作者最優秀的作品並不是得獎作品啊，在這十分之一的比例後面，應該有著近乎於破釜沉舟的編輯理念才是。

我們也能看到，宮部美幸並不是單純的以「類別」或是「時代」來規畫整本小說，而更像是進行雜誌特輯或企畫般，設計出一個個主題，如「寂寞女子」、「憤懣男子」、「日本的黑霧」、「宮部的最愛」等等，並挑選出適宜的篇章置於其中，如同宮部用她「現代」的眼光，去拍攝、記錄過去清張作品的切片進而展示給我們看，從中除了

理解到清張作品風格之多變、內容之龐大外，還有某種與時間並進的永恆感攀附在其作品上向我們發聲。

這種行為幾乎完全離開了「作者的精華濃縮」的概念，而是藉著選文人的才氣賦予了自清張小說延伸出的現代意義，就好像靠著小說建構出一個紙上博覽會，讓觀看博覽會的行為成為一個開端，吸引讀者進一步的去理解這個博覽會背後那個人的偉大與豐富。

與你同行的引言人

此外，由於這套短篇集其實還有要讓年輕人與學生重新認識松本清張的目的，所以在小說的前面都有宮部美幸寫的引言，她用姿態相當低的口吻以及輕鬆的語氣交代關於她選的小說的軼事，有時還會針對年輕人或許無法理解的時代背景加以言簡意賅的說明。這讓我們在閱讀清張小說的同時，也可以知道身為當代重要作家的宮部美幸是如何看待這位前輩作家的，並透過她的述說，找到與我們相契合之處，進而更能理解清張的作品。

宮部還在短篇集中放置了許多附錄單元，諸如：「你最喜歡的松本清張」、「請松本清張賞得主來談清張」之類的，更增添了這本短篇集的多樣化以及精采度，但對我而言，最了不起的部分是，她請來過去曾與松本清張共事過的編輯撰寫關於當初合作的回憶，這幾乎就是把人帶進了舞台的後場，讓讀者了解關於清張豐碩的成果後，有著怎樣的過程。

如果以選集而言，《松本清張短篇傑作選》的選文眼光算不上嚴謹，但以打算入門理解清張魅力的讀者而言，這本絕對是最好的清張博覽會門票。

清張作品舞台現場

日本國
北海道
1
2
青森縣
4
3
本
秋田縣
岩手縣
日本海
5
山形縣
宮城縣
太平洋
6
新潟縣
福島縣
富山縣
7
栃木縣
8
9
群馬縣
22
長野縣
18
茨城縣
埼玉縣
17
山梨縣
23
東京都
10
16
神奈川縣
千葉縣
靜岡縣
12
11
15
14
13
41
42
43
44
東京都

作品與書中情節所在地

〈天城山奇案〉	13下田　14湯島
〈某「小倉日記」傳〉	36小倉
《內海渡輪》	28伊丹、有馬溫泉　30倉敷　32福山 33尾道　35松山
《影之地帶》	18諏訪湖
〈寒流〉（《黑色畫集》）	8宇都宮
《少女復仇記》	12箱根
《黑地之繪》	36小倉
《獸之道》	21片山津溫泉
《西鄉紙幣》	39延岡　40佐土原　43本所
《砂之器》	5羽後龜田　25伊勢　34亀嵩
《零的焦點》	19能登金剛　20金澤　41立川
〈遇難〉（《黑色畫集》）	22鹿島槍岳
《D之複合》	10成田　15三保　26加太　27網野、木津溫泉 29明石　31三朝溫泉
〈天才女畫家〉（《禁忌連歌》）	38別府觀海寺溫泉
《點與線》	1札幌　2千歲　4青森　11鎌倉 37香椎　44赤坂、有樂町
《蕭瑟樹海》	16青木原　42深大寺（調布市）
《眼之壁》	23瑞浪　24名古屋　25宇治山田
《壞傢伙們》	3淺虫溫泉　6飯坂溫泉　9伊香保溫泉 7鬼怒川溫泉

在關野鼻可眺望荒脊斷崖

清張文學之旅1
《零的焦點》

文・攝影／陳蕙慧

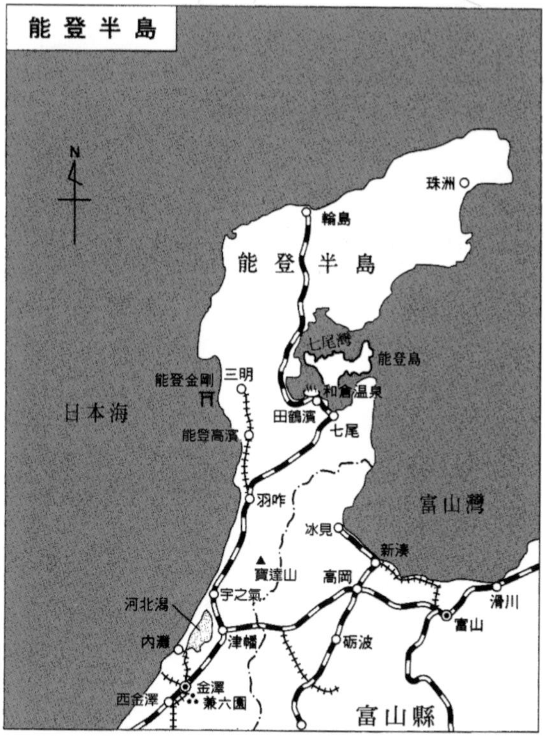

南國最冷的某個冬日清晨，我們搭上往北的班機，在大阪登陸後立即換乘新幹線雷鳥號，於傍晚時分抵達了金澤。第二天我們一路往北直奔，走一趟書中女主角禎子走過的追尋之路。

隔天從金澤搭乘新幹線特急雷鳥7號到羽咋，車程大約一小時，當時禎子在此地換搭私鐵到高濱，再從那兒搭出租車翻越一座山趕到能登金剛斷崖。我們在站務人員指引下先搭上往高濱的車子，並很順利地再搭上往富來的公車，抵達時已經是下午兩點多了。從富來得再換搭往門前的公車，在關野鼻下車，需時大約一個小時。

從富來出發不久，偶爾可以看到海，但大多沿著離海有一段距離的山坡路緩緩爬升，等到來到關野鼻時已經下午三點一刻了。我們來到可以眺望荒脊斷崖的海岸，冰冷的寒風迎面撲來，眼前一片無垠的大海沉靜、和緩呼吸著，微弱的幾線天光自籠罩著前方斷崖上方的雲層照射下來，天色有點陰，卻又不是全然的暗，遠處海平線上彷彿鑲著一道雲霧滾邊，淺淺的乳綠色、筆直的，和天上糾結、潑灑、深淺厚薄變化多端的雲層剛好成了對比。

供眺望的平台上豎著兩根長短不一的木柱，上頭用白漆分別寫著：「能登金剛 關野鼻」、「零的焦點 荒脊斷崖」，崖壁邊上有幾株松樹，從松樹間望向遠處的荒脊斷崖，那深黑綠色的枝椏切割前方的天空與懸崖，確實平添了一抹濃濃的陰鬱沉重。

往下走有一座亭子，也有一處平坦石壁足以遠眺。隨著風的強弱、及天光流轉，遠處懸崖上方的雲層和海景也迭有變易，有時幾道破雲而出的較強天光照射

此處是《零的焦點》最後場景所在

不知有多少人帶著輕生念頭來到此地

關野鼻的松樹看來陰鬱沉重

在海面上，形成粼粼波光，隨著逐漸轉強的浪，衝擊著崖下碎石塊；有時天光幾乎為烏雲遮蔽，海面與天便濃鬱鈍重得使人黯然。

海風並不強勁，但冷意鑽進身體裡，手掌手指僵直了，靴子裡的腳趾也幾乎無法動彈。心是熱的，景色如此絕美，身體卻冰到了骨子裡。注視著雲層和海浪的變化，每一分鐘都有不同的風情，我不禁想，這平靜但又有些複雜的心緒，是否和那些決定放棄自己的人生而從高崖一躍而下的人們有相近或悖異之處？

天色逐漸暗了，當我們抵達荒脊斷崖，從小徑入口處走進去不久，便看到一座牌子寫著：「從此步道回頭，又是一個新的人生」。我心想，果然這裡是自殺勝地啊。不一會兒，來到斷崖上方，此處便是《零的焦點》最後的場景所在，只見眼前立著「荒脊斷崖」的牌子，旁邊並有一塊寬牌子解釋這個地名的由來，原來據說由於這附近土地貧瘠荒蕪，或說從斷崖往下看去頓生一片荒涼枯瘠之感，所以名之。旁邊甚至又有一塊大的橫形木牌寫著：「如果有自殺的勇氣，何不試著活下去！」

以前讀過一些資料說清張此書完成後使得這座斷崖成為觀光勝地，但同時也吸引了許多想了卻塵緣的人們來此投海，看了周圍三、四面這樣的木牌諄諄提醒，我想果然這不是訛傳。但不知怎麼地，從適才自關野鼻望向這一整片能登半島的裏日本海，到此刻站在這座懸崖上吹拂著海風，儘管寂寥蕭索之感有之，但心中卻感到無比地澄靜透明，彷彿滌盡了雜質般，颯颯爽爽。每個人的體會不同、做的決定也不同，這裏日本海終究不能給我們該怎麼做的答案，而我們也不能怪罪這片美景吧。

名為「砂之器」的酒

清張文學之旅2
《砂之器》

文・攝影／陳蕙慧

我們預計搭7點49分的西日本鐵道特急八雲一號到宍道，10點31分抵達後換11點17分的木次線在12點35分到達目的地亀嵩，這趟路整整需要4小時又46分鐘。火車奔馳，不久即看到光禿禿的田野及黑色屋簷覆蓋薄薄的積雪，又過了一個鐘頭左右，窗外一片汪洋，不斷延伸，我暗忖難道是日本海嗎？然而從鐵道穿越的路線來看又不可能，應該是宍道湖吧，這可是日本第七大湖，遼闊無邊，在宍道站換了月台搭上JR木次線，這是頗有特色的兩節車廂組成的舊式電車，車廂內座位是面對面而坐的長排座椅。

到了亀嵩，我們沿著站前的大馬路往右前行，走了許久，才遠遠看到了看似小學的建築物和廣場，快步趨前一看，路邊招牌寫著斗大的「亀嵩小學校」，而對面正是《砂之器》今西刑警前來查三木巡查經歷的亀嵩派出所。又走了將近15分鐘，終於看到湯野神社的入口，只見馬路旁一座大石碑上頭刻著「小說　砂之器　舞台之地　松本清張」，我不禁

《砂之器》電影中，千代吉父子即被安置在此神社

石碑上的字跡出自清張筆下

曾出現在《砂之器》中的亀嵩派出所

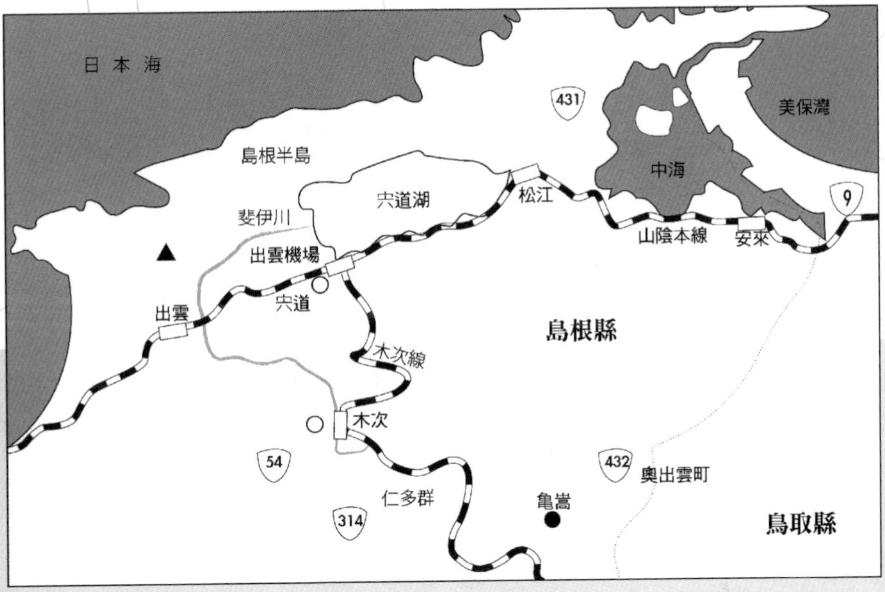

渾身如通了電般泛起一陣陣雞皮疙瘩，那是清張本人的字跡呢！緊鄰的由杉木砌成的木牌上除了上述的字還加上了「奧出雲仁多郡龜嵩」。看著這幾個字，彷彿看到書中相關人物血淚斑斑的過去，及謎底即將揭曉的漫長隧道的出口，內心總是激動不已，而如今我就站在舞台的現場！

從龜嵩車站步行到這兒，周遭不見任何人跡，我想像著本浦千代吉父子兩人在大雪紛飛的寒冬，於這群山村落裡四處流浪行乞的畫面，心裡仍泛起了一陣痛。

我們來到神社參道口，看了入口右側石碑上由龜嵩觀光文化協會及砂之器紀念碑建立委員會署名所撰的「砂之器紀念碑敍事」，便登上樹齡已有四百年、被仁多町指定為天然紀念物的櫸木夾道而立的參道。這條參道長一百公尺，一九七四年《砂之器》由野村芳太郎導演、改編為電影的不朽鉅片之中，飾演三木巡查的緒形拳登上一道長長的石階，就是在這兒拍攝的。電影中飽受村人及村中兒童欺凌的本浦千代吉父子即被好心的三木安置在這座神社裡。

離開湯野神社，坐上計程車後請司機先生先到龜嵩的前一站——出雲三成站，那裡的派出所是三木任巡查時的任職地，今西也曾來這兒查訪三木的為人及與本浦父子的關係。我們拍了照便乘車離開，前往三成車站，車站旁有個類似遊客中心的特產超市，最裡頭的賣酒區架上有賣名為「砂之器」的酒，旁邊還有一種名為「龜嵩」的酒，斟酌了一下，決定各買一瓶回去送讀者。

16點24分從這兒搭上木次線回宍道取回行李，費時八十六分鐘，從那兒搭八雲30號到岡山則要一百七十二分鐘，待21點51分從岡山搭上新幹線rail star 485號到福岡博多，則又是兩個小時，已經深夜23點44分了。

清張文學之旅3
松本清張紀念館

文．攝影／陳蕙慧

紀念館中原貌重現的清張住家

位於九州小倉的松本清張紀念館外觀平實素朴，連刻著館名的長型大石都低調地貼地放置。第一展覽室名為「松本清張的世界」，除了約七百幅清張全著作的壯觀封面牆外，另有三個重點展示區。其一是以「松本清張與其所生的時代」為主題，長達22公尺的巨幅年表，有大量的圖片、影像畫面；二是「松本清張的工作全貌」，介紹清張寫作跨足的六大領域，有手稿、相關參考資料、首次發表的刊物等，其三則是「推理劇場」，定期播放改編自清張著作的各種影視作品。

清張藏書之豐令人嘆為觀止

我手上的相機快門按個不停。巨幅年表有上中下三欄，主要的中欄是清張的分齡成長過程，此欄又分成兩欄，上面一欄是清張本人的大事紀，下面一欄則是同一年日本的大事紀。最上欄則是世界上的大事紀，最下面一欄則是特殊事物的再深入介紹。牆面上另設有電視，以影像播放當年及其前後年代的重要事件。

我看著清張的嬰兒照、清張父母的照片、清張兩歲時被父親峯太郎抱在手上的照片，這一路上讀著的《半生記》（麥田出版）記述的各種情景頓時鮮明清晰起來，接著是清張27歲時的結婚照，28歲進入朝日新聞社的員工名冊上的大頭照，39歲以〈西鄉紙幣〉獲選為《朝日週刊》「百萬人的小說」三等獎，該作後來

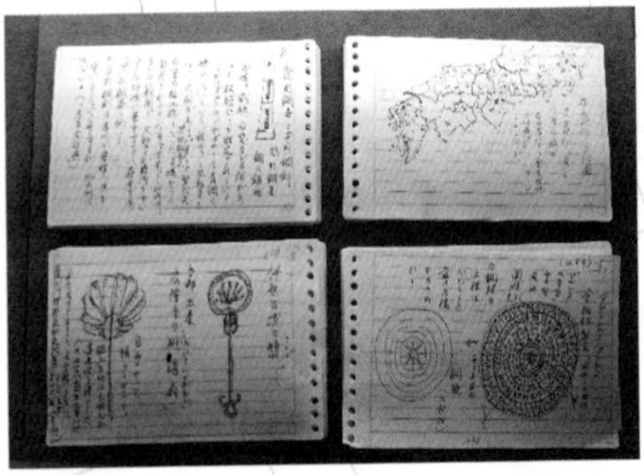

清張為寫作古代史所做的筆記

光文社於清張作品總銷售量突破1000萬冊時所做的巨幅報紙廣告

外觀平實素朴的松本清張紀念館

被高山書院出版的單行本及手稿，44歲〈某「小倉日記」傳〉獲芥川獎的獎品：手表一支，以及得獎通知函……

清張創作類型橫跨現代小說、推理小說、歷史小說與時代小說、現代史、古代史，以及隨筆、紀行與評論，每一個依創作類型所設計的展示區，都有相對應的各種珍貴材料，例如清張撰寫時代小說與歷史小說所參考的各種古地圖，他為寫作古代史所做的筆記，上面有他親手繪製的古代器物，如奈良時代的文化圈分布圖、筒型銅器與平形銅劍的圖樣與解說……

紀念館二樓，通過一條空無一物、唯有幾盞投射燈光照射在牆上的短短走道之後，忽地一幅巨大的攝影圖片竄入眼簾。以「思索與創作之城」為主題的展區由此開始。這幅攝於昭和45年（一九七〇）的高空俯瞰照片，是清張位於東京杉並區的住家。

書桌的主人彷彿剛起身離開，隨時會回來

此為清張位於東京杉並區住家的高空俯瞰照片

照片中站在庭院裡的即是清張本人，當時，清張一家移居東京已有多年，杉並區住家則興建於一九六一年。牆上的解說寫著，一樓的客廳之後即是一座書庫，二樓則是書房、書庫與資料室，二樓書庫與一樓書庫有樓梯相通。在這座周邊仍殘留著武藏野自然風光的閑靜住宅區之中的「城堡」裡，清張獨自一人，不分晝夜地埋頭於思索與創作，而始終伴隨著他的恐怕是那清晨直至深夜，不停呼嘯而過的井之頭電車的奔馳聲與震動吧。

楊照先生曾在一次演講場合提到清張豐沛的創作量，由於連載大受歡迎，一時之間所有雜誌報紙編輯爭相邀稿，清張為應付龐大稿債，沒日沒夜地寫，為節省時間，甚至將剛寫就的稿子以吊籃盛放，由二樓垂放到樓下的庭院，讓為截稿期限心焦不已的編輯拿了後隨即飛奔回報社撿字排版……

我每每想起這個傳說，現在終於有機會見識到根據清張自宅重現的這文學史上的重要場景之一，心裡更是雀躍不已。

一樓客廳裡有幾張沙發，供編輯等候之用，沿牆而立的半身高櫃子上擺著幾樣裝飾，都是清張至國外取材購回的代表當地風情的小擺飾。好玩的是，靠近拉門處的右邊牆角立了一座小小的保險庫，我覺得好笑，據說這金庫放了重要的財物，但竟然放在客廳且是靠外側，可見對作家而言，重要財物的位置就是那樣而已，而且說不定作家心目中的「重要」跟我們這些凡夫所想的其實迥異呢。

我坐在舒適的長椅上，看著松本宅一樓書庫裡數座書架上排列整齊的大量書籍、資料，有厚重的精裝書，很顯然是百科或辭典、有套上書盒的單行本、有貼上長紙條以為標記的書、有堆成一疊疊的簡報、有打包裝箱的資料、還有木箱和行李箱。清張藏書之豐，教人嘆為觀止。

屋子前面的空間，沿牆擺了幾個小展示櫃，櫃裡放了清張親手繪製的賀年明信片，以及他旅行外國時的水彩畫。回教建築（至伊朗取材時的素描）、梅花（櫻花？）、奈良佛像，清爽淡然的筆觸，彷彿作家簡簡單單的心，幾條水彩、粉彩，毛筆、小小的調色盤、外出帽、NIKON相機、手提行李……我揣想起作家出發的心情，是好奇的、若有所思的？作家的行旅心情？作家為何在某處停駐取景？……

再往上走，松本宅二樓書房的窗戶幾乎伸手可及。其中一扇窗戶拉開了約30公分的空隙。書桌上堆了許多東西，看似凌亂，其實自有章法，解說牌上親切地標示出標有編號的物品代表什麼。最令人印象深刻的是書桌前的座椅稍稍偏了一個角度，好像作家剛起身離開，隨時會回來……

壯觀的清張全著作封面牆

我離開窗邊來到沿牆的展示櫃，清張的眼鏡、鋼筆、相機、手表、改稿用的紅色色鉛筆，清張的絕筆作《發狂的眾神》未完成的手稿……，一旁矗立的大型展示牆則是清張創作時的各種照片，他或抱頭苦思、或翻閱資料、或低頭專注寫作、或面對鏡頭，都是一種力道，一種正視寫作工作及生命的堅定態度。這面以「向內探索」為主題的照片牆，正好與二樓「向外出發」為主軸，將清張遊歷世界各國尋找創作靈感的旅行照片的另一種探求精神，互相對應。

編按：清張文學之旅1—3為獨步文化總編輯陳蕙慧於二〇〇七年年初赴日尋訪清張作品舞台七篇札記之部分摘錄，全文請至獨步文化部落格瀏覽，網址：http://apexpress.blog66.fc2.com/category14-6.html

伊坂幸太郎

經過一年多的努力交涉，二〇〇八年底，獨步終於帶著讀者的滿心期待，赴日專訪「好青年」**伊坂幸太郎**。

且看伊坂如何回答讀者提問，帶領大家走訪出現在他書中的場景。

還有熱愛好青年的顏九笙窮究伊坂全作品，從而擬訂的「伊坂大測驗一〇〇」，想進入伊坂的奇幻世界，請由此進。

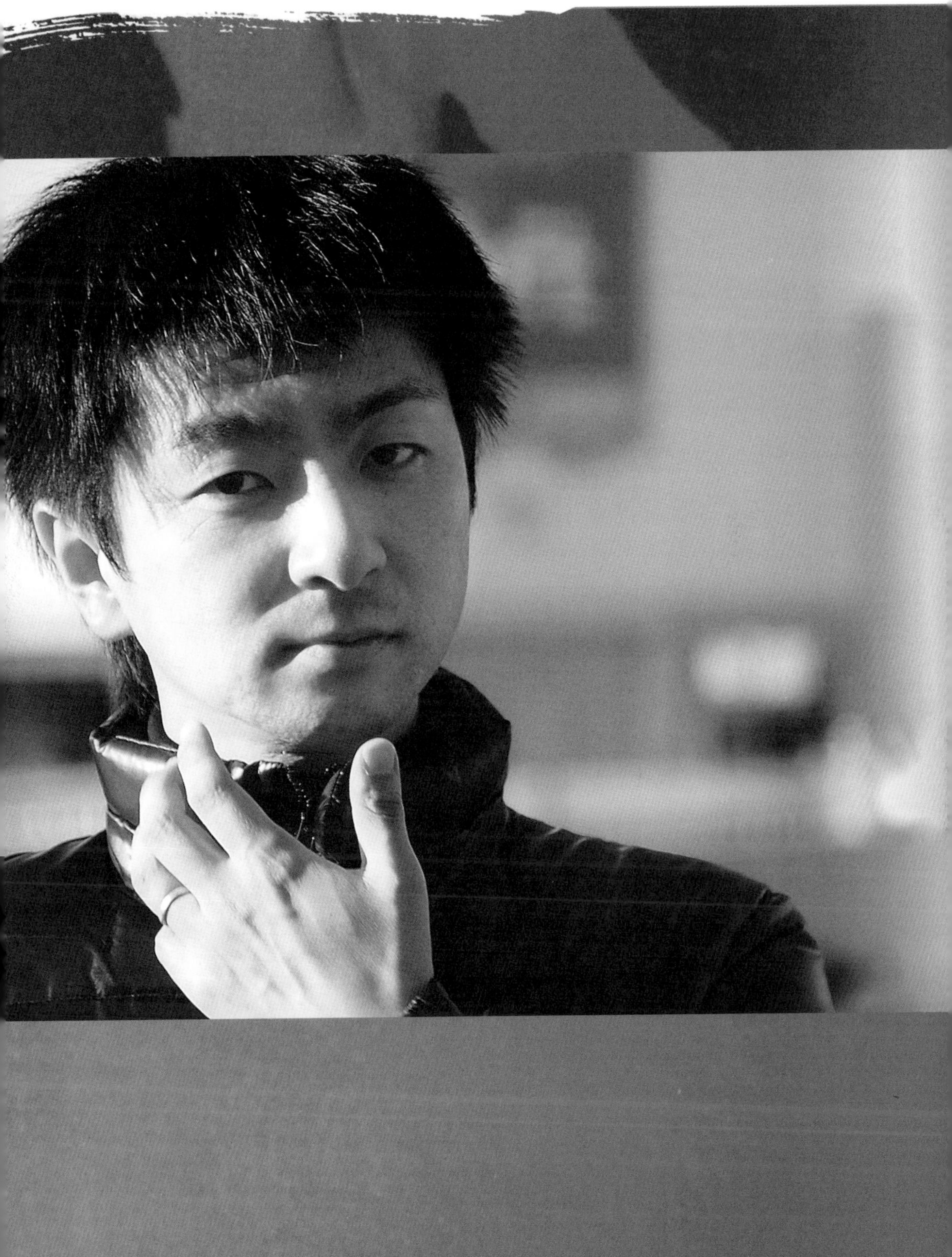

獨步專訪好青年 伊坂幸太郎

時　間：二〇〇八年十二月一日

受訪者：伊坂幸太郎、新潮社編輯新井久幸

訪問者：獨步文化總編輯陳蕙慧
副總編輯戴偉傑、版權暨編輯王淑儀

陳蕙慧：首先我要代表獨步文化謝謝伊坂老師接受我們的採訪。恭喜您的最新作品《Golden Slumbers ─宅配男與披頭四搖籃曲》得了兩項重要的大獎。

伊　坂：謝謝。比起這兩項大獎，我最開心的還是聽到《死神的精確度》得到二〇〇八年獨步排行榜的第一名。（笑）

伊坂受訪時親和力十足

陳蕙慧：做為獨步文化第一位引進台灣、介紹給台灣讀者的新人作家，我在二〇〇三年第一次看到《重力小丑》，二〇〇四年獨步便出版了這部作品。從二〇〇三年《重力小丑》到最新作品出版的這五年創作生涯中，您的創作風格、主題以及心境上有什麼變化？

伊　坂：在台灣第一本出版的作品是《重力小丑》嗎？

陳蕙慧：是的。二〇〇三年，我在新宿紀伊國書店第一次看到《重力小丑》這部作品，翻開作品的第一頁看到「春從二樓一躍而下」的這句開場白便立刻愛上了老師的作品，開始有了無論如何都要在台灣出版這部作品的想法。但在這段期間，老師已經成為專業作家。不知道從那時候到現在，您的創作風格有什麼轉變？

伊　坂：我的創作風格的確有所改變，但是想寫的東西和自己有興趣的主題基本上並未改變。畢竟寫小說是讓我最開心的事，這一點是一直以來不曾改變的。然而變成專職作家、知名度提升之後，我開始害怕了起來。會臆測自己寫了這種故事後，讀者會有什麼反應。然後開始害怕，懷著許多不安。這是我最大的改變。

《死神的精確度》是二〇〇八年獨步排行榜冠軍

陳蕙慧：可以請您具體的描述是哪種不安嗎？

伊　坂：嗯……有各種不安。比如說，從前我是從自己想看的內容下筆。在過去，那是沒有問題的。但在成為專職作家後，我變得十分在意別人的想法。這是第一點。另一點則是，我會擔心在自己沒意識到的情況下，可能不小心對某些人造成傷害。譬如說在《死神的精確度》中，講的是死神負責判定人類生死的故事。然而在現實裡，有許多人死於各種事故。我不希望那些死者的親人認為，死者是被死神討厭的。我沒有這種用意，在下筆時也完全沒有意識到這些，但只要想到某些人因為死神的故事而心裡受傷、或是因此憤怒時，就害怕起來。另外，雖然不太常見，但有時會收到一些年紀很小的讀者，像是小學生或是十來歲讀者的來信。只要想到這種年紀的讀者也在看我的作品，就覺得不知如何是好。明明知道終究不會改變作品路線，但會告訴自己應該多寫一些對他們有益的內容。結果我寫的東西雖然沒有什麼改變，但是變得太在意別人的想法。

陳蕙慧：那是因為老師很溫柔才會這麼想啊。

伊　坂：這算是溫柔嗎？應該是吧，就是會很在意別人。我的個性是那種會一直煩惱個不停的人。可以的話，我希望讓大家都開心。

陳蕙慧：那《Golden Slumbers》裡的主題轉換，有什麼變化？從《魔王》到《Golden Slumbers》，為什麼會轉換到政治問題？

伊　坂：沒有什麼特別的理由，我並沒有特別意識要寫政治問題。這點很難說明，我不清楚政治運作，只具有和一般大眾相同的知識，也沒有特別想寫關於政治的作品。但是我過去喜歡的小說、音樂裡，很多都跟政治或社會議題有關。比如像龐克搖滾給人青澀幼稚的感覺，我很喜歡那種屬於年輕人的青澀幼稚，那是源自於與政治社會的關聯而來的吧。我想寫的不是那種封閉的世界，而渴望寫出與現實世界相關的內容。這是我無論如何都想表現出來的。關於《魔王》也是，我並不是特別想寫政治。我當初想寫的是一個普通的年輕人跟一個強大的敵人戰鬥的故事。那樣子其實怎麼設定都可以，比如說很大的巨人之類的，但那樣的設定不會讓我有期待雀躍的感覺。後來我試著描寫與更加看不見的、令人不解的對象戰鬥，像是社會之類的，才感到雀躍，然後從此延伸出各種劇情。至於《Golden Slumbers》的情況也是，我最初的構想是想寫一個人從看不見的、巨大的對象手中逃亡的故事，然後才演變成最後的情節。我並非想透過小說內容討論政治問題。

陳蕙慧：所以說您想要守護的是青年人內心的純真感嗎？可以這樣講嗎？

伊　坂：沒錯沒錯。但純真這個字眼會讓人有一種潔淨的感覺。就一個年輕人的心情來說，純真也可以是非常愚蠢、搞笑的不是嗎？我很喜歡那種感覺。我自己很喜歡搞笑的故事，也喜歡愉快的事物。而年輕人的那個部分讓人愉快，所以我很喜歡。用純真來形容那個部分的話會過於正經。但我想說的並不是正經八百的事，而是拚命做一件事時的那種無意義感，因為無意義而感到愉快。

陳蕙慧：所以是純潔嗎？

伊　坂：純潔的話會給人太乾淨的感覺。我年輕時很喜歡大江健三郎的作品。我不是在大江的作品裡，而是在作品解說的部分讀到一段文章，當中提到大江的作品是「溫柔而悲傷」的。我是在二十歲左右讀到那段文章，就一直想寫出跟大江作品一樣「溫柔而悲傷」的故事。但從正面思考的角度來看，還是搞笑的故事比較好。「溫柔而悲傷」也很好，但除了「溫柔而悲傷」以外，還有

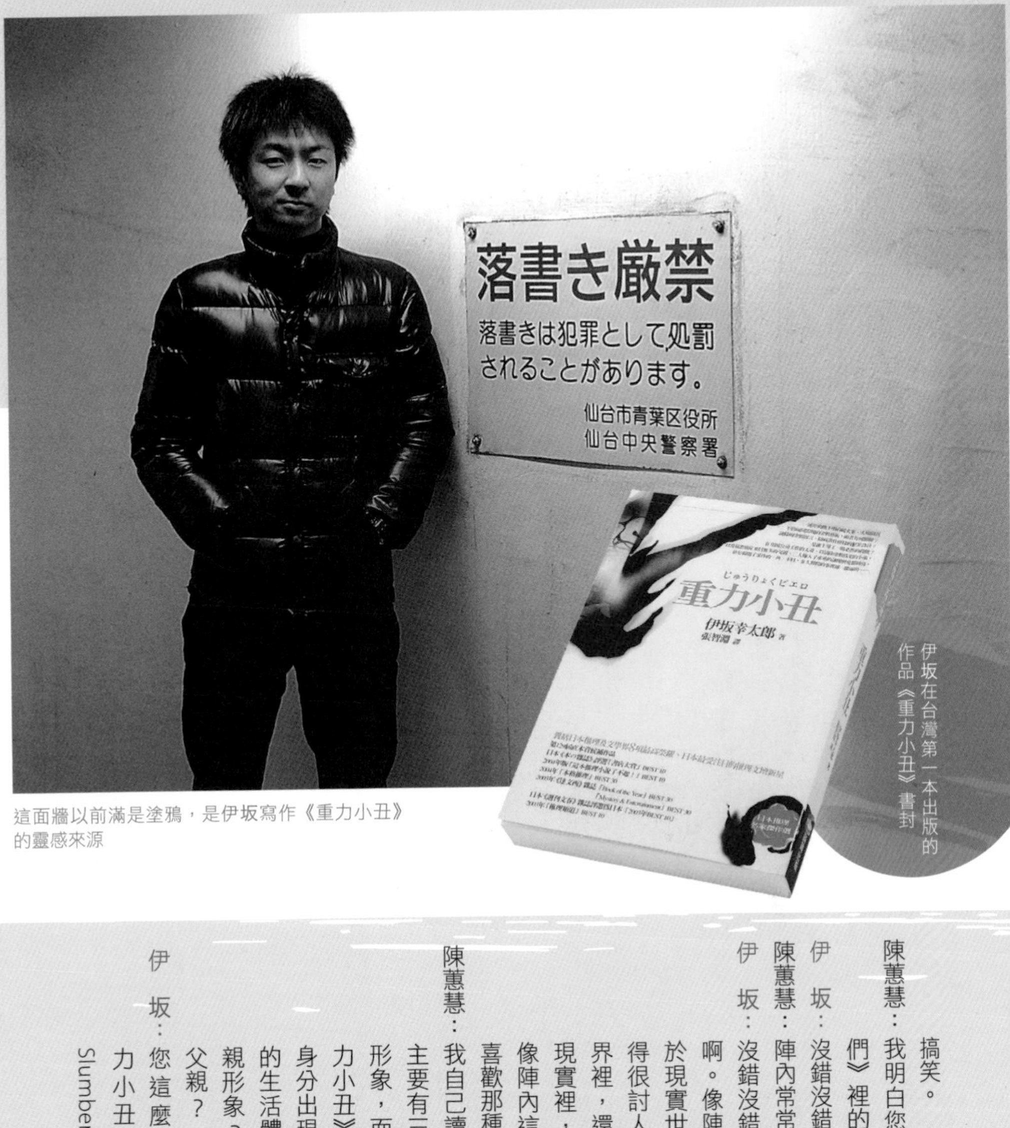

這面牆以前滿是塗鴉，是伊坂寫作《重力小丑》的靈感來源

伊坂在台灣第一本出版的作品《重力小丑》書封

搞笑。

陳蕙慧：我明白您的意思了，就像是《孩子們》裡的陣內一樣嗎？

伊　坂：沒錯沒錯。

陳蕙慧：陣內常常說出一些不負責任的話。

伊　坂：沒錯沒錯。原來台灣人也這麼覺得啊。像陣內那種人，要是真的存在於現實世界裡的話，畢竟還是會覺得很討人厭吧。但在小說的虛構世界裡，還是可行的。我認為不是在現實裡，而是在虛擬的故事裡出現像陣內這種人也不錯。畢竟我還是喜歡那種人物。

陳蕙慧：我自己讀了《Golden Slumbers》後主要有三點感想。第一就是父親的形象，而這個父親的形象就在《重力小丑》裡，以泉水跟春的父親的身分出現。您所描繪的父親跟本身的生活體驗有關嗎？是您自己的父親形象？還是您自己想成為這樣的父親？

伊　坂：您這麼一說，我的確覺得《重力小丑》裡的父親跟《Golden Slumbers》裡的父親，雖然兩者的氣氛不同，但都有一種偉大的感覺。不過，以《重力小丑》的情況來說，它的故事主題就是那樣。因為它是描述家族牽絆的故事，所以自然會產生那樣的父親形象。從《Golden Slumbers》開始，父親形象的構成方法有了一些變化。《Golden Slumbers》裡的父親，因為在執筆前我當上父親的緣故，變得想讓父親的形象帥氣起來。我的孩子才三歲，還這麼小我就覺得很辛苦了。之後等孩子一路成長，大到像《Golden Slumbers》的男主角那樣的時候，我在書中也有寫到這部分，一個父親被那些對自己孩子一無所知的人囉嗦個不停時，還是會覺得很難過吧。這麼一想，就寫出了那些台詞還有那樣子的父親形象。至少身為一個父親，就算是孩子胡說八道也好，就相信他也無所謂吧。所以，接下來我寫的小說裡，所有的父親都變得帥氣起來。

陳蕙慧：就這麼做吧。（笑）

伊　坂：沒錯沒錯，至少在虛構的小說裡可以如此。畢竟在現實裡大家都很辛苦。

陳蕙慧：第二點，因為我們知道您對女性角色很不熟悉、很不擅長，可是您在這部小說裡面卻給了一位勇敢女性一個很鮮明的角色。前面的女性角色指的是您說您不會寫戀愛小說，那您未來會不會多增加一點女性角色的描寫，然後也會在書中增加一些和戀愛有關的元素？最後一點是我代替女性讀者詢問的。

伊　坂：我想大概不會吧。該怎麼說呢，畢竟我不了解女性。連男性我都不太了解了。描寫自己不太了解的事物需要膽量，我也害怕因為不了解導致下筆時把事物加以美化或是醜化，所以我不太想描寫女性角色。我很不擅長這點，所以我盡量不寫女性。戀愛小說也是，以戀愛為主的故事我還是不行。應該寫不出來吧。不過，在作品的某些部分裡當然還是會加入戀愛元素。但比起這點，父親會愈來愈活躍，這樣的場面應該會增加吧（笑）。之後會出現戀愛故事嗎……？我也不知道，但目前還沒有這個打算就是了。

陳蕙慧：我明白了。接下來，雖然這本書表面上是探討政治問題，但我的體會是活著是最重要的。您是不是想要表達活著是最重要的，所以為了活著要逃亡，這是您給世人對於面對現代社會的建言嗎？

伊　坂：呃……我不太會說，不過我想這本書並沒有包含建言的部分。該怎麼說呢，畢竟我自己也沒有偉大到能給他人建議，所以並沒有打算在書中說該這樣做、或是到傳遞訊息的程度。只不過，有一個我覺得非常重要的部分就是──活著、能活下去就好了。男主角不是因此逃亡嗎？當我在下筆時，就認為那是個非常重要的部分才這麼寫的。畢竟，非得活下去不可。就算改變容貌、遠走高飛，首先還是活著。活著是很重要的，即使外表狼狽或是吃了很多苦頭，首先就是活下去，我是抱著這個想法下筆的。但我完全沒有告訴讀者那是正確的意思，我只是在執筆的當下有這樣的心情才寫的。像那種人物出現在那樣的故事裡，雖然我不知道讀者是怎麼解讀的，但是我認為那部分是非常重要的。

陳蕙慧：接下來，要詢問您其他小說的相關問題。獨步從出版《重力小丑》到現在已經出版了八本伊坂老師的書。其中最受台灣讀者喜愛的是角色的設定。您的角色設定包括了像是搶匪的題材、或是以殺手當主人翁，有什麼特別的意義嗎？

伊　坂：您指的是角色設定的意義嗎？唔，怎麼說呢，畢竟我想寫的是讓人雀躍期待的故事，角色設定自然而然就變成那個樣子。與其說我是特別打算或是有什麼理由，不如說那只是讓我想看到、想描寫、想在虛構的世界裡遇到的人出現在故事裡而已。另外，當然還有一些為了故事需要必須出現的角色。不過基本上我寫的都是自己見到了會雀躍期待的角色。話是這麼說，但我見到殺手是不會雀躍期待的。說到殺手，我們不是會在電影裡看到殺手的某種形象嗎？但我不想照著那個形象去寫，會想要有所不同，比如說把殺手描寫得像過著平凡生活的人。銀行搶匪也是，有某種所謂的銀行搶匪的形象。但我也想用一些不同的元素去錯開那種形象，我對這一點有很強烈的意識。所以我一直都意識到一點，就是描寫的雖然是現實，但跟現實又有些不同。

陳蕙慧：這跟老師用推理小說的形式有關嗎？因為您作品裡面有很多特殊的人物，像虐殺寵物者、殘暴的警察、唯利是圖且無惡不作的歹徒等等。老師是否想用推理小說的形式表達一種善惡觀與正義感？

伊　坂：我的想法一直在改變。該怎麼說呢，不是有為非作歹的人嗎？但在

《奧杜邦的祈禱》是伊坂的處女作

現實裡，這種人不太會受到報應。就表面來看，邪不勝正這種事是不太會發生在現實社會裡的。我既不懂什麼是善，也不懂什麼是惡。就算有厭惡的人，追根究柢也會發現這個人有他的原因。畢竟人類有好的一面也有壞的一面，真的遇到壞人也說不出來不是嗎？所以，就這個層面來看，一般人就算遭遇了非常悲慘的事，也不知道要把心情發洩到哪裡吧。不過，至少在我創造的故事裡，可以讓它變得簡單一些，我想用「壞人終究會受到制裁」的風格呈現。所以虐殺寵物者最後會受到報復，壞警察最後也受到報復，至少在我創造的故事裡可以寫成這樣讓讀者來閱讀。但是，這可能又回到最初的問題，在這五年中我的想法有所改變。最近的《Golden Slumbers》裡，結果還是在什麼都不知道，不知道誰是壞人也無法復仇的情況下結束了。最近我開始會想創作像這樣接近現實的故事，這是我稍微改變的部分。

陳蕙慧：您的作品中常使用詩的隱喻。您平常有讀詩的習慣嗎？您想像中的詩人是像您在《奧杜邦的祈禱》裡描述的詩人模樣／形象嗎？您最喜歡誰的詩？

伊坂：很抱歉，我不太讀詩的。詩這種東西我不太了解。我跟詩是有距離的，所以我也不太引用詩句，沒有辦法經常在作品中引用詩。《魔王》裡引用了宮澤賢治的詩，是因

伊坂後方這家銀行可會成為搶匪下手目標？

為我覺得連平常不太讀詩的自己都會為他的詩句感到驚豔，那也一定會打動大家的心，所以才引用了他的詩。關於詩，我並不太熟悉。我喜歡小說。詩給我一種獨善的感覺，會覺得詩是懂的人才懂，不懂的人還是不懂。所以我真的不懂詩，也不太清楚詩人的事情。說到日本最有名的詩人，應該是谷川俊太郎（註）吧。

陳蕙慧：《二十億光年的孤獨》的作者嗎？

伊　坂：沒錯沒錯，那首詩就是他寫的。連我這種對詩沒什麼興趣的人都對他的詩感到驚豔。對我來說，可愛的感覺是很重要的。不是可愛、迷人的東西我就不喜歡。不管電影還是小說，不是那種一本正經、很深刻的東西；我喜歡的還是可愛的東西，甚至帶點愚蠢也無妨。不是那樣的東西我就難以接受。谷川的詩很可愛也很平易近人，所以我很喜歡。我在《奧杜邦的祈禱》裡寫到：讀詩不是很像種花嗎？那單純只是我覺得要是那樣的話就好了而寫的。

陳蕙慧：之所以會問這個問題，是因為台灣的讀者有很多喜歡的角色，除了陣內、黑澤，還有就是《奧杜邦的祈禱》裡的詩人，其實他也是一個殺手。您還會讓這個殺手在其他作品裡出現嗎？

伊　坂：目前沒有這個打算。《奧杜邦的祈禱》是我的出道作品，寫作當時沒有想到還會有下一本，所以是用盡全力寫出來的。對我來說，它是非常特殊的作品。我非常喜歡櫻花，所以才會取了「櫻」這個名字。對此我有相當深的回憶。很多人都被櫻殺了不是嗎？櫻會說：「那不成理由。」然後殺了對方。不過櫻在島上，要讓櫻出現在其他作品，得先讓他從島上出來才行。櫻真的很有人氣嗎？

陳蕙慧：是啊。

伊　坂：啊，真的嗎？

陳蕙慧：我愛死了。（笑）

伊　坂：畢竟還是有很多人希望能像櫻一樣、說「那不成理由」，然後扣下扳機吧。雖然我自己也不是很了解。

陳蕙慧：其實除了希望他（殺手櫻）出現之外，台灣的讀者也希望春和泉水再次出現。我想問，春這個人物的關係圖是原來就已經設定好的？還是他是偶然間的穿插跟安排？

伊　坂：沒錯沒錯，兩種都有。有時候會在寫的時候，覺得這個地方可以出現這個人物。像在《死神的精確度》裡，春就出現了，那是我一開始就設想好的場面。我覺得死神那樣的存在與春那樣的存在，兩者對等地交談應該很有趣。另外，在《魔王》裡，死神也出場了一下，那完全是後來才想到的內容。因為有出場人物會死，我覺得讀者直接看到人物一命嗚呼會有點難過，所以讓死神先出場，讀者可以預先知道這個人或許會死。所以有兩種方式，一個是先設定好才寫，一個是按照當下的情況寫的。

陳蕙慧：剛剛提到的春跟泉水不只是單純的登場人物，有沒有可能把他們當成主角，創作《重力小丑》的續集呢？

伊　坂：我覺得春跟泉水的故事在那個地方結束是最好的，我完全沒有打算寫他們之後的故事。不過他們之前的故事我一直想寫寫看。我有想過讓春跟泉水展開別的冒險，在《重力小丑》裡稍微有提到，算是文章的伏筆吧。我寫了過去的伏筆，或說預告，但終究還是很難下筆，就……。不過我很喜歡兄弟的故事，所以還是會想再寫寫看。《魔王》就是寫兄弟的故事，我從中有所滿足，所以應該暫時不會寫他們的故事。變成老爺爺的春？我不會寫吧。不過大家都希望讀到他們再出現是吧？這樣好了，讓春、泉水和櫻一起出現喝個茶之類的……，這還是很難啊。因為我非常喜歡他們，所以更不想做多餘的描寫。如果是黑澤的話會比較好寫吧。

陳蕙慧：我也很期待黑澤再度出場。

伊　坂：黑澤是個好角色，我也很喜歡他。

陳蕙慧：接下來是另一個問題。我們這次來日本，在書店看到莫言今年出版的一本書《生死疲勞》（日譯《轉生夢現》），您喜歡莫言作品的什麼地方？有受到來自於他的什麼激發嗎？

伊　坂：我很喜歡莫言的作品。我從他的作品中感受到一股能量，不但充滿了生命力，也有一些亂七八糟的地方。真的很有趣。我在今年讀到他的這部作品，真的是出於偶然。我並無意模仿或學習他的作品，但我現在執筆中的作品跟《轉生夢現》在結構上很類似。從他作品上可以感覺到虛構的巧妙，也有很殘酷跟令人發笑的部分。雖然篇幅很長，但讓人有在看故事的感覺，真的很有趣也感受到一股能量。這部作品裡沒有說教但也不是喜劇，卻讓人覺得很有趣的這一點真的很厲害。

伊坂十分喜愛莫言的《生死疲勞》（麥田出版）

陳蕙慧：這部作品的中文名稱《生死疲勞》其實是取自於佛教典故。

伊　坂：是嗎？

陳蕙慧：生與死都是疲勞。

伊　坂：對，作品裡一直不斷出現轉生，轉生成為動物啊什麼的。對了，作品裡出現了莫言先生這個角色不是嗎？

陳蕙慧：對，對。以疲勞小說家的身分。

伊　坂：在我的《モダンタイムズ》（*Modern Times*）裡面也出現井坂好太郎這個角色。我並沒有參考莫言先生的作品，但原本覺得作品裡出現自己的名字其實不太好意思，不過看到莫言先生也這麼做，就覺得無所謂了，好像有他在幫我撐腰一樣。不過書中的莫言先生是個令人討厭的人啊。

陳蕙慧：莫言先生今年九月在香港得到一項重要的中文小說大獎，我們出席了頒獎典禮。因為我之前從別處得知伊坂先生喜歡他作品的事，所以也轉告莫言這件事。我希望有機會能安排伊坂老師跟莫言先生來一場對談。

伊　坂：哇，太厲害了。不過感覺有點可怕。

陳蕙慧：一點也不可怕，莫言先生是個很親切的人，一直在講笑話。但他在講笑話的時候，都是一本正經的樣子。

伊　坂：那就更有趣了。所以你有向他轉達我的事了？有機會的話，我也希望能跟他見面。啊，好像說得太簡單了（笑）。不過我真的很喜歡莫言先生，看到外國作家的作品會讓人很期待。

陳蕙慧：和伊坂老師一樣，我們也出版了莫言先生八本左右的作品。不是在獨步文化，是在麥田出版。都是由我負責。

伊　坂：是嗎？

陳蕙慧：都很有分量。《生死疲勞》有四十五萬字，要為您奉上那本書嗎？

伊　坂：那就當成紀念，麻煩您一本就好了。在日本是把它分成上下冊。

陳蕙慧：封面也很漂亮哦。（笑）

伊　坂：那就當成紀念，麻煩您了。莫言先生的小說真的很有趣。我在書店大獎的頒獎典禮見到櫻庭一樹小姐時，向她推薦《生死疲勞》，她好像也買了那本書。我擅自覺得櫻庭小姐應該也很喜歡吧。

陳蕙慧：接下來我要問有關音樂的問題。因為您喜歡音樂，也談到音樂的正統性這個問題。那音樂的正統性應用在小說的創造上具體來說是什麼？能不能請您更詳細地說明。

伊　坂：音樂的正統性？您指的是歌詞出現在小說之中嗎？

陳蕙慧：您曾經說過像滾石或披頭四都表現出音樂的正統性，就是看起來很簡單但寓意深遠。您所謂的正統性可以這樣解釋嗎？您有沒有運用在小說的創造上？

伊　坂：沒錯沒錯。但說滾石或披頭四是音樂的正統，其實也帶有實驗性的部分。所謂正統性，不是指很新的東西。特別像滾石就是，有四個人在演奏卻令人覺得簡單。愈簡單的東西才不容易被毀壞，也不會令人厭煩；創作小說也是，簡單、正統的東西最好。就像衣服一樣，太流行的一下就膩了，但西裝永遠不會退流行。所謂的時髦，經過一段時間就覺得老舊。簡單才是最強的。雖然我的小說會出現一些奇怪的殺手之類的，但我還是覺得簡單的故事最好。就像我憧憬的滾石跟披頭四的音樂一樣，不斷的反覆、永遠持續下去，就算過了二十年也不會覺得過時的東西是最好的。

陳蕙慧：我認為老師的作品在二十年後仍舊

曾多次在伊坂小說中出現的仙台車站東口

會被年輕人喜歡。

伊坂：不不，我想我的孩子應該不會讀吧。不過如果能這樣就好了。不只在日本，台灣的人也能這樣想就更好了。

陳蕙慧：我想老師的作品到了那時候，應該會被改編成電玩遊戲吧。

伊坂：改編成電玩遊戲？那就太厲害了。這樣我的小孩也許會玩吧。

陳蕙慧：我們在去年九月看到了《家鴨與野鴨的投幣式置物櫃》這部電影，非常感動。到目前為止，對於那些影視化的作品，您自己滿意嗎？最滿意的是哪一部？影視化有沒有提高您的知名度？對您的生活跟創作又有什麼樣的影響？

伊坂：作品變成電影是很高興沒錯，但就像您提到的，那讓我變得有名。但我不是很想變得有名，我只要寫小說就好了。我跟我的太太都不想變成名人或是有錢人，所以會覺得不知所措。而且這並不是因為我自己的東西而變得有名。畢竟電影是不一樣的東西，不是我的，因為別人的東西而變得有名，讓我覺得很不知所措。最近我比較不願意讓作品電影化，就是會害怕知名度不斷提高。我只要能寫小說就心滿意足了。近來這件事讓我很緊張。以前會十分期待作品變成怎樣的電影，也沒有拒絕電影化的理由，所以作品接連被拍成電影。原本覺得很期待、很有意思。可是看了電影後，雖然覺得很有趣，還是跟我的小說不一樣。不過那個不一樣的地方也讓我覺得很有意思。我很喜歡《家鴨與野鴨的投幣式置物櫃》，後來也跟那個導演變得親近起來，他是個很快樂的人。

陳蕙慧：那裡的戴副總編看到電影的最後一幕流下眼淚。（全員笑）

伊　坂：哪一幕啊？

戴偉傑：看到主角一邊整理房間、一邊哼著巴布・迪倫的歌的那一幕時，我的眼淚就掉下來了。

伊　坂：那真的是一部很棒的電影，我也非常喜歡。有種手工的質感。當然我也很喜歡金城武跟《死神的精確度》的電影。跟小說相比，電影的觀眾很多，影響力也很大，這就是令我害怕的地方。電影為了讓許多人欣賞，小說的內容必須做很多更動，這一點讓我覺得心情很複雜。

陳蕙慧：所以說對您的心情是有影響的？在對您的生活沒有影響的情況下。

伊　坂：沒錯沒錯，我會忍不住在意。雖然知道電影其實是不同的東西，但我還是不太能釋懷。因為我很喜歡電影，所以會忍不住希望能變成我喜歡的那種電影，但實際上無法盡如人願。我喜歡的電影也不見得就是好電影。但兩者的落差讓我覺得心情很複雜。比如說電影的內容會變得有益人心。既然改編成電影了，也希望它大賣，因為有很多人為此付出心血。但不賣的可能性一定是有的。像這樣得考慮到各種事情讓我覺得很難過。

陳蕙慧：那接下來我想代替台灣的粉絲問一些關於伊坂老師個人的問題。不知道您介意嗎？

伊　坂：沒問題，我會盡量回答。

陳蕙慧：如果用一個顏色、和一種動物來比喻自己的話，您覺得最接近自己的是什麼顏色？什麼動物？

伊　坂：我第一次遇到這個問題。也問問看我的編輯好了。

伊坂（左）與其責任編輯新井先生

新　井：這是個人的隱私，我無可奉告。

（眾人笑）

伊　坂：是什麼顏色呢？綠色吧，雖然這不是我喜歡的顏色。我覺得自己不是肉食動物，而是屬於草食動物的感覺。

陳蕙慧：綠色是指新綠的顏色嗎？

伊　坂：對對。所以以動物來比喻的話，愛好和平、又膽小的動物大概是牛吧。

陳蕙慧：我覺得是海豚。（笑）

伊　坂：海豚？感覺很帥氣。海豚有自由的感覺，跟我不太一樣。

陳蕙慧：長頸鹿？

伊　坂：長頸鹿？

新　井：熊？

伊　坂：也不是，熊有種可怕的感覺。怎麼連你也在認真想啊。（笑）

陳蕙慧：浣熊？

伊　坂：浣熊很可愛啊。不過，浣熊好像怕冷也怕熱，有種任性的感覺。可是我意外的不任性喔。

陳蕙慧：您是謙虛的好青年啊。

伊　坂：謙虛？哈哈哈，那就決定用海豚吧。

陳蕙慧：請您用一句話來形容自己是個怎樣的人。

伊　坂：就各方面來說，我是膽小的人。很在意會不會傷害到別人，也會擔心家人未來變得怎麼樣，擔心太太……，只是個單純的膽小鬼。一直在擔心東擔心西。當擔心推到更高的層次時，就變成了故事。我對未來的擔心，以一種很大的規模變成了故事；對世界的擔心，也變成了故事。我覺得小說家在個性上應該都有擔心癖吧，不擔心就不會創作故事了。再來就是膽小、還有無害吧。

陳蕙慧：我們都知道您不當小說家的話，就會去當SE（系統工程師）。可是您不是法學系出身的嗎，為什麼會想做這個工作？

伊　坂：那是因為我被社長騙了。我喜歡仙台，大學畢業後想留在仙台工作。但就日本的情況來說，仙台的工作機會不多，很多都是東京總公司的仙台分公司，所以一直沒辦法順利找到工作。剛好那時看到一家很小的軟體公司的徵人廣告，上面寫著徵求法學系畢業的人。那時我以為他們要找的是處理法律事務的人，像是程式版權之類的，就去應徵了。一去才發現是SE的工作。那時候我有問社長原因，好像是因為社長在電視上看到，軟體也是一種文章，會寫文章的人寫出的程式會更好。於是社長決定找法學系的人，而我剛好來應徵，就決定用我了。所以從社長身上可以看到電視的影響力非同小可。

陳蕙慧：我們的願望是希望您不要去當SE，不要再被那位社長騙了（笑），繼續寫好的小說。

伊　坂：那位社長真的是位好人。我在進入文壇前，只是出於愛好寫點東西。而那家公司的規模很小，很期待我能對公司有所貢獻。但這樣的狀態讓我愈來愈難過，於是就打電話跟社長說，我想寫小說、也想以此為生，但這樣對公司真的很抱歉，所以請讓我辭職吧。社長不但接受了我的想法，還告訴我在能靠寫作為生前就繼續領公司的薪水吧。社長一直很支持我，他真的是一個好人。他的口頭禪是「我活不久了」，但我覺得他是會長命百歲的那種人。他真的是一個很有趣的人。

陳蕙慧：他的年紀很大了嗎？

伊　坂：是的，他的歲數頗大。當時，他的年紀就跟我的父親差不多，大概有六十歲。

陳蕙慧：在接下來的作品裡，您會用社長的形象做為您的父親形象嗎？

伊　坂：大家或許沒有想到，我已經在一些地方把社長的形象放進作品裡了。社長以前就說過，把他當主角會很有趣喲。他真的是個很好的人。

陳蕙慧：因為台灣有很多年輕讀者都讀您的書，請您送一句話給他們。如果請您推薦一本書做為進入伊坂世界的入門書的話，您會推薦哪一本？

伊　坂：給年輕人的話啊，我說不太出來。也說不出什麼冠冕堂皇的話……，好像有什麼要說的，到底是什麼……。在小說裡我寫了很多心情，但要用一句話表現出來就很困難……，不過，雖然人生有很多痛苦的事，讓我們一起加油吧。至於我

伊坂致贈讀者的簽名板

作品的入門書呢？請先從乙一的《ZOO》開始（眾人大笑）。這個問題很困難，我想還是《奧杜邦的祈禱》裡面包含了最多我的想法，但不是所有人都能接受，就像會說話的稻草人，那是滿古怪的設定。就這方面來說，《孩子們》做為入門書也不錯。我也很喜歡那部作品，應該說每部作品我都喜歡。我也喜歡陣內。像《奧杜邦的祈禱》那樣的內容，有些人還是不太能接受。我的岳父第一次看到那本書時，對稻草人竟然會說話的設定驚訝得啞口無言，還問說：「稻草人真的會說話啊？」那時候雖然很不好意思，還是回答：「稻草人會說話。」」

陳蕙慧：以老師您自己的觀察，日本讀者最能接受的作品前三名是哪些？

伊　坂：《重力小丑》很受歡迎，再來就是《奧杜邦的祈禱》，還有《Golden Slumbers》。啊，全都是新潮社出版的。但其實我也不知道哪些最受讀者歡迎。以銷售量來看的話，

大概就是這幾本吧。至於《孩子們》，我覺得算是很入門的作品，但是銷售量卻很少。關於這點，我一直覺得很不可思議，會想說到底什麼作品才受歡迎啊。反過來想，可能是讀者覺得《孩子們》的寫法讀起來很無聊，還是難以理解，或是跟自己的喜好不合，所以不想購買吧。

陳蕙慧：在台灣，您已經出版的八本作品中，排行第一的是剛才您已經知道的《死神的精確度》，第二名是《孩子們》，然後第三名是《重力小丑》，跟日本不太一樣。

伊　坂：原來如此，的確跟日本不太一樣呢。

陳蕙慧：沒錯，台灣讀者比較不能接受奇幻的內容。

新　井：可是《死神的精確度》就是奇幻小說啊？

伊　坂：畢竟那是經過電影化的奇幻吧。原來如此，所以有《死神的精確度》跟《孩子們》啊。不過在《孩子們》裡有提到家庭裁判所的事，台灣也有像那樣的少年嗎……？

陳蕙慧：畢竟那部作品的角色很有魅力。

伊　坂：原來是因為那樣讀者才喜歡啊。

陳蕙慧：《孩子們》裡出現的那隻導盲犬貝絲也很受歡迎。

伊　坂：原來如此，那是很吃香的部分。書裡的確有出現貝絲，還有盲人的角色，他們兩個我都很喜歡。聽到您說的台日差異真的很有意思。《重力小丑》也很受歡迎是嗎？

陳蕙慧：台灣的讀者並不把《死神的精確度》當成奇幻小說，而只是把主角當成有魅力的人物來看。

伊　坂：這點真的很有意思。

陳蕙慧：台灣的推理小說傳教士詹宏志先生就誇獎您的作品說：「如果現有的推理小說已經走到山窮水盡，伊坂幸太郎一定是那位使日本推理小說命運柳暗花明的人物。」詹先生還曾經為了宣傳您的作品到香港一趟。請問您有話想對他說嗎？

伊　坂：真的很感謝他，我覺得很光榮，不過也有一股壓力。我相信他不是出於商業上的目的，而是打從心裡這麼說的，所以感到很高興。如果做得到的話，我也想回應他的期待。不過我只是隻海豚（笑），可能沒有辦法。如果是獅子搞不好可以（笑）。

陳蕙慧：除了台灣人這麼讚賞您之外，日本的宮部美幸也說過，您將背負起日本文學今後的命運。這些評價會對您未來的小說創作帶來什麼刺激跟影響？

伊　坂：真的嗎（興奮貌）？我聽說過宮部女士的這件事……，她說的時候該不會是喝醉了吧（眾人大笑）。我真的非常高興。雖然在創作上，我能做的事是有限的。但是對於宮部女士的話，我感到很高興，那也是一個很大的鼓勵。宮部女士真的說過這句話嗎？

陳蕙慧：是真的。我在宮部美幸的訪談中，問她目前最推薦的日本小說家是哪位時，她這麼回答的。

伊　坂：太驚人了，要是她在日本對我這麼說就好了（笑）。我只見過她一次……，她這麼說我真的很高興。

陳蕙慧：那您最近有新的寫作計畫嗎？下一本書預計什麼時候出版？

伊　坂：我有一部小說在報紙上連載，現在還持續發表中，希望能在明年出版。另外我還有一部描寫棒球的小說也在連載中，希望明年能出版。那部作品叫做《あるキング》（中譯《一位國王》），是描寫棒球選手的故事。

陳蕙慧：棒球的故事？不是足球啊。

伊　坂：其實我對棒球一點也不擅長，但因為日本棒球很盛行，我覺得很有趣就寫了這部作品。故事裡完全沒有出現打棒球的場面，是部很奇怪的小說。目前已經進行得差不多了，修改之後希望能在明年出版。還有就是預計在明年寫《蚱蜢》的續集。

陳蕙慧：我們預計明年再出版兩本老師的書。但是比較可惜的是，礙於翻譯與合約的緣故，《Golden Slumbers》的出版順序會相反過來。明年四月先出版《Golden Slumbers》，然後再出版《魔王》。不知道明年是不是有機會邀請您到台灣來？

伊　坂：我很樂意，不過太太跟小孩是很大的問題……

陳蕙慧：請您的太太跟小孩一起來台灣。

伊　坂：要是能搭飛機去的話，我想我太太一定會很樂意去的。所以這兩本都是在明年出版啊。

新　井：那《Fish Story》呢？

陳蕙慧：因為翻譯的緣故，《Fish Story》可能會在後年的年初。

王淑儀：大約在明年的十二月左右。

伊　坂：那《Golden Slumbers》是在明年出版嘍？

陳蕙慧：對，那位是負責《Golden Slumbers》的編輯。

新　井：好好做啊！

伊　坂：是喔，我很期待。

新　井：（看著桌上擺放的伊坂作品中譯本）老師的書幾乎都被出版了嘛。《週末のフール》（週末的愚者，暫譯）呢？

陳蕙慧：非常的可惜，《週末のフール》的版權被其他出版社簽走了。

伊　坂：我一直以為都是同一家公司出版的，原來《週末のフール》是別家公司出版的啊。

陳蕙慧：我們一直努力爭取還是沒有辦法拿到版權，真是非常的抱歉。

伊　坂：不不，這不是誰的錯。有這麼多書被出版真的很驚人。年輕人讀我的作品嗎？

陳蕙慧：是的。

伊　坂：雖然沒有真實感，但聽到這件事我真的很高興。

陳蕙慧：那訪問就到這裡為止，真的很謝謝您。另外我們準備了一些來自台灣讀者的問題想請您回答。

伊　坂：我知道了，沒有問題。乙一的回答有比我的精采嗎？（眾人笑）

註：谷川俊太郎（一九三一—）是日本當代著名詩人、劇作家、翻譯家及繪本作家。畢業於東京都立豐多摩高校。父親谷川徹三是日本當代著名哲學家和文藝理論家。一九五二年出版處女詩集《二十億光年的孤獨》，被譽為日本現代詩歌旗手。

伊坂老師，我有問題！

讀者 sl943365 問

1. 老師覺得自己的作品中，有沒有和老師性情相似的人物？

伊坂：《家鴨與野鴨的投幣式置物櫃》的男主角、或是《重力小丑》裡的泉水，像那種個性不太可靠的第一人稱男性角色大概都跟我很接近。還有我正在報紙上連載的小說裡的主角也是，看到有困難的人就會想要幫他們做些什麼，結果什麼忙都幫不上、然後愁眉不展的個性都跟我很相似。

2. 請問伊坂老師有什麼寫作習慣？

伊坂：我的習慣不是那麼多。不過，我都在咖啡廳裡寫作，所以會喝著星巴克的咖啡寫東西。我沒有固定在仙台的哪一家星巴克寫作。我常會走過這間飯店去咖啡廳，之後再四處晃來晃去。我習慣邊喝咖啡邊寫作。

3. 老師寫作前會先決定書名嗎？還是作品完成後再決定？

伊坂：基本上，沒有書名的話我很難動筆。我是先有一個想寫的故事，在真正動筆前，我會想好書名後再開始動筆。不這樣做的話，會讓我有點提不起勁來寫。而且書名要是不合意的話，我就沒辦法下筆。

4. 伊坂老師作品中常出現「未來決定於神明的菜單」這句話，個人認為這句話略顯消極，請問老師對於這句話是怎麼解讀的呢？

伊坂：我並沒有特別意識到這點，不過「未來決定於神明的菜單」被認為是消極的話讓我覺得很有意思。的確，這句話也可以解釋成一切本來都是事先決定好的。

陳蕙慧：有種宿命論的感覺。

伊坂：沒錯沒錯，的確會有這種感覺，但這並不是要人放棄。我的父親常說，人生是順著一個很大的潮流走，隨著潮流前進會很輕鬆。但我還是會為種種事情愁眉不展。我也覺得人生是順著很大的潮流走，所以不需要太擔心。太勉強自己、想要抵抗潮流反而會失敗。就像電影化這件事，最近讓我非常煩惱。但實際上如果我順著潮流，有人想電影化就讓他們去做，或許會很順利也說不定。可是我還是會一直煩惱，勉強自己去抵抗。

陳蕙慧：我想讀者會問這個問題，是因為我們覺得您的小說中很多有反社會傾向，鼓勵人們獨立思考。所以讀者會覺得既然您鼓勵獨立思考，但為什麼又會寫下「未來決定於神明的菜單」這種話呢？

伊　坂：原來如此。我覺得社會也被包含在一個很大的潮流裡，而「未來決定於神明的菜單」這句話指的不是社會，而是超越社會的一個更大的潮流。我並沒有特別意識、或是想寫反社會的內容。在我身邊最重要的，就是家人的事，所以我是以家人的事為中心來寫作。而所謂的反社會也被包含在一個很大的潮流裡。

5. 老師會想來台灣取材或會見書迷嗎？

伊　坂：剛剛也有提到這點，有機會的話我也想去台灣或跟書迷見面。不過，我在日本也很少跟書迷見面。雖然我也有心想見面，但是之後會怎麼就不知道了……。去年我出席過一次簽名會跟書迷見面，那很驚人。畢竟書迷對能見到我本人都很感動，雖然我才幫五十個人簽名，就覺得自己好像變成一個很偉大的人。對我而言，那種感覺是不好的，會讓我沒辦法認真地寫下去，這讓我很害怕。

讀者 顏九笙 問

1. 老師會私底下上2ch之類的留言板或討論區，觀察網友對您的評論嗎？如果會，是否會把那些評語放在心上？

伊　坂：台灣人也知道2ch啊。

陳蕙慧：這位讀者自己也在寫推理小說。

伊　坂：所以她才會問這個問題啊。我常看網路上的留言板。最近我出版了新作品，所以常會上網看一下。但留言板上讓我難過的意見居多。可是因為難過就遮住眼睛不看的做法，我又覺得很狡猾。到了最近，我終於明白這是沒有辦法的事，畢竟不是所有人都喜歡我的作品，自己寫作的技巧也不可能突然變得很厲害，更不可能因此去迎合哪位讀者的喜好來寫。雖然明白這是沒有辦法的事，但心裡還是會因此受傷、苦惱。

2. 不管您會不會自己偷偷做「市場調查」，您大概多少聽過讀者對您的作品所表示的看法吧……。那麼，在您聽過的讀後感想裡，讓您最印象深刻的是什麼樣的感想呢？

伊　坂：雖然我也會收到一些令人開心的評語或信，但印象深刻的還是「這部作品不太有趣」這樣的內容。而且那是用mail寄來的，真的讓我留下很深刻的印象，當時覺得自己完全不行了。另外，像「我不知道你寫的作品有哪裡好」之類的評語也令我印象深刻。

3. 您有沒有心目中的偶像或者模範？（不限於寫作領域）如果「沒有」，那又是為什麼呢？（我認為大家多多少少都會有崇拜對象，要是您沒有，那當然值得追問理由啦！）

伊坂：我沒有什麼崇拜的人，就算是自己的父親也像朋友一樣。但有一位我覺得很厲害的人士，我常舉的就是漫畫家手塚治虫，那也算不上是崇拜。我覺得他很厲害，所以在被問到這個問題時會回答他的名字。雖然他的為人或許不是很好，但是以創作者來說他真的很厲害。

4. 假如沒辦法成為作家，您會想成為什麼樣的人？選擇什麼樣的職業？（如果現實世界裡的職業您都不想做，也可以描述您幻想中的完美職業喔……）

伊坂：我沒有什麼想做的職業，大概會當普通的上班族吧。剛才採訪中也有提過，我會認真做SE的工作吧。那時候沒有好好學習SE的工作，所以會想認真當個SE吧。

5. 您對於自己目前的作家身分，有什麼看法？是「簡直是美夢成真」、「好像一場惡夢」、「咦？沒什麼感覺呢」，還是……？

伊坂：最初是覺得「簡直是美夢成真」吧。因為出書、當作家，然後持續寫作一直是我的夢想，現在能實現這個夢想真的很幸運。所以，看到網路上那些令我難過的評語，到最近終於能釋懷，當成那是他人對我的作品的回應，應該要心存感謝。就算受到批評，雖然心裡很受傷，但會想說至少我的作品有人看。

6. 假如下面這個問題顯得失禮，那很抱歉，但是我很想問，您是否擔心過「寫不出來」？如果從來沒有，那是否可以說您是自信心很強的人呢？假如真的擔心過，那怎麼處理這種情緒問題？

伊坂：我當然有擔心自己寫不出來的時候，總是想「完了，我寫不出來了」。讀到別人寫的很好的作品時也會喪失自信，就像乙一的《ZOO》。看到乙一作品時，我真的很震撼。我只見過他本人一次，但是當我跟他說了這件事後，他只說聲「啊，是嗎」還有「謝謝」就結束了。還有就是我看到書店內擺滿書籍的時候，就會覺得就算我不寫還是有其他許多作品，那自己不寫也無所謂。

7. 在非得表明身分的場合，你通常怎麼介紹自己？提到自己在寫作時，會不會害羞或緊張？別人對於您的職業是否有過「奇怪到值得一提」的反應？

伊坂：我通常會介紹自己是「文字工作者」。因為如果說自己是作家的話，人家通常會問你寫了哪些作品，那樣不是很討厭嗎。

8. 老師寫的許多小說雖然多多少少帶有某些奇幻元素，書中人物的活動範圍卻還是在「現實世界」。那麼，老師是否想過要寫個完全架空的奇幻或科幻世界？或者老師反而覺得這樣很……不好玩？

伊坂：因為我對那樣的世界不是很了解，會感到害怕而寫不出來。但是我很喜歡奇幻元素，所以還是會把它放進作品裡。我想，處於奇幻與現實的中間地帶這點，大概就是我的作品魅力之一吧。

9. 既然寫過《死神的精確度》，您……是否也想像過自己的死亡場景？（真是個觸楣頭的問題）那……是什麼樣的呢？

伊坂：沒有耶。但是最近我常常在睡前想說自己會不會就這樣死了？會不會就一覺不醒？然後害怕得睡不著。但這不是想像自己的死亡場景，只是害怕。

陳蕙慧：是在小孩出生之後才變成這樣嗎？

伊坂：大概是吧，會害怕自己不知道還能守護孩子多久。

10. 如果您有機會反問讀者問題，而且這些讀者中了魔法，所以一定會據實回答，在這種狀況下，您想問什麼？

伊坂：我想問讀者：「我的作品真的有趣嗎？」「跟乙一比起來，誰的作品比較有趣？」或者是問宮部美幸女士：「您說的是真心話嗎？」

讀者 molly 問

1. 老師作品中的專業知識是如何獲得的呢？

伊坂：這真的不是自謙，但我是從零開始，都是讀了書、學習相關知識之後才寫的。但有些新知真的很難，我也沒有自信到底能夠理解到哪種程度。因為知道的不是很詳細，搞錯是常有的事。

2. 老師筆下的角色都有自己的特色，在下筆描寫這些角色時，老師都是如何捕捉角色的神韻呢？

伊坂：我都是一邊寫，一邊等靈感出現。並不會參考什麼資料，也沒有什麼理由，都是想到什麼就寫什麼。

3. 在寫作時，老師都是如何找尋新靈感呢？在找尋的過程中，是否曾經發生過令自己印象深刻的經驗呢？

伊坂：我最近都是藉著和別人聊天來找尋靈感，像是跟編輯聊天。以前會一邊聽著隨身聽散步，一個人找靈感。最近都靠跟別人聊天，有一次是去理髮時和設計師聊起來，然後就想到了一些有趣的點子。

4. 老師的作品類型相當多變，最喜歡的作品和角色是哪一個呢？

伊坂：這很難回答，所有的作品我都喜歡，但記憶最深刻的還是《重力小丑》。另外，因為最近《モダンタイムズ》才剛出版，所以這是我目前最滿意的作品。至於我最喜歡的角色，我總是回答「黑澤」。還有陣內我也很喜歡。

5. 如果老師下一步新的作品要出國取材，會想到哪一個國家呢？

伊　坂：我很不習慣去其他地方，所以都一直待在仙台。啊，這個問題應該要回答「台灣」喔。

陳蕙慧：這是個陷阱題。

伊　坂：那就是台灣。（笑）另外，我得到新潮社的新人獎時，獎品是旅遊券，就去了紐西蘭。紐西蘭是個很宜人的地方，跟仙台很像。那裡有很多羊，讓人心情十分悠閒，有機會的話我還想再去一次。

陳蕙慧：台灣的台中跟仙台也很像。

伊　坂：那有機會的話，我也想去台中看看是什麼樣的地方。

6. 老師作品的草稿完成後，通常是誰第一個閱讀到的呢？

伊　坂：在小孩出生前都是我太太第一個看的。但在小孩出生後，原稿總是被擺在那裡，因為太太沒時間幫我看，所以編輯就變成第一個看的了。

7. 當老師在路上被讀者認出來時，反應通常會是大方承認，和讀者寒暄，還是三十六計走為上策呢？

伊　坂：我會和讀者寒暄。因為換個立場想，對方來認人也是需要勇氣的。要是我否認了對方不是會覺得很落寞嗎？所以我通常還是會寒暄幾句。

8. 老師在成為作家前和作家後，生活最大的改變是什麼呢？是更加低調度日，還是一如往常呢？

伊　坂：我的生活還是一樣沒有改變，日常就是寫小說。不過雖然這麼說，現在有一半的時間是在照顧孩子。除了照顧孩子之外，就是寫小說。以前大半的生活是在忙SE的工作，剩下的一小部分才是寫小說還有太太的事。現在工作上只要想小說的事就好了。

9. 在《死神的精確度》一書中，熱愛音樂的死神這個角色的靈感是由何而來呢？

伊　坂：我覺得死神在唱片行試聽音樂的點子很有趣，那種分不清是現實還是幻想的地方感覺不錯。我自己也會覺得，要是自己想聽的CD一直被別人占用是很討厭的，會想跟對方說：「你有完沒完啊。」不過如果對方是死神就說不出口了。我是出於這樣的想法寫的。

10. 老師最喜歡的作家是誰呢？

伊　坂：這很難回答，像莫言、大江健三郎我都喜歡。還有島田莊司，我年輕時很喜歡他。

讀者潑螺絲問

1. 《重力小丑》中的春，假如繼續學習藝術的話，他會是怎樣的藝術家呢？是在京都畫日本畫？還是去紐約鬼混？或者到義大利研習古典藝術？

伊　坂：我沒有想到這種程度。春只畫一些普通的東西，應該比較接近日本畫，不到大眾流行藝術的地步吧。還有我也很喜歡像保羅・克利

（註）跟畢卡索那種可愛風格的作品，不過那又太時髦了，跟春的風格不一樣，春是為了自己而畫的。我覺得春應該到最後會足不出戶，為了自己而畫，等他過世後作品才會被發現。

2. 老師寫作時喜歡怎樣的環境？是要求絕對安靜，禁止打擾，還是會在外頭的咖啡館窩上一整天？

伊　坂：我都是在星巴克寫作。

3. 出版社的編輯去拜訪老師時，該帶什麼點心當禮物？（我不認識您的編輯，純粹只是好奇……）

伊　坂：帶一些我太太喜歡的點心，像是甜點的吧。

讀者 KUMADE 問

1. 在《重力小丑》裡有一幕我很喜歡，喜歡到偶爾想起還會不禁微笑，就是當泉水的爸爸因為迷惘，而不禁問神明自己該如何是好時，卻聽到神怒吼著「你自己想」的那一幕。我想問老師，當初會這麼寫的契機是什麼？老師是否也曾聽到過神明的怒吼呢（笑）？

伊　坂：我沒有特別的宗教信仰，但有時候還是會想跟神明求救。可是我想神明是不會配合我來回答的，所以「你自己想」的這個答案是比較好的。我覺得這樣的答案反而讓人輕鬆，會覺得「啊，還是應該自己想」，我想這點是很重要的。

2. 在《奧杜邦的祈禱》一書中，伊藤最後發現荻島所缺少的東西是音樂，而在《死神的精確度》裡，死神千葉與他的同事們也非常熱愛音樂，請問對老師來說，音樂也是如此嗎？是可以心無雜念地傾聽、可以拯救世界般的存在嗎？

伊　坂：我不像大家所想的那麼熱愛音樂，也不認為音樂是全世界最棒的東西。我覺得日常和旁人的對話反而更重要。但是我對音樂懷有極為強烈的憧憬，也常常在聽音樂時產生靈感，所以作品自然就變成這樣子了。因為不能把音樂整個收進小說，所以我便常用小說描寫音樂。

陳蕙慧：所以你在寫作時會聽音樂嗎？

伊　坂：不會，因為聽日文歌曲的話，會把歌詞和自己想的東西混在一起。

3. 看完《死神的精確度》後，有件小事一直掛念在心。在〈旅途中的死神〉一文中，千葉用森岡吃牛排的方式來吃紅蘿蔔。因為我很喜歡紅蘿蔔，所以每次吃紅蘿蔔時想到都會笑出來。請問老師喜歡紅蘿蔔嗎（笑）？

伊　坂：雖然我不討厭，但也不是很喜歡。但聽到讀者喜歡這個場面，我覺得很高興。

註：保羅．克利（Paul Klee，1879—1940），瑞士裔德國畫家。知名的作品包括Fish Magic（魚的魔術）和Viaducts Break Ranks等，畫風深受超現實主義、立體主義和表現主義影響。

仙台紀行——採訪好青年伊坂幸太郎緣起

文／王淑儀

「……作者大致上已同意貴社的提案，唯上述幾項恐無法配合，是否無礙計畫的進行？」

這是在〇八年夏天，某次颱風假後，一片信海中撈到的一封回信。看到標題時，已讓我心跳加速。Yes or no，心裡緊張得不得了，有點膽怯不敢開信。讀到這句話時，心跳應已飆到一五〇，第一個反應是跑去Clain（林毓瑜）大人身邊嚷嚷：「好青年同意要接受我們的採訪了耶……」，然後像個阿呆似的手舞足蹈地說：「怎辦，好緊張呀！他幹嘛答應呀？」Clain及其他部門的同事笑著恭喜我，但我腦袋只有一片空白。怎麼辦？真的要去採訪好青年伊坂幸太郎了……

仙台商店街一景

去仙台採訪伊坂幸太郎是前一年，〇七年Clain提出的企畫，還在獨步的部落格上募集了讀者的問題要給伊坂老師（嗚……拖了這麼久還沒有給大家回音，真是過意不去……），但那年老師因為新作的進度（即後來的《Golden Slumbers—宅配男與披頭四搖籃曲》）無法配合，而就這麼石沉大海。

到了〇八年開春，不知老大是不是終於對幾隻萎靡不振的bubu看不下去了，就要我們想想：如果只有今年的時間，我們能在獨步做一件大事，那大家最想做什麼？那時我終於也才有了時間緊迫的真實感，我心中慷慨激昂地想立刻直奔仙台，就算是在仙台車站守株待兔，也要堵到老師……（嗚，對不起，笨bu只會用笨方法。）後來和維特祖及Clain聊起這事，才發現原來想去採訪好青年的，不止有我一個，他們倆也是躍躍欲試。

於是我們決定再次向好青年提這事，只是身為聯絡窗口的我，卻一直無法執行這項任務，原因是某次在一篇採訪報導中看到好青年提及，自從他的作品漸漸受到讀者喜愛以來，有太多人說喜歡他的作品，太多出版社想要向他邀稿，但他無法判斷對方是客套話還是真心。這段話讓我十分膽怯，我不斷問自己，要如何讓好青年感受到我們的真誠與熱情？要如何讓他安心？

和兩位同事約好六月提案，卻一直到了八月還沒有交出去。當時因為獨步週年慶邀請乙一老師來台，整個活動非常成功，還沉浸喜悅中的Clain不經意地說：「好希望好青年也能來台灣，像乙一老師一樣玩得開心。」我默默地抓了抓頭，心中明白這次不成功，大概就真的沒有機會了，總得想辦法非讓這個提案成功不可。

於是我從好青年最信任的新潮社編輯新井先生下手。新井先生是伊坂出道來合作至今的責編，在採訪中好青年提到，對作家而言，作品就像是自己的孩子一樣，但新井先生比好青年更在意他的孩子，有人稱讚，新井先生會比他這個親生父親還高興，有人批評，新井先生比他還難過。我很羨慕他倆的

好青年母校東北大學一隅

關係如此親近，也很高興好青年有個這麼好的編輯陪伴，我們才有幸讀到這麼有趣的作品。剛好獨步下一本準備要推出的《Golden Slumbers》這本書正是由新潮社出版，也是由新井先生擔任責編，因此我們重新提出申請採訪，並希望好青年及責編新井先生能夠一

▶ 走來走去的小貓熊。柵欄真的很低，要把牠偷抱走一點都不難……

▼ 仙台每一家書店都是伊坂支持者，隨意經過一家，就看到門口堆了兩桌好青年作品，讚！

起來聊聊這部作品。

不知是不是受到伊媚兒裡夾帶著我們這些high咖的熱情感召，好青年與責編都同意接受採訪。於是兩個月後我們便直奔仙台，時間正巧是《Golden Slumbers》裡發生爆炸案的十一月下旬。白天氣溫還算涼爽，下午四點過後，太陽下山少了日照，空氣凍得刺骨，但凜冽中帶有種清爽的氣息，不虧是好青年所在的仙台。（high咖的自high point 1）

兩天之內，我們跑遍伊坂書中出現的每一個景點，在仙台車站的投幣式置物櫃翻找被關起來的神明；在市郊的動物園看見安睡在樹上的小貓熊，確認沒有小朋友把牠偷抱走；在廣瀨川河濱遇見的是一群在假日午後打棒球的小學生，而非全身溼漉漉的落湯雞；仙台市中心的銀行也因非營業時間，沒有搶匪可以帥氣地走進去說：「這是搶劫……」。每到一個地方我都忍不住四處張望，深怕好青年正迎面走來而我們卻不自知。

終於到了採訪當天，從東京前來陪同我們採訪的新潮社版權部長木村先生先到採訪地點與我們會合，不久他即接到電話，是新井先生帶著好青年到了。我只記得我喃喃地向身邊的維特祖說：「待會兒我若衝上去巴住好青年，你就把我打昏吧」，之後即強作鎮靜地開始工作。（一直到採訪完，好青年也帶我們走完仙台市區一圈，工作結束為止，別說是巴住好青年，我連他的手都沒摸到，各位請放心。）

《重力小丑》中出現的場景，好青年說這面牆以前真的塗滿塗鴉呢！

若要為好青年給人的印象下註解，我想「人如其書」應該是最貼切的形容詞。尤其是在我們採訪責編新井先生的第二段訪談時，一旁啃著三明治（據說為了接受採訪，好青年那天直到下午五點多才吃第一口食物），一邊與新井先生唱雙簧的好青年，更是將他俏皮、爽朗與青春活力的一面表露無遺。

在兩個多小時的專訪中，從創作題材的轉變、對熱血青春的喜愛到筆下那些衝突卻十分迷人的角色設定，好青年均侃侃而談。除了作品之外，也聊到了從工程師轉行成專業作家的經過，以及身邊一些長輩對他無厘頭的寫作風格的反應，一次又一次地讓現場所有人爆笑不已。

在二〇〇八年結束之前，我們完成了年初對自己許下的願望，也終於對喜歡好青年的讀者有了交代。不論你原先是否為好青年的書迷，相信這次的採訪內容，一定可以讓你更加認識這個友善開朗的好青年，歡迎你一起加入好青年後援團。

獨步專訪
伊坂責編新井久幸

時　間：二〇〇八年十二月一日
受訪者：伊坂幸太郎、新潮社編輯新井久幸
訪問者：獨步文化總編輯陳蕙慧、副總編輯戴偉傑

《奧杜邦的祈禱》（日文書封）

戴偉傑：今日非常榮幸能採訪知名作家伊坂老師以及名編輯新井先生，希望兩位也能放鬆心情接受我的訪問。

新　井：我是很放鬆，反倒是您比我還緊張（笑）。還是我應該緊張一點比較好？

戴偉傑：不用不用，這樣很好。首先想請教新井先生的第一個問題是，您與伊坂老師是如何認識的？又是在什麼樣的契機之下成為伊坂老師的責編？

新　井：嗯，其實也沒有什麼特別的契機，當初伊坂投稿參加我們公司的新人獎——新潮推理俱樂部獎，現在這個獎項已經停辦了，當時伊坂的參賽作品就是後來的《奧杜邦的祈禱》。我們新潮推理俱樂部獎共舉辦了五屆，最後一屆的得獎作品就是《奧杜邦的祈禱》。那時候，只要是作品進入最終決選名單的作者，社內都會指派責任編輯負責後續事宜，而責編通常會在得獎名單發表之前與作者取得聯繫，即使沒得獎，也會和作者說，希望你明年再接再厲之類鼓勵的話，其實就是一般的作業程序。我記得那屆的最終入圍者有五位，各作者的責編都是由主辦部門負責最終入圍評選的工作人員擔任，通常是最推薦某本作品的人便負責該作者。當時我成為《奧杜邦的祈禱》的責編，而伊坂在仙台工作，剛好要到東京出差，於是我們第一次碰面便約在新宿，那是他出道前的事了。所以我會成為伊坂的責編，純粹是因緣際會。

戴偉傑：請問當時您進入新潮社幾年了？

新　井：當時是二〇〇〇年，所以我進公司七年了。

戴偉傑：相當久呢。

伊　坂：但是你進公司第幾年才開始當小說的編輯？

新　井：開始編小說大約是第三年……不，第二年。因為新潮推理俱樂部獎的工作我只參與了第四和第五屆，所以是進公司第二年之後開始接觸小說。

伊　坂：你之前是負責非小說類雜誌的編輯工作吧。

新　井：嗯，之前是在雜誌編輯部編月刊。

戴偉傑：所以您一開始的編輯工作並不是小說而是雜誌？

新　井：是的，而且還是和小說完全無關的雜誌編輯。可是比起雜誌，我更喜歡小說，一直很想從事與小說相關的工作，後來也轉調到出版單行本的部門，能調去那兒我還滿開心的。

陳蕙慧：想請教您看到伊坂老師作品的第一印象？

新　井：我當時心想，這個人寫的故事還真怪（笑）。話說我們第一次見面的時候，我好像曾經這麼告訴伊坂，我說他的稿子進入最終決選，可是大概不會得獎吧。為什麼這麼說呢？因為我不知道評審們會怎麼看這個故事。投稿作品當中並不乏主流性強、完成度高的作品，一般的反應也都覺得好看；但我覺得，能寫出這麼一則怪故事的人，將來說不定前途無量。我們社內有不少人很支持他，大力推薦他進入最終決選，也很希望他能在入選後一直寫下去。當時包括我、書評家吉野仁先生——也就是在第一輪選拔中第一位讀《奧杜邦的祈禱》的評審，後來他也為《奧杜邦的祈禱》的文庫本寫了解說；還有一位是在《小說新潮》擔任總編輯的高澤先生，在我們三人的強力推薦之下，《奧杜邦的祈禱》才進入了最終決選。

伊　坂：他初次見面就潑我冷水呢。（嘟嘴）（全員爆笑）好像這份工作接得心不甘情不願似的。（全員爆笑）

陳蕙慧：但新井先生您在書腰上不是給了這部作品很高的評價嗎？所以您第一次閱讀時，其實是大為驚豔吧？

（註：新井先生曾在書腰上寫道：「小說這個領域，還是很有看頭的！」）

新井、伊坂：您指的是《重力小丑》的書腰吧。

陳蕙慧：原來如此，不是出道作《奧杜邦的祈禱》啊。

新　井：出道作《奧杜邦的祈禱》的書腰是另一句話。

戴偉傑：您初次見到伊坂老師時，有何感想？覺得伊坂老師本人和他作品給人的感覺像嗎？

新　井：我在見面之前多少有些想像，畢竟這個人的小說裡出現了會說話的稻草人，不知道到底是什麼樣的人會寫出這種東西呢？（笑）不過，見面當時並沒有受到什麼衝擊；要說是非常怪的人還是非常普通的人，嗯，這位應該算是普通人吧，大概是這樣淡淡的感覺。他給人的印象很平實，並不會讓我不知如何面對。見面前我們曾通過一次電話，我通知他入圍的事，也有過幾次電子郵件往來。畢竟伊坂當過上班族，一般來說，有過社會經驗的人，大多滿認真踏實的，所以伊坂給我的印象與其說是普通，應該說是比普通人還要認真樸實吧。話說回來，我反而很好奇這麼一個普通人是怎麼想出這些奇妙的觀點。嗯，初次見到他時，並沒有印象強烈到讓我在內心吶喊「原來他是這樣的人！」

陳蕙慧：兩位在年紀上也很相近，是嗎？

新　井：嗯，在日本通常以學年來計算，我比伊坂大兩屆，所以算是同世代的人吧。

伊　坂：我們小時候也住得很近呢。

戴偉傑：都住在千葉縣？

伊　坂：是的，分別住在相鄰的兩個市。

新　井：不過小時候當然彼此不認識啦。

伊　坂：嗯，只是碰巧出生地相同。還是你是因為這樣才選我的？（笑）

戴偉傑：兩位各自站在作家與編輯的立場，是如何相處的呢？是像朋友，還是如我們一般的刻板印象——作家很偉大，而編輯得畢恭畢敬地一邊伺候一邊催生作品？請問新井先生與伊坂老師的相處模式如何？

陳蕙慧：簡單來說，兩位是否吵過架呢？

新　井：我想應該沒吵過架吧。

伊　坂：新井先生和我是沒吵過架啦，和其他作者我就不清楚了，搞不好他和宮部美幸老師打過架哦。（笑）

新　井：才沒有呢。（笑）我們或許有意見不合的時候，但還不至於吵架。我也說不上來我們的相處模式為何，畢竟是作家與責編的關係，應該還是以作家為重吧。因為我在他出道前就擔任他的責編，他對我也很客氣，還滿好相處的，可能比後來和他合作的其他編輯要好溝通吧，不過我也不大清楚其他作家與編輯之間的相處模式如何就是了。

伊　坂：嗯，我也覺得很不可思議，說不上來我們的相處模式是什麼，又不像朋友。

新　井：對呀，不大像是朋友關係。

伊　坂：不過我剛出道時，和新井先生幾乎天天通電子郵件。啊，不是剛出道，是要出《重力小丑》的時候，那一年我們幾乎每天都以郵件往返談事情。

新　井：但有時談到後來就變成閒聊。我們其實不常碰面，畢竟分別住在仙台和東京，一年見不到幾次，彼此卻不覺得陌生。我不知道伊坂是怎麼想，但對我來說，我們是戰友、是一起努力走過來的好伙伴，在我腦中這樣的意識是很強的。我並不是為了生意而和他往來，但彼此的關係又不像朋友那麼親暱，我想，我們應該是視彼此為出版界的好伙伴，共同面對世上的種種難關、一同奮戰吧……。這樣的回答可以接受吧？（笑）

陳蕙慧：請問，伊坂老師在新潮社出版的作品都是由新井先生擔任責編嗎？

新　井：是啊，單行本都是我負責的，文庫本則是由另外一位編輯處理。

陳蕙慧：請問您總共負責了多少本呢？

新　井：《奧杜邦的祈禱》、《重力小丑》、《Lush Life》、《Fish Story》、

戴偉傑：《Golden Slumbers》，共五本。接下來想請教的是，這幾本書的封面影像，大多是一個人獨自或坐或站，形成一種很獨特的氛圍，請問這是不是您想透過封面傳達伊坂老師的某種意念呢？

新井：其實我沒有特別意識到這一點，這些封面的風格大都是後來才統一的，最初是敝社的美編讀了《重力小丑》的初稿，看了後有了靈感，便很快設計出現在所見《重力小丑》的單行本封面草稿。後來當然經過了一些修正，總之，最後採用的便是這幅三谷龍二先生的作品，當時也沒預設之後的作品封面是否會延續這種風格。後來在《重力小丑》出版的那年年末，剛好《奧杜邦的祈禱》要出文庫本，我們覺得不妨全部採用三谷先生的作品來統一風格，便請三谷先生提供許多既成的畫作，我們再從中挑選，之後就決定文庫本的封面都請三谷先生幫忙了。

戴偉傑：嗯，伊坂老師的作品中，就屬新潮社出版的最有系列感。

新井先生覺得自己和伊坂是戰友

《Fish Story》、《Lush Life》（日文書封）

伊坂：對呀，那些封面所營造出來的氛圍都很棒，我也很喜歡呢。雖然不像我剛提到的溫柔而悲傷，但很有氣氛。雖說是偶然選中這位插畫家，但能跟他合作真是太好了。

新井：文庫本的部分是有意識地統一，但最初在做《重力小丑》時真的只是偶然。

戴偉傑：我們曾看過某篇採訪，伊坂老師在採訪中說，新井先生比他自己更重視他的作品。想請問新井先生，對您而言，伊坂老師的作品最大的魅力是什麼？

新井：這個很難一語道盡。我一直以來很想看到的作品，其實並不是過去小說既有的模式。具體來說，對上上一代的人來說，也就是比我們年長二十歲以上的人，當時男人的娛樂就是吃喝嫖賭，那是那個時代的男人的美學，或者說是當時男人應有的姿態；接著到了我們的上一代，也就是年長十歲的人，他們的生活方式也常在作品中呈現，主題則換成了性、毒品與暴力，但我總覺得那樣的世界與自己格格不入。我也喝酒，卻不會一個人喝悶酒，雖然旁邊有人陪著喝酒感覺也不錯，但我不是特別愛喝酒，不抽菸，也不愛去銀座有小姐坐檯的酒店。（你知道我說的是什麼地方嗎？）嗯，雖然被女生包圍很開心，但也不必那麼刻意吧（戴偉傑：而且又那麼花錢），我也不渴望有名車代步。我們對這些事情沒興趣，但老一輩的人無法理解，只覺得我們怎麼都不懂得享樂。但對我來說，我覺得有其他更有趣的事情，也不覺得自己這樣的想法比老一輩的人劣等，可是這些就算對老一輩的人解釋，他們也不懂，其實彼此都無法理解對方吧。我希望這些無法用言語解釋的思想能夠轉化成作品、轉化成故事，雖然在日本，會讀這種作品的人仍是少數，也無所謂。我一直很想讀的書，就是對著老一輩的人大喊：「喂！你們那一套已經過時了啦！」的作品，但一直沒有一部作品能夠滿足我，直到我讀了《重力小丑》，第一次覺得，終於讀到了屬於自己這個世代的故事，這就是我最喜歡伊坂作品的地方，或者說是讓我最感動的地方。我不大會表達，但伊坂的故事裡，有種無法訴諸言語、屬於我們這個世代的氛圍與社會百態。再怎麼說，作家是寫故事的人，但並不是將一些敍述、將各個角色的對話湊起來就能形成所謂的故事，而是由許許多多相關聯的有趣事件集結成一個完整的故事，這才是我想要讀的作品。啊，說是自己想讀的，有點太任性了，雖然事實就是如此。不知這樣的回答您能理解嗎？

戴偉傑：應該算懂吧。（笑）

伊　坂：我在寫《重力小丑》之前，曾經和新井先生說過，在日本（在台灣是否也一樣，我不大清楚），大家會說感動＝令人落淚，但我認為感動並不絕對等於令人想哭。令人想哭的故事不一定就是好故事吧？我覺得也可以是「很感動，但不一定落淚」，就是那種令人內心翻攪的感動吧。不過話說回來，新井先生讀了《重力小丑》之後，好像也哭了。（大笑）總之，我是刻意朝那個方向去寫的。

戴偉傑：新井先生是不是常在老師寫作的過程中給予許多有趣的建議呢？

伊　坂：嗯，他還滿常這麼做的。

新　井：不過大多是些抽象的意見啦。

伊　坂：例如《重力小丑》裡，有一幕媽媽在賽馬場買票，那就是新井先生的點子。

新　井：與其說是我的點子，其實只是我想知道那位媽媽生前的故事，有點像是「番外篇」感覺的小插曲。嗯，我提出的大概都是這類不上不下的要求吧。

伊　坂：本來沒有媽媽出場的，是新井先生說他想看，我才寫出賽馬場那一幕。

新　井：因為那位媽媽老是以亡者的身分在對話中被提到，實在太可憐了，我只是從一個小讀者的角度對伊坂提出要求，說我想知道更多她生前的故事。大概是在這樣的狀況下提出來的吧。

戴偉傑：兩位似乎是透過腦力激盪，一邊討論一邊完成作品呢。

伊　坂：他常會針對我完成的稿子給建議。您讀了《Golden Slumbers》了沒？最後主角寫了一封「變態都去死」的信給他的父親，那整段都是新井先生的建議。初稿並沒有那段，是新井先生說你覺得加這段如何，我也覺得很不錯，就寫進去了。

陳蕙慧：原來如此。我很喜歡那段呢！

伊　坂：很多人都說很喜歡那段，真是多虧有新井先生在……

新　井：因為我想讓主角的爸爸安心嘛。

伊　坂：「變態都去死」這句話本來只出現在故事前面的部分，新井先生建議將這句話用在結尾的信中，也獲得了很大的迴響，害我這下心情很複雜……（笑）

新　井：我沒想那麼多啊，想到什麼就說了。

伊　坂：嗯，加了那段之後，整個故事變得好多了。

《Golden Slumbers》（日文書封）

新　井：我真的只是想到什麼建議就說出來，沒想到伊坂把它寫成這麼棒的一幕。明明是自己提的意見，讀了那一段，自己也哭了，很奇妙的感覺。

戴偉傑：那是因為您身為旁觀者，能夠客觀地看待整個故事，比較看得出在什麼地方加什麼比較好吧。

伊　坂：嗯，像是稍微站遠一點綜觀整個故事的感覺。

戴偉傑：那麼，老師作品中的所有登場人物，新井先生您最喜歡哪一位？

伊　坂：對呀，有嗎有嗎？

新　井：嗯……好難喲……，應該是黑澤吧。

戴偉傑：黑澤啊。

伊　坂：黑澤算是我第一個放進許多想法設定的角色，可能也是我們倆一開始就一致認同覺得寫得不錯的人物。

戴偉傑：是因為和新井先生自己的個性很像嗎？

新　井：沒那回事啦！（笑）黑澤這個人啊……怎麼說呢……

戴偉傑：是您的理想典型？

新　井：也不是，我沒有想要變成他，也不大可能變成那樣的人吧。

陳蕙慧：黑澤真的有瞬間移動的超能力嗎？

伊　坂：沒有啦（笑），只是我想要有個「來去一陣風」的角色，而且讓讀者覺得這個人真的有瞬間移動的超能力，也滿好玩的。後來因為新井先生覺得黑澤的故事很有趣，我自己也很喜歡，就想說不如讓他再度登場吧。

新　井：有了黑澤這個角色存在的好處是，若將故事視為二次元空間，唯有黑澤這名登場人物是處於三次元空間，便能透過他俯瞰所有的事物。

戴偉傑：《奧杜邦的祈禱》裡面好像出現過

類似的台詞。

伊　坂：您說的是那個「偵探」吧。

戴偉傑：沒錯沒錯。

新　井：所以，以這層意義來看，黑澤是一個單獨處於異次元的角色。也不知道這樣是好還是壞，而且黑澤本人也沒有意識到這一點，好像有點可憐，感覺他會看到一些別人看不到的事情，而且他似乎缺乏身為人類很重要的某些東西啊。不過，總歸一句，他還是很帥就是了。

陳蕙慧：黑澤與《沙漠》的西嶋個性很相似，是嗎？

伊　坂：會嗎？黑澤與西嶋？

新　井：倒是常有人說西嶋與《孩子們》的陣內很像。

陳蕙慧：好比他們都很愛說話？

伊　坂：呵，也沒有啦，只是西嶋是個有點怪的人，在各方面。

戴偉傑：新井先生覺得伊坂老師作品的讀者大多是什麼樣的族群呢？

新　井：我想應該是較年輕一代的吧。

戴偉傑：大概是國中生以上，還是高中生以上？

新　井：畢竟一般來說，會讀文庫本或單行本的國中生並不多，所以我想應該是高中以上的年齡層吧。不過，過去主要的讀者群是年輕人，最近卻意外地發現，很多年紀不小的人也是伊坂的讀者。可是我想，對於伊坂的作品最能產生共鳴的讀者，應該還是和我們同世代的，二、三十歲左右的人吧。雖然我之前沒想過這問題就是了。

戴偉傑：接下來這個問題，有點難以啟齒……

伊　坂：要問我的感情世界？（笑）

戴偉傑：並不是，是關於《Golden Slumbers》……

伊坂、新井：喔……

戴偉傑：《Golden Slumbers》獲頒書店大獎及山本周五郎獎後，再奪得直木獎的呼聲甚高，但聽說老師婉拒了直木獎提名，是真的嗎？而且……

伊坂、新井：您想問那個時候我們是不是處於對立狀態？

戴偉傑：是的。

伊　坂：我被他揍得慘兮兮的。（笑）

新　井：我罵他在搞什麼鬼！（笑）

戴偉傑：不覺得可惜嗎？

新　井：不會耶，我們早就不經意地聊開這個話題了。

伊　坂：嗯，這件事情讓我覺得不大舒坦，所以找新井先生聊過。如果是其他人擔當責編的書，我可能不會提出這樣的要求，單是要讓責編理解我的想法就很不容易了。由於是新井先生擔任責編，我才能這樣直言拒絕。

新　井：我不認為擠進排行榜或得獎有那麼重要。當然，有的話很令人開心，但那並不代表一切，所以當初伊坂婉拒提名時，我沒有什麼意見。不過，其實這件事不應該浮上檯面，這才是問題所在。對此我倒是有很多想說的，原本編輯的工作便是提供作家能夠專心工作的環境，若出現了妨礙作者工作的情況，就需要由編輯出面排除。既然作家覺得被提名會干擾寫作，那麼光這個理由便十分充足了，完全沒有對立的問題。

伊　坂：不知道耶，我和新井先生說我想辭退直木獎時，他好像一點也不意外，只有「哦，是喔」的感覺。

戴偉傑：因為很像老師的作風，不是嗎？

新　井：嗯，還有一個原因是，得了書店大獎與山本周五郎獎之後，要是接下來沒有獲得直木獎的提名，大家本來就會胡亂臆測是不是有什麼內幕。

伊　坂：原先我們認為，大家會猜這本書已得了兩個獎項，所以不再入圍直木獎之類的，辭退提名應該不會有什麼問題才對，沒想到竟然上了新聞，事情反而變得棘手了。原本是不想太出名才婉拒的，卻變成新聞話題，完全反效果，實在是太好笑了，連我自己都嚇了一跳。

新　井：時機不對也有關係吧。

伊　坂：新潮社裡除了新井先生之外，大家都很生氣吧。

新　井：我在公司裡都沒提這件事，總是模稜兩可地和大家說「我不清楚喲」。（笑）

伊　坂：還好那屆的得獎作也是新潮社出版的。

新　井：雖然我也不大清楚，但感覺這件事似乎扯平啦。總之，我不認為得獎是必要的，如果我非常在意得獎的事就另當別論，偏偏我不這麼想。

木　村：這件事情在台灣也成為新聞了嗎？

新　井：是其他國家的文學獎，應該不至於吧？

戴偉傑：不過，只要是老師的書迷，大概都會上一些日本網站拚命搜尋相關新聞吧。

戴偉傑：最後一個問題。除了伊坂老師以外，新井先生還負責哪些作家呢？

新　井：若從獨步的出版品來看，相同類型的作家目前有島田莊司老師在《週刊新潮》上連載《God of Mystery》，談的是台灣人也許不大知道的一位浮世繪大師──寫樂的故事。傳說中寫樂另有其人，但還不知道結局。以探討寫樂本尊為主題的推理小說其實還滿新鮮的，大約明年或後年會出版吧。其他還有恩田陸、道尾秀介，再來就是米澤穗信等。

戴偉傑：幾乎都是推理作家呢。

新　井：也不完全是。

伊　坂：但還是以推理居多。

新　井：確實不少，其他還有本多孝好、有栖川有栖等。

戴偉傑：那您負責的作家當中，有沒有像伊坂老師這樣出色的作家呢？

新　井：每一位都很出色吧。（笑）

伊　坂：好像年輕作者居多？

新　井：每個作家都有各自的銷售實力和知名度，剛才提到的是我覺得很有才能、也樂於合作的對象。

戴偉傑：有沒有您覺得台灣讀者也會接受，想推薦給我們的作家呢？

新　井：嗯，這問題滿難的，像道尾秀介的讀者就很多，米澤穗信也有不少支持者……

戴偉傑：那麼，推理小說之外的作家呢？

新　井：一定要是由我負責的嗎？

戴偉傑：不是也沒關係。

新　井：我還滿喜歡連城三紀彥的，雖然不是我擔任編輯，而且是位老作家。

戴偉傑：啊，麥田曾出版過連城老師的《情書》。

新井：不是由獨步出版？

戴偉傑：麥田是我們的另一家出版社。

新井：我覺得連城老師是位非常優秀的作家。

戴偉傑：最近才剛出了作品。

新井：沒錯，您也注意到啦。

陳蕙慧：接著我有三個問題想請教，不知方不方便。

新井：好的，沒問題。

陳蕙慧：請問您是從作品的什麼地方判斷，一位新人作家將來可能成功呢？

新井：其實沒特定的準則，完全是依我個人喜好，這和會不會暢銷無關，只以作品我是否喜歡及是否想與這個人合作決定。不管多厲害的暢銷作家，如果我自己沒感覺，就無法共事；相反地，若是自己喜愛的作品不暢銷、不被讀者接受，我會不開心，會拚命想辦法推銷。確實有那種一看就覺得會暢銷的有趣書稿，但最後仍得看是否想跟這位作者合作。遇到預感會暢銷、但自己並未特別感動的作品，大部分時候我會想說算了，反正還是會有別人簽下他。

戴偉傑：最重要的還是要自己喜歡。

新井：這是一定的。編輯中意與否，對方也感受得到。而且，既然是自己喜歡的作品，日後也會心甘情願為它賣命。

陳蕙慧：那麼，在培育新人作家時，您會希望他以哪位作家做為目標努力嗎？

新井：不會耶，如果要以「成為某某第二」為目標，至少得達到跟對方差不多的水準，單成為某某第二的話，那不是有某某就夠了嗎？自己的名字若無法成為一個品牌，那還滿糟的。光以某個人為目標，不管怎麼努力，也只能做到表面相像，大家還是會覺得某某本人的東西最有趣。因此我不大會去想這個問題，應該也無法向作家開這樣的口吧，比如要他學島田莊司之類的。（笑）

陳蕙慧：您是想讓作家將自己的能力發揮到極致嗎？

新井：我屬於放任型的編輯，只會請作者寫他自己想寫的東西，大概是因為，我相信要發自內心才能創作出最有趣的作品；而萬一作者寫了想寫的，市場反應卻不佳，那就是真的不行，只能放棄了。與其考量現在流行什麼而妥協，還不如讓作者將想寫的東西全寫出來，畢竟好不容易才成為作者、以自己的名字出書，我比較喜歡這樣的作法。我覺得這才是作家，但不曉得在別人身上適不適用，總之我不會做太多要求。

戴偉傑：平常在與作家討論時，會說「我們這次來寫這個主題吧」之類的話嗎？

新井：不會耶，頂多偶爾提出我想看什麼樣的故事，倒不會具體地表示「我想到什麼，這次就以這個做主題吧」之類的。因為作者通常不會馬上有時間和我合作，有時得等個一、兩年才有機會，畢竟大家手頭還有很多稿子在進行，也不知確切合作的時機。況且，到了那時，難保對原先談到的主題還會有興趣，因此合作時以作家想動筆的題目創作是最好的。所以，在真正合作前，我不會想著希望請作家寫什麼，或者說也無法這麼要求吧。

陳蕙慧：台灣出版業界有個地位很崇高的詹宏志先生，十分欣賞伊坂老師。他曾說過，伊坂老師就像日本推理界的村上春樹。由於村上先生是台灣最早引進的日本現代作家，以村上先生比喻伊坂老師，可見詹先生期待伊坂老師將來會更加發光發熱。那麼，伊坂老師的作品，現在已有了韓文版、中文繁體字版，將來還有出其他語言版本的計畫嗎？

新井：《Golden Slumbers》已授權美國，正在翻譯，大約後年會出吧。

新井、伊坂：這是最早授權海外的版本呢，我們也覺得不妨試試看。

新井：書訊上寫著日本版的ＪＦＫ（甘迺迪遇刺案），美國人好像很有感覺呢。

戴偉傑：其他作品也會有美國版嗎？

新井：會先看這本的反應再考慮吧。

伊坂：嗯，對這件事情我也覺得心情很複雜呢。我很害怕自己寫的東西一直擴散。在日本，我十分在意讀者會怎麼讀我的書、會不會有人因此而受到傷害，但我實在無法想像美國人的心情，覺得有點可怕，滿難受的。

陳蕙慧：您的作品十分國際化，我想其他國家的人也很容易接受吧。

伊坂：這樣的話就好了。

新井：你好像不常寫到關於日本獨特的風俗之類的、外國人難以理解的橋段吧？好像只有偶爾出現一些。

伊坂：有的話，說不定對外國人更有吸引力哦。好比多出現一些「富士山」、「切腹」、「藝妓」之類的字眼，書名就取做《藝妓小丑》、《富士山小丑》，或是《富士山Slumbers》之類的。（笑）

重力小丑（日文書封）

戴偉傑：書名通常是由誰決定呢？（新井手指伊坂）果然是老師。

伊坂：我不先決定書名，就無法動筆。《重力小丑》最初只想好了書名，我寫信問新井先生的意見，他也很隨性，回信只在主旨上寫著「這書名不錯」。（大笑）

戴偉傑：可是一開始只看到封面的讀者，說不定會捕捉不到作者想表達什麼，這一點不知您考慮過嗎？

伊坂：原來會有這樣的問題呀？

新井：但相反地，也會引起讀者的好奇心，想說「這是在講啥？」

戴偉傑：所以是特別設計的嘍？

新井：一開始沒有特別的喜好、品味等問題，好比《重力小丑》這個書名，不覺得很琅琅上口嗎？我不清楚其他人是不是這樣。雖然並非一眼便能看懂的書名，不過總覺得挺有趣的，至少不是一個想很久才擠出來的書名，倒像是很多元素綜合在一起產生的。

戴偉傑：打開伊坂老師的作品時，常看到引用字典的解說。

新井：那是我個人的興趣。（笑）

戴偉傑：是喔，幾乎每本都有，讓人很好奇呢……

新井：像是《Lush Life》。

戴偉傑：《Lush Life》、《Golden Slumbers》、《Fish Story》等都是。

新井：《Lush Life》出版時，很多人跟我反應這樣還滿有趣的，所以算是食髓知味吧。（笑）

戴偉傑：原來如此。

新井：很多人不知道《Fish Story》這個書名是什麼意思，原先是想傳達一語雙關的妙處，但光這樣也不怎麼有趣，便再動了些手腳，感覺是個奇怪的故事。另外，應該也有些讀者不懂《Golden Slumbers》的書名是什麼意思，才會加上那些說明。

戴偉傑：這或許已成為伊坂作品的特色了，尤其是新潮社出版的作品似乎都會附上很像出自字典的解說。

新井：說不定沒必要加。

伊坂：都是新井先生一廂情願加上去的啊。

新井：搞不好伊坂老師很討厭呢（笑），但也沒辦法嘍。

伊坂：不會呀，基本上都是交給責編決定。

陳蕙慧：請你們給彼此一句話形容對方？

伊坂：也許無法一語道盡。我的想法較負面，新井先生則剛好相反。我們能如此互補，我覺得非常開心。我常想，我的書內容很奇怪，應該不會有什麼人想看吧，但新井先生會告訴我「明明很多人喜歡」，雖然不曉得他這說法的根據何在。

新井：我是有根據的。

伊坂：此外，當有人批評我的作品時，我會很落寞且情緒低落，但他會暴跳如雷，火冒三丈，我們之間就是能夠達到某種平衡。他可說是個很直接、很熱情的人吧，從未見過他冷淡的一面。

戴偉傑：原來是個熱情的人哪。

伊坂：該生氣的時候就會生氣。

新井：這樣算熱情嗎？

戴偉傑：新井先生常對老師發脾氣嗎？

伊坂：與其說是對我，還不如說是對我們之外的第三人。但他又能冷靜地分析為何某一本書會不暢銷，好比有一回我們討論到《奧杜邦的祈禱》。見到他這樣，我也安心許多。

新井：我對伊坂老師的看法不是三言兩語說得清楚的。我一直覺得他很厲害，也非常勤勉，努力讓自己寫出來的書一本比一本有趣。有時候這不是靠努力就能達成，畢竟每個人認定的「有趣」不同。但他筆下的內容絕不會重複，每部作品都是他的心血，不是隨便寫寫就算了。還有，他成為暢銷作家也不自傲，和以前完全沒兩樣，除了對於暢銷這件事情感到十分困惑外，他這個人毫無改變，仍舊很謙虛，這點很難得。

陳蕙慧、戴偉傑：今天非常謝謝兩位接受我們的專訪，辛苦了。

伊坂大測驗一〇〇

文／顏九笙

「《連結》是幅很好的畫。」在兩人最後一次交談之際，他仍舊稱讚了志奈子的新作，他也察覺到志奈子在其中灌注的理念。「這幅畫有接力的意思吧。人生的目的就是為了交棒給某個人。我的今天必定與他人的明天有所連結。」——《Lush Life》

「你怎麼哭了？」千穗說。我這才注意到自己正在流淚。「不曉得。」我用手擦去眼淚。事實上，我也不清楚自己為什麼要哭，只說：「因為，大家都是連在一起的。」——〈透明色北極熊〉

「你們雖然覺得掃興，……覺得像這樣保持距離、獨善其身，過著普通人生就好……。但是，這樣的人生怎麼可能會好呢？尼采不是也說過嗎？『縱然與孤注一擲的劍士及滿足的豬保持同等距離，也不過是平庸罷了。』」——《沙漠》

就算我們自己渾然不覺，人與人之間仍然隱隱彼此相繫，互相影響。既然如此，當你眼前有人遇難的時候，為何還要袖手旁觀？歡迎來到伊坂幸太郎的世界！

現在就來試試身手，看看你是否充分了解伊坂世界的運作法則……。看過書就會寫的簡單題45題，稍微需要一點綜合判斷的普通難題40題，還有需要查資料觸類旁通的超級難題15題，考試開始！

簡單題：

1. 死在動物園的世上最後一隻旅鴿，名字叫做什麼？
A. 馬莎 B. 賴瑞
C. 傑克 D. 山姆
E. 布萊安

2. 在《孩子們》裡面，鴨居第一次碰到陣內時，陣內唱的是誰的歌？
A. The Beatles
B. The Rolling Stones
C. Bob Dylan
D. Brian May
E. Charlie Parker

3. 不丹的國語是什麼語？
A. 宗喀語 B. 英語
C. 藏語 D. 梵文
E. 康家語

4. 畢卡索的祭日同時也是下面哪一位角色的生日？
A. 鈴木 B. 藤木一惠
C. 奧野春 D. 成瀨
E. 奧野泉水

5. 在《蚱蜢》中，名叫鯨的殺手唯一讀的一本書是？
A. 《惡靈》

B. 《查拉圖斯特拉如是說》
C. 《復活》
D. 《罪與罰》
E. 《風沙星辰》

6. 《Golden Slumbers》裡的警官佐佐木一太郎，容貌長得像哪位名人？

A. 畢卡索　B. 甘地
C. 高達　D. 比爾．蓋茲
E. 保羅．麥卡尼

7. 「後代子孫一定難以置信，地球上曾走過這樣的一個血肉之軀。」這句話形容的是誰？看過《重力小丑》就知道喔……

A. 愛因斯坦　B. 甘地
C. 艾西莫夫　D. 埃及豔后
E. 耶穌

8. 《Lush Life》卷首的插圖，是哪一位畫家的作品？

A. 梵谷　B. 夏卡爾
C. 畢卡索　D. 艾雪
E. 德布西

9. 《Lush Life》裡的佐佐岡，為了哪部電影錯過自己的畢業典禮？

A. 《小兵》
B. 《二〇〇一太空漫遊》
C. 《鬼店》
D. 《壓抑》
E. 《李爾王》

10. 《孩子們》裡的永瀨養了一隻狗，牠的名字叫做？

A. 貝絲　B. 雷蒙
C. 三毛　D. 黑柴
E. 小花

11. 《天才搶匪盜轉地球》裡的車子「格魯申卡」，典故是出自哪位作家筆下的小說？

A. 杜斯妥也夫斯基
B. 托爾斯泰
C. 海明威
D. 三島由紀夫
E. 東洲齋寫樂

12. 「若是否定了性，人類何以為繼？如此一來，我們豈將不復存在？」「那麼，為何我們非存在不可？」在《重力小丑》中，泉水與春兄弟倆背誦的句子是出自哪本小說？

A. 《查泰萊夫人的情人》
B. 《惡靈》
C. 《罪與罰》
D. 《戰爭與和平》
E. 《克魯采奏鳴曲》

13. 在〈死神的精確度〉中，唱片製作人提到了一位名人「凱薩琳．費麗兒」（Kathleen Ferrier），她從事的是哪種職業？

A. 鋼琴家　B. 歌劇演唱家
C. 客訴專員　D. 演員
E. 舞蹈家

14. 《重力小丑》中提到，梵谷觀賞某幅畫時，說出：「給我一塊麵包就好，我想在這幅畫前坐上兩星期。」這幅畫是？

A. 《夜巡》
B. 《草地上的午餐》
C. 《蒙娜麗莎》
D. 《抱銀貂的女子》
E. 《猶太新娘》

15. 在《沙漠》中，五位好友常去吃飯的中華料理店，哪一種食物不好吃？

A. 麻婆豆腐
B. 薑燒豬肉定食
C. 拉麵套餐
D. 豬肝炒韭菜定食
E. 炸雞塊定食

16. 《Golden Slumbers》裡，青柳和大學同窗們一起打工的地方是？

A. 電視台　B. 快遞公司
C. 煙火工廠　D. Hello Work
E. 電器公司

17. 在《沙漠》中，北村等人畢業時，校長的致詞內容最後是？
A. 有人在遠方遇難了，不能對這眾多的災難袖手旁觀。
B. 人類這種生物，會為了與自己無關的不幸而煩憂。
C. 人生中最大的奢侈，是緊密的人際關係。
D. 天助自助者。
E. 以上皆非

18. 《奧杜邦的祈禱》中，稻草人優午生於哪一年？
A. 一八五七　B. 一八五三
C. 一八七六　D. 一八五五
E. 一八一二

19. 《家鴨與野鴨的投幣式置物櫃》中，椎名會唱的Bob Dylan歌曲是哪一首？
A. 〈Blowing in the Wind〉
B. 〈Like a Rolling Stone〉
C. 〈All Along the Watchtower〉
D. 〈Come Together〉
E. 〈Dear Prudence〉

20. 《蚱蜢》中的殺手老闆岩西，最崇拜的偶像是？
A. 米克・傑格
B. 保羅・麥卡尼
C. 布萊安・瓊斯
D. 傑克・克里斯賓
E. 亞森・羅蘋

21. 《孩子們》裡面，陣內如何了結與生父的恩怨？
A. 對簿公堂
B. 連夜搬家
C. 被父親逐出家門
D. 脫離父子關係
E. 揍了他一拳

22. 「好友啊！我的一生就是不斷說謊，連敘述事實的時候也不例外。」在《天才搶匪盜轉地球》裡，祥子引用的這句話出自哪本書？
A. 《惡靈》　B. 《罪與罰》
C. 《卡拉馬助夫兄弟們》
D. 《戰爭與和平》
E. 《李爾王》

23. 《家鴨與野鴨的投幣式置物櫃》中的椎名，家裡做的生意是？
A. 咖啡店　B. 書店
C. 鞋店　D. 花店
E. 寵物店

24. 在《Lush Life》中，崇拜神祕人物高橋的團體叫做什麼名字？
A. 高橋真理教
B. 高橋教祖祈禱團
C. 沒有名字
D. 名偵探大人萬歲
E. 二十一世紀偵探團

25. 在《奧杜邦的祈禱》裡，靜香會使用的樂器是？
A. 吉他
B. 三味線
C. 長笛
D. 中音薩克斯風
E. 低音薩克斯風

26. 在《奧杜邦的祈禱》中，轟大叔在地下室裡藏著什麼？
A. 薩克斯風
B. 音響和喇叭
C. 被綁的肉票
D. 屍體
E. 什麼也沒有

27. 在《重力小丑》裡，春和泉水的媽媽買了一張馬票，下注的馬匹名稱叫做？
A. 千葉　B. 青春之泉
C. 泉水汪洋　D. 小春皇后
E. 春風舞者

28. 《沙漠》裡的牛郎禮一，他的本名是？
A. 伊藤禮一　B. 山田一夫
C. 長谷川純　D. 佐藤一郎
E. 書裡沒寫

29. 〈孩子們II〉裡面，武藤在哪裡終於確定大和修次是稱職的父親？

A. 銀行　B. 仙台街頭
C. 家裁所　D. 拉麵店
E. Live House

30. 在《Golden Slumbers》中，青柳過去任職的貨運公司以什麼動物作為吉祥物？

A. 小熊貓
B. 品種不明的貓
C. 米格魯
D. 北極熊
E. 黃金獵犬

31. 「人生悲劇的第一幕乃是由成為親子開始。」《孩子們》裡面被輔導的志朗同學很喜歡的這句話，是引自哪本書？

A. 《手推車》
B. 《羅生門》
C. 陣內收集的公廁塗鴉名言集
D. 《山椒魚》
E. 《侏儒的話》

32. 在〈死神VS.老婆婆〉裡，千葉用什麼方式替老婆婆招攬客人上門？

A. 發給小朋友「死神卡」
B. 發錢
C. 用美色吸引客人上門
D. 採取哀兵策略，告訴客人理髮廳即將歇業
E. 以上皆非

33. 在《天才搶匪》系列裡，響野每次搶銀行時都會說的話是？

A. 浪漫理想在哪裡？
B. 馬戲團要轉往下一個城市。
C. 不要動！
D. 以上皆是
E. 以上皆非

34. 根據《沙漠》裡鳥井的說法，搏擊起源於哪一種武術？

A. 泰拳　B. 空手道
C. 詠春拳　D. 跆拳道
E. 少林拳法

35. 《奧杜邦的祈禱》裡，優午腦袋裡的小蟲有什麼作用？

A. 代替耳朵
B. 電流的替代物
C. 發聲系統
D. 視覺系統
E. 以上皆非

36. 在《家鴨與野鴨的投幣式置物櫃》中，椎名提到一句話：「法律系最難熬的是第二年。」這句話本來是誰說的？

A. 大江健三郎
B. 三島由紀夫
C. 河崎
D. 麗子
E. 山田

37. 在《沙漠》中，西嶋打工的大樓名稱，讓人聯想到哪部電影？

A. 《小兵》
B. 《李爾王》
C. 《蠻牛》
D. 《二〇〇一太空漫遊》
E. 《南極物語》

38. 在《孩子們》裡面，武藤把家裁調查官比喻成什麼樣的人？

A. 棒球裁判
B. 奇蹟創造者
C. 審判者
D. 棒球選手
E. 暗藏手槍的牧師

39. 在《天才搶匪面面俱盜》中，遇到幻女的藤井，在喝酒之前吃了什麼想避免酒後健忘？

A. 德國豬腳
B. 羅宋湯
C. 西班牙海鮮飯
D. 匈牙利紅椒
E. 日式咖哩飯

40. 在《Golden Slumbers》裡，平野晶到底幾歲？

A. 二十八又四分之一歲
B. 三十一．二五歲
C. 四歲又三二七個月
D. 永遠二十歲
E. 以上皆非

41.「伊坂幸太郎」這個筆名，與哪位作家前輩有關？
A. 山田風太郎
B. 西村京太郎
C. 江戶川亂步
D. 島田莊司
E. 以上皆非

42. 在《蚱蜢》裡，鈴木和妻子相遇的地方是？
A. 廣島 B. 東京
C. 仙台 D. 橫濱
E. 福岡

43.《奧杜邦的祈禱》贏得了下列哪一個獎項？
A. 書店大賞Best 10
B. 第五屆新潮Mystery俱樂部獎
C.「這本推理小說了不起！」Best 10
D. 山多利推理小說大獎
E. 吉川英治文學新人獎

44. 在《重力小丑》中，黑澤半開玩笑地說，要他供出祕密的話該怎麼做？
A. 拔指甲
B. 用針刺
C. 敲爛膝蓋
D. 用火燒
E. 割爛他的名牌皮衣

45. 在《重力小丑》裡提到，「埃」這個單位是來自某位科學家的名字，這位科學家是哪一國人？
A. 英國 B. 美國
C. 奧地利 D. 德國
E. 瑞典

Q 普通難題：

46. 伊坂小說裡沒有出現過下面哪種動物？
A. 狗 B. 貓
C. 北極熊 D. 小熊貓
E. 穿山甲

47.「未來寫在神明的食譜（菜單）裡。」在伊坂小說中，這句話最早是由誰說出來的？
A. 伊藤 B. 櫻
C. 日比野 D. 泉水
E. 鈴木

48.《Lush Life》書裡出現的同名歌曲，歌名到底是什麼意思？
A. 華麗的人生
B. 醉漢的人生
C. 匆促的人生
D. 以上皆是
E. 以上皆非

49. 在《家鴨與野鴨的投幣式置物櫃》裡，椎名幫忙搶到的是什麼書？
A.《廣辭苑》 B.《廣辭林》
C.《大辭林》 D.《國語辭典》
E.《言海》

50.《孩子們》的〈銀行〉篇裡，陣內唱了一首歌撫慰害怕的婦人，這首歌是？
A.〈Hey Jude〉
B.〈I Saw Her Standing There〉
C.〈Gone With the Wind〉
D.〈Like a Rolling Stone〉
E.〈Yellow Submarine〉

51.《沙漠》中西嶋奉為圭臬經常引用的作品，是下面的哪一本書？
A. 聖艾修伯里的《小王子》
B. 杜斯妥也夫斯基的《罪與罰》
C. 聖艾修伯里的《風沙星辰》
D. 威廉．艾利許的《幻女》
E. 尼采的《查拉圖斯特拉如是說》

52. 在伊坂的眾多作品中，下面哪個角色沒偷過東西？

A.《孩子們》中的木原志朗
B.《Golden Slumbers》中的青柳
C.《沙漠》中的西嶋
D.《蚱蜢》中的鈴木
E.《Lush Life》中的黑澤

53. 最常到其他作品裡客串的伊坂小說主角是哪位？

A. 河原崎　B. 伊藤
C. 黑澤　D. 春
E. 田中

54. 在《死神的精確度》中，被千葉摸到而折壽的有幾個人？

A. 6　B. 3
C. 7　D. 5
E. 4

55. 有哪一個伊坂筆下的角色，曾經明確表示討厭爵士樂？

A. 東堂　B. 岩崎英二郎
C. 鈴木　D. 泉水
E. 千葉

56. 《Golden Slumbers》裡，青柳加入的社團叫做？

A. 搖滾樂同好會
B. 射箭社
C. 歷史研究社
D. 速食調查委員會
E. 青少年飲食文化研究會

57. 《Lush Life》裡黑澤討厭福爾摩斯和湯姆・沙耶的原因是？

A. 沒有理由
B. 他們都想追捕罪犯
C. 他們都喜歡冒險犯難
D. 他們都抽菸
E. 他們都對東方人不友善

58. 在《天才搶匪》系列裡，響野經常哼唱哪位作曲家寫的聖母頌？

A. 古諾　B. 莫札特
C. 舒伯特　D. 貝多芬
E. 舒曼

59. 在《家鴨與野鴨的投幣式置物櫃》中，家鴨比喻的是誰？

A. 麗子
B. 多吉
C. 琴美
D. 寵物殺手
E. 河崎

60. 下面哪一樣不是所有死神的共通特徵？

A. 能夠竊聽電波
B. 一出任務就下雨
C. 喜愛音樂
D. 必須戴手套才能觸碰人體
E. 要在七天內做出放行與否的決定

61. 在《Golden Slumbers》裡，逃亡期間青柳不曾到過的地方是？

A. 阿一家
B. 教科書倉庫大樓
C. 醫院
D. 三浦的藏身處
E. 稻井家

62. 在《蚱蜢》中，是誰對殺手鯨指出「未來是依神明的食譜決定的」？

A. 岩西　B. 田中
C. 伊藤　D. 黑澤
E. 春

63. 在〈暴風雪中的死神〉裡，第一個死者是被誰所殺？

A. 真由子
B. 田村幹夫
C. 權藤
D. 浦田
E. 英一

64. 在《Golden Slumbers》裡，三浦認為人類最大的武器是什麼？

A. 豁出去的決心
B. 夢想
C. 習慣與信賴
D. 笑

E. 非暴力抵抗

65.《天才搶匪》系列裡，天才扒手久遠討厭什麼東西？
A. 大話　D. 墨西哥
B. 大象　E. 以上皆非
C. 鳳梨

66. 在《家鴨與野鴨的投幣式置物櫃》中，誰最先發現河崎去醫院的原因？
A. 麗子　B. 椎名
C. 多吉　D. 琴美
E. 以上皆非

67. 按照《蚱蜢》的內容，鯨開始從事逼人自殺的工作以來，總共殺死了多少人？
A. 36　B. 35
C. 34　D. 33
E. 32

68.〈戀愛與死神〉裡，騷擾古川朝美的人是怎麼查出她的地址？
A. 跟蹤古川朝美
B. 挨家挨戶按門鈴
C. 他本來就有古川朝美的詳細住址
D. 不小心發現的
E. 打電話到披薩外送店

69.《沙漠》裡的小南，沒有成功用超能力移動過的物體是什麼？
A. 汽車　B. 保齡球
C. 湯匙　D. 碗
E. 白板筆

70. 下面哪一個人沒殺過人？
A. 櫻　B. 小堇
C. 鯨　D. 虎頭蜂
E. 蟬

71. 雙股螺旋每旋轉一周的間距是？
A. 23微毫米
B. 32埃
C. 34×10^{-10}公尺
D. 34奈米
E. 0.0000034公釐

72. 在《蚱蜢》裡，鈴木遇到了一對可愛的小兄弟，問了他許多問題。以下哪個問題是小兄弟沒有問過的？
A. 有事嗎？
B. PK是什麼意思？
C. 土撥鼠會戴墨鏡吧？
D. 你在做什麼？
E. 長毛象的肉可以生吃嗎？

73. 在《Golden Slumbers》裡，以下哪一位人物沒有幫忙青柳逃亡？
A. 凜香
B. 小野一夫
C. 保土谷康志
D. 三浦
E. 菊池將門

74. 在《Lush Life》裡，豐田發現被搶劫的郵局員工毫不抵抗就逃走，為什麼？
A. 遵照郵局員工作業指南的指示
B. 以為是演習
C. 因為警察來了
D. 他們接受了黑澤的勸告
E. 假裝逃走以便去按警鈴

75. 在《死神的精確度》裡，死神會隨著工作對象不同而改變年齡和外型。請問在哪一篇裡千葉的年齡設定最小？
A.〈死神的精確度〉
B.〈死神與藤田〉
C.〈戀愛與死神〉
D.〈旅途中的死神〉
E.〈死神VS.老婆婆〉

76. 以下哪一件事，和優午說過的話無關？
A. 伊藤寫信給前女友
B. 馬尾女孩把菜刀跟奶油送給伊藤
C. 轟在河邊撿水泥磚

D. 櫻成為島上公認的制裁者
E. 若葉製作陷阱

77. 在《沙漠》中，西嶋「沒有」用過什麼東西胡牌？
A. 一筒　B. 文鳥
C. 南　D. 大樓
E. 這些東西他都用過

78. 在《孩子們》的〈獵犬〉篇裡，到底是誰被比喻為獵犬？
A. 搖滾樂手
B. 陣內
C. 這不是比喻，就是指真正的獵犬
D. 某公司老闆
E. 耳機男

79. 在《家鴨與野鴨的投幣式置物櫃》裡，按照琴美的說法，想要活得快樂，只要遵守兩件事就行了。一件事情是「不要計較小事」，另一件事情是？
A. 眼見為憑
B. 心煩就去揮棒練習場
C. 多逛動物園
D. 不要按喇叭
E. 看到有人遭遇困難就出手幫忙

80. 在《奧杜邦的祈禱》裡，日比野家的傳家寶是什麼？
A. 奧杜邦畫作
B. 藍白拖
C. 藍色條紋毛巾
D. 腳踏車
E. 沒有這種東西！

81. 在《Lush Life》中，河原崎作畫時的背景音樂是什麼？
A. 凱斯・傑瑞特的鋼琴
B. 滾石樂團的專輯
C. 披頭四的專輯
D. 雷蒙合唱團的專輯
E. 佐佐岡播放的巴布・狄倫專輯

82. 「攝影就是真理，而電影就是每秒二十四格的真理。」伊坂在某本小說裡引用了這句話，這是出自哪部電影的對白？
A. 《小兵》
B. 《二〇〇一太空漫遊》
C. 《羅莉塔》
D. 《阿爾伐城》
E. 《鬼玩人》

83. 承上題，這句話出現在哪一部作品？
A. 《天才搶匪面面俱盜》
B. 《沙漠》
C. 《蚱蜢》
D. 《Golden Slumbers》
E. 《天才搶匪盜轉地球》

84. 伊坂的小說中，影像化版本最早上映的是？
A. 《孩子們》
B. 《家鴨與野鴨的投幣式置物櫃》
C. 《天才搶匪盜轉地球》
D. 《死神的精確度》
E. 《重力小丑》

85. 在《蚱蜢》裡，蟬用什麼東西來說明「有些東西就算沒見過，還是存在」？
A. 德川家康　B. 旅鴿
C. 鴨嘴獸　D. 殺手業界
E. 小熊貓

Q 超級難題：

86. 下面哪些角色應該互相沒見過面？
A. 響野與椎名
B. 黑澤與伊藤
C. 伊藤與泉水
D. 千葉與春
E. 以上皆非

87. 伊坂小說中的田中，是個什麼樣的人？
A. 右腿不良於行的前心理諮商師
B. 不到三十歲的青年的竊聽配鎖專家
C. 三十多歲的中年愛鳥人士

D.以上皆是
E.以上皆非

88.《天才搶匪》系列中的響野提過的事情裡，下列哪些是他自己掰的？
A.身體內的DNA全部串起來，總長度可以從地球拉到太陽。
B.自閉症這個疾病是在一九四三年才由精神病學家李歐・卡納（Leo Kanner）在雜誌上首度發表。
C.一九六一年，太空人蓋加林望著太空船的窗外說了：「地球是藍色的！」
D.以上都是
E.全都不是

89.以下的披頭四歌曲，哪一首不曾出現在伊坂的作品中？
A.〈Here Comes the Sun〉
B.〈Dear Prudence〉
C.〈Hey Jude〉
D.〈The End〉
E.〈Run for Your Life〉

90.導演加百列・卡索（Gabriel Casselle）的名片《壓抑》（*Oppression*），贏得下列哪一個影展的獎項？
A.阿姆斯特丹影展
B.坎城影展
C.威尼斯影展
D.以上皆是
E.以上皆非

91.「我希望比任何人都快——比寒冷、比每一個人、比安卓美妲都快」，響野引用的這句話，是哪位音樂家說的？
A.查理・帕克（Charlie Parker）
B.李・摩根（Lee Morgan）
C.阿部薰（Kaoru Abe）
D.凱斯・傑瑞特（Keith Jarrett）
E.約翰・柯川（John Coltrane）

92.「你們受人支配嗎？還是發號施令？你們在前進嗎？還是在後退？」《沙漠》中西嶋引用的這段歌詞，是哪個樂團的曲子？
A.披頭四
B.雷蒙合唱團
C.衝擊樂團
D.Richard Hell
E.The Pretty Things

93.承92題，這首曲子的歌名到底是什麼？
A.〈Come Together〉
B.〈White Riot〉
C.〈London Calling〉
D.〈Rocks Off〉
E.〈Howling at the Moon〉

94.在〈透明色北極熊〉裡，主角姊姊高中時的音樂家男友最喜歡一首披頭四的歌，其中一段歌詞是「天空藍藍的，太陽高高的」，請問歌名是？
A.〈I Saw Her Standing There〉
B.〈Dear Prudence〉
C.〈Dear Wack!〉
D.〈Michelle〉
E.〈Here Comes The Sun〉

95.下面哪一個角色，不曾被形容成狗？
A.春
B.日比野
C.多吉
D.以上三人都曾被形容成狗
E.以上三人都不曾被形容成狗

96.在《重力小丑》中，春做過下面這些事。請問哪一件事的行為動機和其他事情不同？
A.拉著哥哥一起去雞冠男的家
B.反覆看高達電影
C.在筆記本上寫下人名
D.在病房裡放桃子
E.模仿哥哥的動作

97.在《蚱蜢》中，鈴木的妻子說：「誰都不記得〇〇樂團裡有□□這個人不是嗎？」你記得她指的是哪個樂團的什麼人嗎？以下關於○○樂團跟□□，請挑出正確的選項：

A. □□是○○樂團的創團者，該樂團就是由他命名的。
B. ○○樂團是《死神的精確度》中黑道份子栗木的最愛。
C. □□在自家門口遇刺身亡。
D. □□曾經出現在安迪．沃荷以○○樂團為主角的半紀錄片中。
E. □□是○○樂團原本的主唱。

98. 在《蚱蜢》裡曾經提到，高達曾經拍過一部叫做《一加一》（*One Plus One*）的電影，內容與某一首歌有關，請問這首歌是？

A.〈Brown Sugar〉
B.〈Sympathy for the Devil〉
C.〈You Never Give Me Your Money〉
D.〈巴哈無伴奏大提琴組曲〉
E.〈Paint It, Black〉

99. 伊坂曾寫過一篇短篇小說〈動物園的猿人〉，其中一名主角在《Lush Life》中以鬼魂（？）的身分登場。以此為基準，請問各位，〈動物園的猿人〉中的主要事件跟《Lush Life》中的主要事件相距幾年？

A. 5年　B. 4年
C. 3年　D. 2年
E. 資料不足，無法推算。

100. 以下是《Lush Life》中發生的諸多事件，哪一件事情發生時間最早？

A. 京子接到丈夫要求離婚的電話
B. 舟木的公寓遭人闖入
C. 豐田拿著咖啡券兌換咖啡被拒
D. 高橋在電視上說：「睜開你的雙眼，我還活著。」
E. 黑澤與佐佐岡共度一夜

A 解答篇

1. A　2. C　3. A　4. C
5. D　6. E　7. B　8. D
9. B　10. A　11. A　12. E
13. B　14. E　15. B　16. C
17. C　18. D　19. A　20. D
21. E　22. A　23. C　24. D
25. E　26. B　27. D　28. D
29. E　30. C　31. E
32. B（「死神卡」這招是電影版才有的，請別弄錯。）
33. B（搶完離場前的必說台詞）
34. A　35. B　36. B　37. C
38. E　39. D　40. B　41. B
42. A　43. B　44. C　45. E
46. E　47. C　48. B　49. B
50. A（〈銀行〉篇裡沒寫出歌名，但在〈孩子們I〉中有說。）
51. C（請見《沙漠》的參考書目，比對便知。）
52. D
53. B（伊藤出現在《奧杜邦》、《Lush Life》、《重力小丑》及〈動物園的猿人〉四篇作品裡；跳樓的爸爸河原崎是出現在《Lush Life》及〈動物園的猿人〉；黑澤出現在《Lush Life》與《重力小丑》；春出現在《重力小丑》及〈旅途中的死神〉；田中，見第87題說明。）
54. D（為了避免爆雷，請自己數。XD）
55. A
56. E（別名「速食之友會」）
57. D
58. C（雖然響野曾提到古諾跟莫札特的〈聖母頌〉，但他永遠只唱舒伯特的作品。該作品在《重力小丑》中也提到了，合理推論：伊坂老師愛這首曲子吧？）
59. B（「家鴨」對於日本人來說反而是外來種，所以比喻的是多吉。）
60. B（這是千葉自己的特色，別無分號。）
61. B　62. B　63. B
64. A（三浦的答案和森田森吾講的不一樣，請注意。見《Golden Slumbers》p.409）
65. C　66. A

67. A
（線索：梶議員的祕書是第三十三號，接下來……）
68. E 69. B 70. B 71. C
72. D 73. B 74. D 75. A
76. D 77. C
78. A（負責「取回」的任務）
79. D 80. C
81. A
（雖然河原崎也聽到隔壁飄來的Bob Dylan，卻「不是」佐佐岡放的喔。）
82. A 83. E 84. C 85. B
86. B
雖然伊藤在《Lush Life》裡被提到，但黑澤和伊藤應該沒有見過面，黑澤是透過同學佐佐岡的敘述，才聽到伊藤的故事。
選項A的《天才搶匪》系列的響野是《家鴨》中椎名的姨丈（見《家鴨》p.236）。
選項C的伊藤與泉水是在青葉山的危橋邊相逢，彼此不曾交換姓名。伊藤描述了他在荻島的經驗。（《重力小丑》p.292-294）
選項D，在〈旅途中的死神〉裡，死神千葉與正在塗鴉的春聊得相當來勁。
87. D
伊坂作品中有好幾個「田中」，應該是完全不同的人（或者處在不同的平行世界？）只是剛好都行動不便。《奧杜邦的祈禱》的田中右腳有先天性問題，是一位性情溫和的愛鳥人士，看來大概三十來歲。《天才搶匪》系列裡的萬能田中右腳也不方便（原因不明），但是「不到三十歲」，體重上百公斤，討厭年紀比自己輕的人。《蚱蜢》裡面的田中用右手撐枴杖，可以合理推斷，又是右腳有問題；他對苦於幻覺的鯨提出建言。
除此之外，還有第四個田中。前面三位田中都有姓無名，但是《Golden Slumbers》的田中就有名字。（他的名字是？想不起來的人快去翻翻書吧！）在這個故事裡的田中一樣不能走路，然而是暫時性的，而且變成左腳了。
88. E
89. E
〈Here Comes The Sun〉在《Lush Life》裡面被豐田用來自我激勵，〈Dear Prudence〉是出現在〈透明色北極熊〉，〈Hey Jude〉出現在《孩子們》的〈銀行〉篇，〈The End〉則出現在《Golden Slumbers》裡面。
90. E
在《蚱蜢》及《天才搶匪面面俱盜》的偽．辭條解釋中登場的加百列．卡索，基本上是伊坂瞎掰出來的導演，所以當然什麼獎都沒拿過嘍。
91. C
《天才搶匪盜轉地球》裡並沒點明這句話的詳細出處，但這句話是阿部薰的名言。
92. C
93. B
《沙漠》小說裡其實沒有清楚點明這句歌詞的出處，所以只有真龐克迷才能答對喔！
94. B
小說正文裡沒有寫出完整歌名，但是歌詞是很重要的暗示。
95. D
96. E
ABCD的動機都是迷信——這樣做可以「趨吉避凶」，E卻是因為下意識對自己和哥哥是否有血緣關係而感到焦慮。BCD選項還有第二個共通點，在於為父親延壽。
97. A
這裡講的是滾石樂團的布萊安．瓊斯，他是樂團的創始人，團名也是他取的。
98. B
99. B
如果以河原崎（〈動物園的猿人〉主角，《Lush Life》裡那個河原崎的父親）的自殺事件為軸心，就可以推算出來。但很遺憾的是，這樣計算以後，伊藤的年齡會變得有點不對勁。但是本題已經限定以河原崎為計算基準，所以這個問題可忽略。
100. D
只要把《Lush Life》裡各組事件的順序整理好，答案就很明顯啦。

世界推理影像的古今觀止——
推理頻道（ミステリチャンネル）紀行

文／既晴

坐在明治大學紫紺館五樓的椿山荘Foresta餐廳（レストランフォレスタ椿山荘）裡，一邊與東京創元社前總編輯戸川安宣先生暢談推理小說，一邊品嚐過日式洋食午餐以後，我們再度回到神保町書街。

對熟悉日本推理的小說迷來說，東京創元社的名號想必並不陌生。二次世界大戰後，這家出版社翻譯、引介大量的西洋推理、科幻小說，而在一九八七年開始的新本格浪潮裡，也舉辦鮎川哲也獎、創元推理短篇小說獎、創元推理評論獎，創辦推理雜誌《Mysteries!》及「Mysteries!新人獎」，扮演了栽培創作新秀、擴大解謎推理讀者群的重要推手。

而戸川安宣先生本人，其角色更相當於已故的講談社編輯宇山日出臣，是策動新本格浪潮、振興現代本格的核心人物之一。戸川先生本身即為本格推理迷，曾創立立教大學推理俱樂部，也在傳博先生創辦的推理雜誌《幻影城》裡發表過〈江戸川亂步的少年推理世界〉等評論。二〇〇四年，本格推理作家俱樂部為表彰其特出貢獻，將第四屆本格推理小說大獎特別獎頒給戸川先生與宇山先生。

戶川先生退休之後，不減對推理小說的狂熱，仍擔任東京創元社的特別顧問，繼續為推理小說的發展而努力。這一次，在戶川先生的介紹下，我有機會得以拜訪坐落在神保町附近的「推理頻道」電視台。

《謎詭 Vol.3》曾經報導過，去年秋天，傅博先生獲得第八屆本格推理小說大獎的特別獎，他赴日參加頒獎典禮，以及深受《幻影城》影響的作家、評論家們所舉辦的「島崎博歡迎會」的實況。其實，在頒獎典禮期間，穿梭在會場並且忠實拍攝影像紀錄的，就是推理頻道。

據我所知，世界上有許多國家都有專門播放推理電影、電視劇集的電視頻道，例如美國的Encore Mystery與Sleuth、加拿大的Mystery TV（同樣的頻道，在法國叫做Mystère）、英國的Alibi、西班牙的Calle 13等頻道，在近年來有線電視頻道開始分眾化以後，這是必然的趨勢。當然，作為亞洲的推理前驅國家，日本也有一個推理頻道，來滿足廣大推理迷的視聽需求。

徒步漸漸遠離了古書名店林立的靖國大道，我們按照地址沿路尋訪推理頻道的辦公室。一路走著走著、找著找著，戶川先生開始與我面面相覷起來，因為，我們發覺已經迷失在周圍樣貌相似的大樓巷弄之間了。於是，戶川先生打了電話，聯絡上節目製作部課長川野壽裕先生，這才由川野先生帶路，一起走進推理頻道的辦公大樓裡。

我們搭了電梯直上位於五樓的辦公室，一出電梯，就見到玄關櫃台上方極為顯眼的「The Mystery」及其「深夜黑貓」標誌——當然，這是源自推理小說之父艾德格．愛倫．坡的名作〈黑貓〉（*The Black Cat*，一八四三）的符號——此外，還有張貼於兩側牆面的推理電視影集海報。

最令我目光為之一亮的，則是立在門口左側、手上提著吸塵器的人形看板——這正是亞卓安．蒙克（Adrian Monk）啊！這部自二〇〇二年在美國開播的推理喜劇《神經妙探》（Monk），塑造了嶄新的神探形象，可說是近年來最風靡本格迷的影集了。

「蒙克在日本也很受歡迎哦！」川野先

「神經妙探」蒙克與既晴。

牆面上貼著熱門影集《時空刑警1973》的海報。

生笑著說：「我們公司裡還有同事趁著休假期間，特地跑到舊金山去參觀影片裡的場景呢。」

說著說著，川野先生帶我們走進會客室，開始介紹推理頻道。

「推理頻道隸屬於SONY影視娛樂集團，從一九九八年開播至今，節目以海外推理電影、電視劇集為主，也包括一部分日本製作的影片。收視範圍含括全日本，可透過有線電視、衛星電視或寬頻電視觀賞。」

「目前有多少收視戶呢？」我問。

「大約有四百五十萬戶左右。」真是驚人的數字啊。

接著，川野先生把今年一、二月的節目單遞給我。立刻映入眼簾的，就是〈福爾摩斯傑作選〉及「一月六日，在福爾摩斯的生日密集播出！」不禁讓我會心一笑，推理頻道所播出的，是由BBC製作、傑瑞米·布雷特（Jeremy Brett）所飾演的版本。這也是公認最貼近原著精神、演員最能重現永恆名探神髓的經典版本。

翻開節目表，果然看到一月六日的一整天——從凌晨五點起的二十四小時內，持續播放福爾摩斯探案！這不免讓我想像，對福爾摩斯的忠實影迷來說，二十四小時的馬拉松式觀影，真是既甜蜜又痛苦的過程啊。

「那麼，這些影片是怎樣選出來的？」我又問。

川野先生繼續說明，推理頻道希望帶給觀眾多元化的視聽感受，選映的影片除了具備推理與解謎的樂趣外，也考慮到推理影集的歷史縱深，遠從驚悚影像大師希區考克（Alfred Hitchcock）的經典老片，近至當代的優質影集——例如榮獲國際艾美獎（International Emmy Awards）的得獎作《時空刑警1973》（*Life on Mars*）、《迷宮事件特搜隊》（*Waking the Dead*），都是「推理頻道」的搜羅對象。

再者，從熱門的美國《神經妙探》，到法國長壽影集《女刑警茱莉雅》（*Julie Lescaut*），再到澳洲與義大利合作的《警犬瑞克斯》（*Kommissar Rex*），推理頻道盡可能廣泛地匯集不同國家的影集，讓觀眾從中體驗到世界各地的風土人情。

最後，絕對不能放過的，當然是「世界名探系列」了。包括方才提到的福爾摩斯探案，還有開播十多年以來，人氣居高不下的大衛·舒歇特（David Suchet）版的《赫丘勒·白羅探案》、瓊·希克森（Joan Hickson）版的《珍·瑪波探案》、推理作家柯林·德特斯特（Colin Dexter）筆下的《警長莫爾思探案》（*Inspector Morse*），以及在英國創下最高百分之四十收視率的《米德梭默鎮謀殺案》（*Midsomer Murders*）等。

至於日本製作的推理影片，每週也有固定時段的「J Mystery」專輯，供影迷重溫過去在

對推理迷來說，這應該是「世界最棒的工作」了！

其他電視台觀賞過的影集。例如，一月份的「J Mystery」就是日本三大神探之一的《神津恭介探案》特集。

此時，編輯廣告部課長野口永美子小姐，也來到會客室，加入我們的談話。

「那麼，一部影片從篩選到播出，」我又問，「需要經過哪些程序？」

「我們會定期蒐集相關情報，留意、尋找各國的推理影集，並且開會討論，一旦決定以後，就會開始聯繫版權單位，洽談簽約事宜。等到簽約完成，接下來是正式製作影片。限於配音員及錄音設備的限制，我們並不會額外製作日語配音，因此影片的製作工作主要是字幕的翻譯。完成字幕翻譯後，再花費一到兩週的內容審定工作，並配合廣告部的文宣情報，最後才能正式播出。」

「選擇影片時的會議，會依照哪些條件來挑選？」

「在國外的知名度、影響力，而且作品具備獨特的風格，是最重要的條件。另外，近年來日本的電視頻道開始朝數位化的方向演進，為了配合高畫質視聽的趨勢，我們未來也必須將這點納入考慮。」

接著，川野先生帶著我們進入影片編輯工

作室。由於現在的影片製作全部都是透過電腦進行，搭配專業的剪輯軟體，再加上影片全都儲存成光碟，所以需要的空間並不大。工作室裡有一位正埋頭苦幹的工作人員，從旁看著他專注地操作電腦，我彷彿也獲得了一次影片製作的簡單體驗。

「節目表是如何設計出來的？」回到會客室後，我繼續問：「哪些時段該放映什麼影片，是不是有什麼經驗法則？」

「主要得配合觀眾的生活作息來製作。每天晚間七點到十一點，是所謂的『重點時段』，新作品的首次播映、最受歡迎的影集，都會在這段時間播出。」川野先生說，「至於每天深夜零時，則稱為『黃金時段』，重要的影片會在此時再次放映，專為睡不著覺的夜貓族設計。」

聽了川野先生這番話，我想「推理中毒」已深的我，恐怕不僅會變成夜貓族，還可能會變成無法睡覺的失眠族了。

「特別是新作首映的時間，得花一些時間思考。某些觀眾只要喜歡上一個節目，就會開始對鄰近時段的節目產生興趣。我們也會根據問卷調查結果來設計節目表。」

「除了推理影片之外，」我仔細審視節目

右起為戶川安宣、既晴與川野壽裕。

單，「好像也有其他類型的節目呢。」

「嗯。」川野先生回答，「我們希望可以在影片之外，提供觀眾更多的周邊情報。比方說，我們與講談社、早川書房合作，製作了『Mystery書籍導覽』，介紹推理新書情報；另外，在『Mystery會客室』裡，則會邀請來賓暢談推理。」

傅博先生參加的第八屆本格推理小說大獎特別獎頒獎典禮，實況錄影即是在「Mystery會客室」播出。每年年末，推理頻道甚至會邀集知名推理評論家票選年度傑作，透過座談會的方式來選出「爭戰的年度十大作品」，提供讀者更多的選書參考。

「對了，這個……《露娜的魔法大事典》是？」

「那是解夢節目。」

「還有這個，《穆的不可思議報告》又是……？」

「啊，這是介紹各種離奇事件、不可思議謎團的節目。」川野先生笑著說：「這是跟科幻雜誌《穆》合作的節目。即使不能像小說一樣可以合理解決，推理迷仍多半會對神祕的事物感興趣。所以我們才製作了這類比較有趣味性的單元。」

「原來如此。」

我們一邊看著節目表，一邊談論其中令我感到好奇之處，我也簡單地談到自己在錄影帶時代看過日本推理影集的經驗。原本安靜聆聽的戶川先生，此時感嘆地說：「如果可以透過推理頻道欣賞到更多古早的經典影片，那就太好了呢！」

「這也是我們一直在努力的目標。」

談著談著，這次的參訪也接近尾聲。在臨別前，川野先生贈送了特別的紀念品給我。

「推理頻道的會員，可以加入我們設立的『推理俱樂部』，我們除了會定期提供最新的影片情報以外，也會致贈有趣的紀念品給會員。」

「我特別喜歡這隻在夜裡張大雙眼的黑貓。」

「這隻黑貓的名字，叫做『謎助』。」

這些製作精美的紀念品，包括馬克杯、撲克牌、文庫本書套等等，不一而足，也令我感受到推理頻道在經營類型電視台的苦心。

向川野先生道別，與戶川先生一同離開辦公大樓，我的視野也因為看遍琳瑯繽紛的推理影像，彷彿變得更加開闊了。

■推理頻道資訊

舊址：〒101-8440　東京都千代田區神田錦町2-11　ＮＣ竹橋大樓5樓（參訪當時）

現址：〒105-0022　東京都港海岸1-11-1　NEWPIA竹芝北塔

電話：03-3233-0956

交通：地下鐵百合海鷗線竹芝站二號出口，徒步三分鐘

■參考網址

日本推理頻道｜http://www.mystery.co.jp/

戶川安宣的個人部落格｜http://blog.livedoor.jp/jigokuan/

美國Encore Mystery頻道｜http://www.starz.com/channels/encore/encoremystery/

美國Sleuth頻道｜http://www.sleuthchannel.com/

加拿大Mystery TV頻道｜http://www2.canada.com/specialtytv/mysterytv/index.html

英國Alibi頻道｜http://uktv.co.uk/alibi/homepage/sid/5003

西班牙Calle 13電視頻道｜http://www.calle13.es/

第二十九屆

橫溝正史推理大獎典禮側記

文／寵物先生

一生一次的好運

旅行經常存在許多不確定因素，而像我在東京和作家相約碰面，卻得以進入頒獎典禮會場觀摩的，大概是遇上一生只有一次的好運吧！

二〇〇九年五月廿五日，是我在日本旅行的第三天，當日天空相當晴朗，我與知名的日本推理讀者（兼部落客）玉田誠相約，在紀伊國屋新宿本店碰面。距離上次和他在台灣見面已相隔兩年，自然對這次的會面抱持興奮之情，尤其是事前得知要去參觀東京創元社，以及和知名推理作家茶叙的行程，讓我從前一晚就萬分期待，差點無法闔眼。

行程相當順利，透過玉田太太的居中翻譯，我得以和東京創元社的井垣真理小姐、戶川安宣先生，與作家二階堂黎人先生有段愉快的對談時光。原本我預定在下午茶結束後，和二階堂先生道別，並與玉田夫婦共進晚餐，最後搭上開往高知的寢台，結束這美好的一天……

豈料，在茶叙相談甚歡之際，二階堂先生問我和玉田夫婦：「我等一下要去頒獎典禮的會場，要不要一起來？」然後笑著補上一句：「橫溝正史大獎。」

台灣讀者較陌生的新人獎

生平從未觀摩過日本頒獎典禮的我，難掩內心的驚喜，答應之餘，也在腦中開始搜尋對「橫溝正史推理大獎」的印象。

這個獎對台灣讀者而言，一直處於相當陌生的位置。它是由角川書店於一九八〇年所設，以推理大師橫溝正史為名，為發掘新人所設立的文學獎，大獎的得主可以得到金田一耕助的塑像與四百萬圓的獎金。二〇〇二年，東京電視台加入成為協辦單位，該獎因此加設一個附獎——東京電視台獎，以作品適合影像化的程度選出，該附獎除了可得到一百萬圓獎金之外，並將由東京電視台改編為電視劇播放。

雖說使用本格派大師之名，但該獎的入選風格不只偏重解謎，而是包含冒險、恐怖、幻想等各式各樣的類型。然而該獎受讀者重視的程度，並不若其他新人獎來得高，且大獎得主經常從缺，歷屆得獎者日後於文壇上的發展，也不若其他獎項的得獎者來得有知名度。台灣讀者叫得出來的名字，頂多只有中譯過幾部作品的柴田芳樹、《T.R.Y.》的作者井上尚登，以及《令人討厭的松子的一生》作者山田宗樹吧。

雖說不是首屈一指，卻也是難得的機會，我們在聊到時間差不多之後，便搭上二階堂先生的愛車，朝典禮地點——東京會館出發。

各具特色的得獎作

由於並非收到邀請函的人，一行人只能靠二階堂先生帶領入場，我在入口處忐忑不安地簽上自己的日文筆名後便進入會場。席間約有一百個座位，由於我們提早到達的緣故，尚稱空曠。我挑選最後一排的位子，開始閱讀手邊資料。

本次大獎的得主，是大門剛明的作品《雪冤》（原題名《迪奧尼斯該死》），敘述過去在京都發生的虐殺命案，遭逮捕的男子即將處刑，為了替兒子洗刷冤屈，嫌犯父親不

井上伸一郎頒獎給白石薰

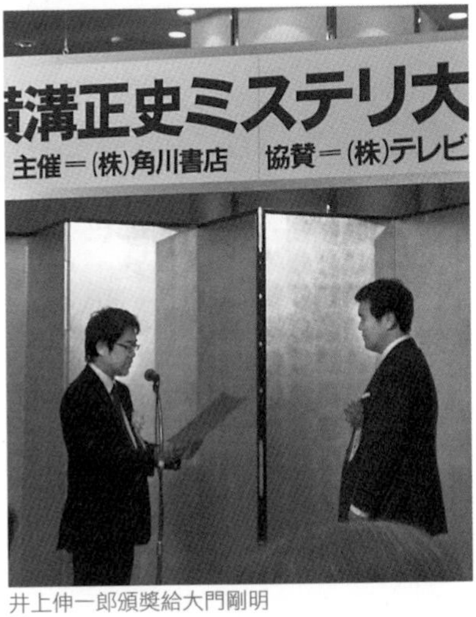

井上伸一郎頒獎給大門剛明

橫溝亮一致詞

斷奔走，追查該案的真兇「美樂斯」……。中盤開始劇情急轉直下，最後甚至出現本格推理會有的連續逆轉情節。其中洋溢著作者貫注的熱情，受到評審們的推崇。該作也獲頒本屆的東京電視台獎，像這種「雙料冠軍」的情況，之前也只有第二十五屆的伊岡瞬（獲獎作《總有一天會邁向彩虹》）達成，非常不簡單。

大獎得獎作《雪冤》

本次另有選出一位「優秀獎」（相當於佳作），得主是白石薰的《我與「她」的無頭屍體》，作者以創作輕小說出身，因此擅於凸顯角色特色，該作封面也採用輕小說插畫風。他在得獎感言中提到：「這部作品沒有這樣的角色就不成立，反過來說，沒有這部作品，這樣的角色也不會誕生。」評審之一的北村薰，也對主角性格與劇情的設計相當激賞。

莊嚴的頒獎，歡樂的晚宴

所有來賓與評審們陸續進場，我在其中看到熟悉的面孔——是在台灣出版過作品的綾辻行人先生、北村薰先生，以及坂東真砂子小姐，這三位作家同時也是這次大獎的評審（還有一位馳星周先生因故無法到場）。

典禮首先由橫溝正史的長子——橫溝亮一先生致詞揭開序幕，接著由角川書店代表取締役社長——井上伸一郎先生頒獎給大獎得主大門剛明，以及優秀獎得主白石薰，東京電視台代表也頒贈東京電視台獎，隨後由綾辻先生代表評審發表對入圍各篇的看法。最後，兩位受獎人接受獻花，所有人員拍張大合照，典禮也在肅穆的氣氛下落幕。

然而活動還沒結束，接下來，是比頒獎典禮輕鬆的祝賀晚宴。只見眾人紛紛起身，一陣整理之後，許多展示物紛紛擺置會場：除

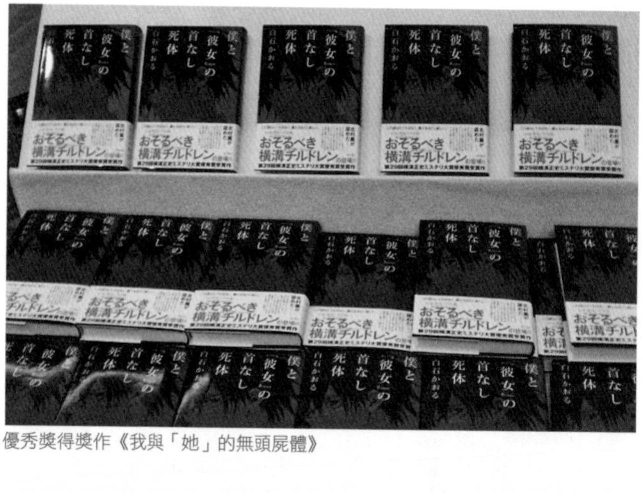

優秀獎得獎作《我與「她」的無頭屍體》

特別報導

前方由右至左依次為：橫溝亮一、白石薰、大門剛明與橫溝正史的兩位女兒，後方右一是井上伸一郎，中央是三位評審：綾辻行人（右三）、北村薰（左三）和坂東真砂子（左二）

得獎的兩部作品書牆外，還有《八墓村》、《犬神家一族》的遊戲軟體展示，以及橫溝正史作品文庫的黑白兩色新裝版本。

豪華的自助式餐點也一一出籠，許多方才位於台下的來賓紛紛走動用餐，同時剛才露面的兩位得獎者再度上台致詞，主演東京電視台星期三九點劇場《田納西華爾滋》（由上一屆的東京電視台獎作品改編）的女演員高島禮子也現身，接受記者採訪。

用餐的來賓中不乏知名作家，有森村誠一、東野圭吾、大澤在昌等人。我在席間穿梭之際，也經由二階堂先生的介紹，得以和自己最敬愛的北村薰老師交換名片、寒暄幾句，對此感到相當雀躍。不過或許是該獎規模的緣故，比起作家，業界人士與讀者等來賓還是占大多數，當然，也不乏酒店的媽媽桑們。

隨著晚宴結束時間的來到，人潮紛紛散去，我也結束了這次觀摩之行，趕往東京車站搭車。此次以一般推理迷的身分前來，無法與作家們進行深入交流，期待下次的類似場合能有更多機會，當然，也期待這些新人文學獎能選出更多優秀的作品，讓讀者們一飽眼福。

2009 獨步排行榜（1-8月）

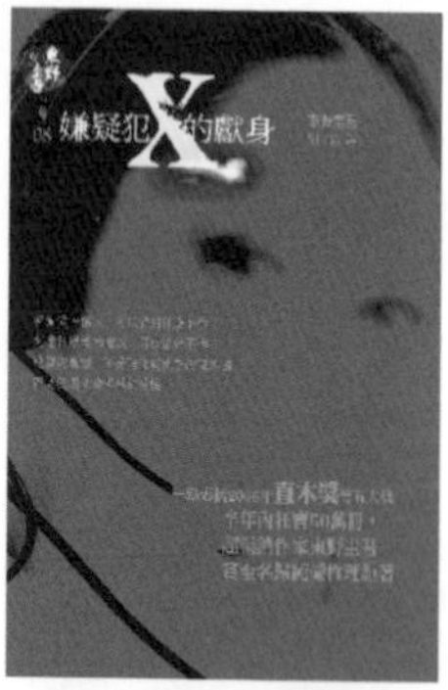

1《嫌疑犯X的獻身》

總是透過窗戶凝視隔壁女子的孤獨數學天才，和女兒相依為命於都會一隅的寂寞女子，兩道靈魂因一場偶發的犯罪交會，他決定獻出一切，只為帶給她永恆的幸福。

究竟愛一個人，可以愛到什麼地步？究竟什麼樣的邂逅，可以捨命不悔？

東野圭吾自信之作，創作生涯偉大的頂點。

2《流星之絆》

有明三兄妹深夜溜出家門看流星雨，回家後父母卻已慘遭殺害。十四年後，走上詐騙之路的三人正打算收手時，發現最後的目標竟是當年殺父仇人的兒子！然而，就要揪出兇手的前夕，妹妹卻發現自己的心已不受控制，更糟糕的還在後頭……

百變東野圭吾2008全日本最暢銷推理小說！

3《樂園》

《模仿犯》記者前畑滋子沉寂九年後，一名剛遭受喪子之痛的母親，帶著獨子生前所繪的遺作現身，再度燃起她追求真相的欲望！

困頓人世中，只要還有一點溫暖，就是樂園存在的地方。

我願排除萬惡，只為給你一座樂園，那怕只是一瞬間。

宮部美幸出道二十週年回歸自我的溫柔鉅獻！

4《分身》

這個世界上，竟然還有一個人和我長得一模一樣……

北海道與東京，鞠子與雙葉，兩名不同年齡的美麗女子擁有各自的人生，她們不是雙胞胎，卻有著比雙胞胎更難分難捨的共同命運，難道這世上真存在自己的「分身」？

大膽碰觸生殖醫學倫理面的懸疑推理長篇，溫柔剖視女性面分身之作！

5 終日（上、下）

在平靜的江戶下町，一棟鬼屋大宅的美麗女主人突然慘遭勒斃，頭號嫌犯竟是她年輕時拋棄的親生兒子。更離奇的是，她早該死於十八年前的一場意外……

這到底是無情歲月開的大玩笑？還是來自無間地獄的冷酷報復？

天才美少年弓之助・糊塗捕快平四郎攜手出馬，就不怕有解不開的謎團！

6 偵探伽俐略

少年的頭突然起火燃燒，是人體自燃？

國中生在池邊撿到人臉面具，是死者冤魂不散？

心臟麻痺的死者，其實是感染怪異疾病？

海上突然出現巨大殺人火柱，是超自然現象？

目擊命案現場的少年，竟是靈魂出竅？

五起離奇事件，隱藏在其背後細緻刁鑽的科學詭計！

名偵探搭檔「湯川＆草薙系列」第一作！

7 《Golden Slumbers—宅配男與披頭四搖籃曲》

青柳雅春突然被多年不見的老友告知自己即將成為暗殺首相的兇手，還一頭霧水，警方卻已不擇手段地展開追捕，他只有不斷地逃、逃、逃……。一路上，各方人馬情義相挺，他最終會栽在莫名的命運作弄中，還是順利逃出重圍？

「好青年」伊坂幸太郎熱血、痛快淋漓的黑色幽默劇！

8 《白夜行》套書（新版）

一九七三年，大阪的廢棄大樓發現一具他殺屍體，被害者之子桐原亮司與嫌疑犯之女西本雪穗的命運就此分歧。亮司不斷向下淪落，雪穗則由親戚收養，儼如上流名媛。然而，兩人身邊的人卻紛紛遭遇不幸……

東野圭吾剖析人性黑暗面，探討純愛極限的傑作。

9 《絡新婦之理》（上、下）

我是山神之女，在水邊不停紡織，等待神的來訪，而後墜入深淵，化為絡新婦。

為求得安身之所，我細細布下羅網，坐鎮其中。

在網中，我就是神，我操縱落網者，步步得遂所願，若有阻礙，不論何人，一律殺、無、赦……

京極堂再度遇上難纏強敵，這回又該如何降妖伏魔、破網突圍？

10 《死神的精確度》

這是圍繞在一名熱愛音樂的死神身邊的六個故事。死神千葉酷酷的、不大理解人情世故又少根筋，每當他出現，人間必定下雨。他的工作是利用一個星期接觸特定的人類，最後再向高層提出報告，判斷觀察對象要「認可」(死亡OK)或「送行」(生)。今天，他又來人間執行任務……

寫手簡介

ellry

推理小說的愛好者，閱讀題材廣泛，各個國家、派別都有涉獵。曾合作創辦推理評論網站「神祕聯盟」，擔任大陸《推理》雜誌評論專欄主筆，主編同人志《奎因百年紀念文集》等。

GFinger

目前在香港科技大學就讀中的研究生，中學時閱讀阿嘉莎．克莉絲蒂的小說後成為狂熱的推理愛好者，至今不能自拔……。目前的閱讀重心則更多地轉向日系推理，尤其喜好不可能犯罪與科幻推理兩類題材。

小葉日本台

小葉是日系迷，日劇看很多，推理小說也看不少，神地位般的動畫依舊是《新世紀福音戰士》，最愛聲優茅原實里……，沉「迷」最大收穫是好康分享，沉「迷」需耗時間，花銀兩，所以出社會工作賺來的薪水多半奉獻於此。

心戒

目前與文憑奮鬥中，只是看閒書的時間不成比例地高。唯一認真的收集是各國的明信片+郵戳，喜歡看著認識的人和「朋友的朋友的朋友」來信，藉由文字的描述進行窮人家的環遊世界之旅。目前正煩惱如何募集到非洲或是兩極的郵戳。

閱讀沒有固定的類型，但因為約翰．哈威所以喜愛上推理類別卻是肯定的事實。現為MLR推理文學研究會成員。

心弈

新星出版社「午夜文庫」行銷主管，正為推理文學在大陸的普及和發展而努力，認為以愛好為職業是件幸福的事。

天蠍小豬

來自江蘇鎮江，重度日系推理迷、推理資訊達人。個人博客：http://blog.sina.com.cn/ylz3416。

曲辰

現就讀於國立中興大學中國文學所博士班。目前為推理文學研究會成員，並積極推動相關活動。

最近對於推理小說的形式衝突感到興趣，並同時發現，推理小說的功能真的不只是娛樂而已，它其實提供了人們理解世界的另一種看法。

無論如何，閱讀因為閱讀而美好，希望讀完本書的有得到那份美好。個人部落格http://blog.roodo.com/rookies

宋銘

推理迷、資深廣播人。曾獲廣播金鐘獎及擔任多屆金曲獎評審，現為漢聲電台、ＩＣ之音節目主持人並任教於華梵大學，著有《我愛百老匯》等書。

杜鵑窩人

推理評論家，極重度推理狂，嗜讀歷史、推理小說，現任台灣推理作家協會會長。

冷言

一九七九年出生於台灣台北，高雄醫學大學牙醫學碩士，台灣推理作家協會祕書長，推理作家。目前出版作品有短篇推理小說集《風吹來的屍體》、《請勿挖掘》（明日工作室），長篇推理小說《上帝禁區》（白象文化）、《鎧甲館事件》（馥林文化）。

臥斧

閉嘴即是臥斧的自我介紹。

林斯諺

一九八三年生於嘉義，台灣推理作家協會成員，曾獲第一屆人狼城推理文學獎佳作、第二屆人狼城推理文學獎首獎、第一屆推理小說評論獎解說潛力獎。短篇作品陸續發表於《推理》、《野葡萄文學誌》、《歲月．推理》等雜誌。單行本：《尼羅河魅影之謎》、《雨夜莊謀殺案》、《霧影莊殺人事件》、《淚水狂魔》。

林福益

男性。身分證是五年級生，閱讀思想是跨越框架的「無年級生」。

正直。學歷上記載的是新聞、法律；履歷上登錄的是記者、行銷。

善良。喜歡當一個稱職的說書人，將好看的書與人分享。

熱血。對新鮮事物的追求，永無止境。

既晴

生於高雄，目前任職於IC設計業。以推理、恐怖小說創作為主，兼寫推理評論。曾以《請把門鎖好》（二〇〇二年）獲得第四屆皇冠大眾小說獎，近作《病態》（二〇〇八年）。

柯宇綸

電影演員，廣告導演。國立台北藝術大學戲劇系。

幼時在楊德昌導演與父親柯一正導演的啟蒙之下，開啟了電影世界的大門。

其後曾與關錦鵬、李安等國際知名導演合作演出。熱愛日本文學。

張東君

科普作家，推理評論家，青蛙巫婆。

紗卡

已婚，育有二女，嗜讀各類小說，偏愛推理文學，目前最有興趣的作家是勞倫斯・卜洛克與宮部美幸。於南部某大學從事物理研究工作，平常喜歡與朋友分享推理小說的閱讀經驗。期許自己可以推廣推理小說，讓更多讀者願意投入閱讀，並因而刺激市場，使得更多國外的推理小說有中譯的機會，大家也有更多的優秀作品可以選擇。

景翔

影評人，工科畢業，但自六十三年由電腦界轉入新聞界後，工作均與藝文有關。是重度推理迷，曾催生《推理》雜誌，並撰寫「日本推理劇錄影帶選介」及「推理小說大家看」專欄多年，現為影評人及專職翻譯，也希望以譯介推理小說為主。

路那

目前為復興基地大學研究生。閱讀口味近年來有縮窄到推理的趨勢，但本質上仍屬什麼都看，什麼都不奇怪的書蟲。個人部落格：Go to the Moon（http://lunaj.blog13.fc2.com/），歡迎指教。

褚盟

酷愛推理小說，自詡為「推理蠹魚」。現為內地新星出版社「午夜文庫」統籌策畫，為內地最大、最專業的推理小說出版工程添磚加瓦。先後主持出版艾勒里・昆恩、島田莊司、西澤保彥、殊能將之、二階堂黎人、道尾秀介、有栖川有栖、折原一、我孫子武丸及日本推理四大奇書等名家名作。

霍桑

上海人氏，生於上世紀八〇年代，復旦大學雙學士畢業。每日除嗜讀推理書籍之外，喜愛欣賞各類演出及華視、中視等八、九〇年代懷舊台劇。願有朝一日自己能踏上寶島，與海峽對岸的友人增進交流，建立起友誼橋梁。

顏九笙

喜愛推理小說，覺得自我介紹愈來愈難寫的MLR推理文學研究會成員。

藍霄

雙子座，醫學心靈與推理狂熱的雙棲宿主，推理小說的啟蒙書是社會派推理大師松本清張的《砂之器》，後來卻成為忠誠的本格派擁護者。喜愛閱讀與創作，希望能寫出有趣卻不單純的推理小說。

寵物先生

推理小說愛好者，兼大腦內的創作者。在著迷於日本推理的多采變化之後，也逐漸將觸角伸至歐美與本土的作品，最終的夢想是台灣的推理小說也能稱霸列強、一舉抗日。曾以〈犯罪紅線〉獲第五屆人狼城推理文學獎首獎，以長篇《虛擬街頭漂流記》獲第一屆島田莊司推理文學獎首獎，另著有短篇〈名為殺意的觀察報告〉、〈凍夏殺機〉，與短篇集《吾乃雜種》。

按筆畫順序排列

粉絲力量大
團結吧，〇〇迷！

偶像！偶像！光是想著你的名字，就不自覺地害羞了起來～

但是，粉絲們，別再悶不吭聲地默默支持，**一起動起來吧！**

將你想對偶像說的話寫下來，只要bubu一有機會和偶像見面，會立刻將你的酷卡交給偶像，讓他／她聽見你們的呼喚，讓他／她感動到來台灣與你們見面。

【活動辦法】

即日起至2009年12月31日止，凡購買獨步文化當月出版新書，在新書內頁會夾帶「粉絲力量大──團結吧，〇〇迷！」酷卡，只要依據酷卡上活動辦法填寫，再將酷卡寄回獨步文化即可。

謎詭Vol.4——日本推理情報誌

編輯顧問／景翔、陳國偉、小葉、玉田誠
總企畫／陳蕙慧
特約主編／關惜玉
協力編輯／林毓瑜、江麗綿、戴偉傑、王淑儀
編著／獨步文化編輯部
總編輯／陳蕙慧
榮譽社長／詹宏志
發行人／涂玉雲
法律顧問／中天國際法律事務所 周奇杉律師
出版社／獨步文化
城邦文化事業股份有限公司
100台北市中正區信義路二段二一三號十一樓 電話：(02) 2356-9179 傳真：(02) 2351-9179、2351-6320

發行／英屬蓋曼群島商家庭傳媒股份有限公司城邦分公司
104台北市中山區民生東路二段一四一號二樓
網址：www.cite.com.tw
書虫客戶服務專線：(02) 25007718、25007719 二十四小時傳真服務：(02) 25001990、25001991
讀者服務信箱E-mail：service@readingclub.com.tw 劃撥帳號：19863813 戶名：書虫股份有限公司

香港發行所／城邦（香港）出版集團有限公司
香港灣仔駱克道一九三號東超商業中心一樓 電話：(852) 2508-6231 傳真：(852) 2578-9337 E-mail：hkcite@biznetvigator.com

馬新發行所／城邦（馬新）出版集團 【Cite(M)Sdn.Bhd458372U】
11,Jalan 30D/146, Desa Tasik, Sungai Besi,57000 Kuala Lumpur, Malaysia
電話：(603) 9056 3833 傳真：(603) 9056 2833 e-mail：citecite@streamyx.com

封面設計／戴翊庭 內頁美術設計／優秀視覺設計 內頁插畫／河邊工作室、張敬恩
印刷／中原造像股份有限公司
總經銷／大和書報圖書股份有限公司 電話：(02) 8990-2588、8990-2568 傳真：(02) 2290-1658、2290-1628

二〇〇九年（民國九十八年）十月初版 定價三二〇元

ISBN 978-986-6562-36-5

國家圖書館出版品預行編目資料
謎詭Vol.4：日本推理情報誌
獨步文化編輯部 編著／
. 一 . 初版 . 一 台北市；獨步文化
城邦文化出版：家庭傳媒城邦分公司發行 .
2009〔民98〕
ISBN 978-986-6562-36-5
1.推理小說 2.文學評論 3.日本
861.57 98017584

獨步文化
APEX PRESS

廣　告　回　函
北區郵政管理登記證
台北廣字第000791號

郵資已付・免貼郵票

104台北市信義路二段213號11樓
英屬蓋曼群島商家庭傳媒股份有限公司 城邦分公司
獨步文化出版 謎詭編輯小組

請沿虛線對折，謝謝！

請沿虛線裁下，填妥寄回，謝謝！

獨步文化
APEX PRESS

有獎徵答回函卡

書號：1UX005　　**書名：**謎詭Vol.4　　**編碼：**

有獎徵答回函

歡迎參加此次有獎徵答活動，請填寫以下資料及答案，在2009年11月15日前(以郵戳為憑)寄回本公司抽獎，本公司將於2009年12月1日於獨步部落格(網址：http://apexpress.blog66.fc2.com/blog)公布得獎名單，並個別通知得獎人，祝您幸運中獎。

姓名：＿＿＿＿＿＿＿＿ 性別：＿＿＿＿ 生日：＿＿＿＿

聯絡電話：＿＿＿＿＿＿＿＿ E-mail：＿＿＿＿＿＿＿＿

地址：＿＿＿＿＿＿＿＿＿＿＿＿＿＿＿＿

題目1：P.28場景出現在《獄門島》第幾頁？

答：＿＿＿＿＿＿＿＿＿＿＿＿＿＿＿＿

題目2：P.29場景出現在《犬神家一族》第幾頁？

答：＿＿＿＿＿＿＿＿＿＿＿＿＿＿＿＿

題目3：P.31場景出現在《零的焦點》第幾頁？

答：＿＿＿＿＿＿＿＿＿＿＿＿＿＿＿＿

題目4：P.74場景出現在《重力小丑》第幾頁？

答：＿＿＿＿＿＿＿＿＿＿＿＿＿＿＿＿

題目5：P.77場景出現在《ZOO》第幾頁？

答：＿＿＿＿＿＿＿＿＿＿＿＿＿＿＿＿

獨步文化
APEX PRESS

廣　告　回　函
北區郵政管理登記證
台北廣字第000791號

郵資已付 · 免貼郵票

104台北市信義路二段213號11樓
英屬蓋曼群島商家庭傳媒股份有限公司　城邦分公司
獨步文化出版　謎詭編輯小組

請沿虛線對折，謝謝！

獨步文化
APEX PRESS

讀者回函卡

書號：1UX005　　**書名**：謎詭Vol.4　　**編碼**：

請沿虛線裁下，填妥寄回，謝謝！

讀者回函卡

謝謝您購買我們出版的書籍！請費心填寫此回函卡，
我們將不定期寄上城邦集團最新的出版訊息。

姓名：　　　　性別：　　　　生日：　　　　聯絡電話：

E-mail：　　　　傳真：

地址：

您的職業：

□1 學生 □2. 軍公教 □3. 服務 □4 金融 □5. 製造 □6. 資訊 □7. 傳播

□8. 自由業 □9. 農漁牧 □10. 家管 □11. 退休 □12. 其他

您是從何種方式得知本書消息？

□ 1. 書店 □2. 網路 □3. 報紙 □4.廣播 □5. 雜誌 □6.電視 □7.親友推薦□ 8.其他

您喜歡哪些推理小說作家？

□1. 京極夏彥 □2. 松本清張 □3. 土屋隆夫 □4. 乙一 □5. 歌野晶午

□6. 宮部美幸 □7. 橫山秀夫 □8. 伊坂幸太郎 □9. 橫溝正史 □10. 東野圭吾

其他意見：